LA BÊTE NOIRE

L'AUTRICE

Tasha Coryell enseigne l'anglais à l'université de l'Alabama, où elle est titulaire d'un master en création littéraire et doctorante en composition et rhétorique. Ses récits, essais et poèmes ont été publiés dans une multitude de revues. *Lettres d'amour à un tueur en série* est son premier roman.

TASHA CORYELL

LETTRES D'AMOUR
À UN TUEUR EN SÉRIE

Traduit de l'anglais (États-Unis)
par Blandine Longre

LA BÊTE NOIRE
Robert Laffont

Titre original : LOVE LETTERS TO A SERIAL KILLER

ISSN 2431-6385
ISBN 978-2-221-27080-6

(éd. originale : 978-1-398-71673-5, Orion, London)
Dépôt légal : juin 2024
Éditions Robert Laffont – 92, avenue de France, 75013 Paris

À quiconque s'est senti un jour dévalorisé.

PREMIÈRE PARTIE

1

Lieu inconnu

JE N'AVAIS PAS PRÉVU DE TOMBER AMOUREUSE d'un tueur en série présumé. Il n'empêche que mes poignets et mes chevilles sont ligotés à une chaise, et je ne peux m'en prendre qu'à moi-même.

Je suis dans une pièce banale : murs blancs, lumières fluorescentes, moquette grise aux formes géométriques. Face à moi, une fenêtre m'indique qu'il fait encore jour et que je me trouve quelque part à l'étage d'un bâtiment, sans que je puisse dire, même approximativement, dans quel endroit de la ville. À mesure que je me débats, les cordes me brûlent la peau et la mettent à vif. Ma vessie est malheureusement pleine. Si j'avais su que je serais victime d'un kidnapping, j'aurais pris mes précautions. Je me mets à crier :

— Ohé !

Je suppose que personne ne peut m'entendre, parce que je n'ai pas été bâillonnée et que celui qui m'a enfermée ici n'est pas un imbécile. Personne ne se pointe, ce qui confirme mes soupçons.

— S'il vous plaît, il faut que j'aille aux toilettes.

Le silence me trouble davantage que tout le reste.

Même si je ne suis pas aussi effrayée que je le devrais, j'ai peur malgré tout, et c'est un soulagement. Je me réjouis toujours de ressentir mes émotions, quelle que soit la situation – comme quand je fais un gâteau et qu'il ressemble à la photo de la recette une fois sorti du four.

À ma peur s'ajoute une indéniable excitation. Si je voulais être gentille avec moi-même, je dirais qu'il s'agit de l'adrénaline dont j'ai besoin pour survivre, mais je ne suis pas certaine d'être digne de gentillesse. Malgré mes craintes, le fait d'être attachée à une chaise a quelque chose de si palpitant que je me crois dans un film. L'identité du personnage principal de cette histoire ne fait aucun doute.

Quand on aura découvert mon corps, j'ai peur qu'on s'aperçoive que je ne mérite pas d'être pleurée. C'est le problème, avec le martyre sur les réseaux sociaux. D'abord, les gens regrettent que vous soyez morte et, ensuite, ils énumèrent toutes les raisons pour lesquelles vous méritiez de mourir.

J'ai envie de croire que je suis quelqu'un de bien. Je vote à chaque élection et je me soucie de l'environnement. J'ai un autocollant *Black Lives Matter* au dos de mon ordinateur portable et j'envoie de l'argent à différents organismes dès qu'une tragédie frappe le pays.

Toutes ces qualités ne l'emporteront pas sur la grande faute que j'ai commise en tombant amoureuse d'un tueur en série.

« Ne me dis pas que tu ne voulais pas en arriver là, me sermonnerait Meghan si elle me voyait. Personne n'agit comme tu l'as fait, à moins de trouver un tant soit peu excitant d'être ligotée, sur le point de mourir. »

Meghan n'aurait pas tort. La perspective de mourir ne me procure aucun plaisir, mais imaginer les foules endeuillées me réchauffe le cœur. Je veux qu'on se souvienne de mon nom, contrairement à ce qui est survenu à toutes les autres femmes sauvagement assassinées avant d'être oubliées. Je veux au minimum un podcast à ma mémoire.

J'entends un bruit derrière la porte.

— S'il vous plaît ! À l'aide !

Malgré l'urgence de la situation, je ne parviens pas entièrement à croire que ma mort est inéluctablc. Que sera le monde si je n'en fais plus partie ?

Je me rends compte, trop tard, que les bruits que j'ai perçus ne proviennent pas d'un prétendu sauveteur, mais des pas familiers de l'homme qui m'a amenée ici. J'essaie encore de me dégager de mes liens – une tentative futile. Je prends une profonde inspiration et me prépare à mourir.

2

Avant de tomber amoureuse d'un tueur en série, j'étais chargée de communication pour une association caritative. J'ai décroché ce travail après avoir obtenu ma licence et passé des mois à la recherche d'un emploi. Nous étions alors en pleine récession et, soudain, tout ce qui m'avait été « promis » s'est volatilisé. Au lieu de me répéter « Tu peux tout entreprendre », mes parents ont commencé à me suggérer de postuler chez Target ou Starbucks. Ce que j'ai fait. On a rejeté mes candidatures parce que je n'avais pas d'expérience dans la vente. Tout le monde se fichait de mon diplôme de littérature, de sciences politiques (mes matières principales) et d'allemand (ma matière secondaire). Les entreprises étaient seulement en quête de codeurs informatiques.

L'emploi que proposait cette association caritative de Minneapolis a été une aubaine. J'ai pu quitter la maison de banlieue de mes parents et vivre comme la pseudo-adulte que j'avais toujours rêvé de devenir. Je m'imaginais que je resterais à ce poste pendant un an ou deux avant de gravir les échelons et d'accéder à un boulot qui m'intéressait vraiment. J'ai fini par comprendre qu'il était impossible de progresser. Dans ce genre d'organisme, les cadres supérieurs changeaient tour à tour de poste, c'était pire que dans un jeu de chaises musicales. Désespérée, je faisais défiler sur mon écran des annonces immobilières, fantasmant sur des maisons avec un jardin assez grand pour un chien, tout en sachant que la somme placée sur mon compte d'épargne oscillait généralement entre dix-sept et cent dollars, et que je ne serais jamais en mesure de verser le moindre acompte. J'achetais des chemisiers à cinq dollars pièce et me payais des brunchs qui en coûtaient vingt-cinq simplement parce que c'était ma principale – et unique – source de joie dans la vie.

Autant dire que j'étais démotivée par mon boulot. Au bureau, je passais mes journées sur les réseaux sociaux au lieu de travailler. Je suivais les sites de potins sur les célébrités afin de savoir qui couchait avec qui. Je lisais des articles sur la politique (bouh), sur la façon dont on traitait les immigrés (mal), les femmes (mal) et la communauté LGBTQ (mal) aux États-Unis. J'envisageais d'écrire le prochain grand roman américain et, sur mon ordinateur, je gardais ouvert un document intitulé « En cours » qui restait perpétuellement vierge.

Le soir, je buvais trop et sortais avec des hommes qui ne m'aimeraient jamais. Ne pas m'aimer et assassiner des femmes n'étaient pas des crimes comparables, ce n'est pas ce que je veux dire. Sur le plan légal, aucun délit n'était commis. Aucun contrat n'avait été signé, aucun lieu de résidence n'avait été partagé, aucun enfant n'avait été malmené par des décisions de justice injustes envers chaque partie. Seul mon cœur, ce machin idiot et cliché, avait été poignardé, meurtri et étranglé, au point que j'étais prête à m'humilier pour recevoir ne serait-ce qu'une miette d'affection.

Avant que je me confie à William, avant que je sache qui étaient Annaleigh, Kimberly, Jill et Emma, avant que j'aie mémorisé comment, selon l'accusation, il leur avait fait du mal, je sortais avec Max Yulipsky. Je n'avais pas de véritable avenir avec lui, c'était clair depuis le début, ce qui ne m'a pas empêchée de me mettre volontiers en quatre pour lui et d'ouvrir les cuisses.

Max a brusquement cessé de donner signe de vie un jeudi, même si je ne l'avais pas encore compris. Il était toujours ainsi, fuyant, insaisissable. Il faisait partie des Screaming Seals[1], un groupe de punk assez médiocre qui répétait rarement. C'était un autre trait que j'appréciais chez lui. Je trouvais touchante la façon dont il montait sur scène et jouait avec toute l'énergie dont il était capable des morceaux de moins de deux minutes, qu'un lycéen aurait pu composer. Je possédais l'un des tee-shirts réservés exclusivement aux membres du groupe, imprimés dans le sous-sol de la maison que Max partageait avec deux colocataires – on y voyait un phoque affublé d'un bandana. Je le portais seulement quand il ne passait pas la nuit chez moi parce que je ne voulais pas qu'il sache combien je chérissais ce vêtement.

Pour gagner sa vie, Max travaillait dans un magasin qui vendait des fromages fermiers et des sandwiches que je n'avais pas les moyens de m'offrir. Il m'apportait parfois de petits morceaux de fromage enveloppés dans du film alimentaire, et je m'autorisais à en couper de minuscules tranches – une manière de le goûter les soirs où il n'était pas là. Il m'en restait un bout quand Max a disparu de ma vie. Si je m'étais douté que ce serait le dernier, je l'aurais fait durer. Je l'aurais gardé au réfrigérateur jusqu'à ce qu'il moisisse et l'aurais mangé de toute façon. Courir le risque de faire une intoxication alimentaire pour quelqu'un était une vraie preuve d'amour.

---

1. Littéralement les « phoques hurlants ». (*Toutes les notes sont de la traductrice.*)

Mais Max et moi n'employions jamais le mot « amour », ni même le mot « couple ».

— Je ne cherche pas une relation sérieuse, a-t-il murmuré à mon oreille la première fois où nous avons couché ensemble.

— Moi non plus, ai-je répondu en ouvrant sa braguette.

J'avais si souvent proféré ce mensonge que je n'avais plus l'impression de mentir. Parler avec les hommes s'apparentait davantage à lire un scénario qu'à s'épancher en confidences.

Puisque je n'étais pas sincère, je partais du principe qu'il ne l'était pas davantage. Nous finirions forcément par nous rapprocher au point d'être inexorablement liés, et il serait alors contraint d'avouer, en proie aux affres de la passion, qu'il pensait sans cesse à moi et voulait qu'on reste ensemble pour toujours. Quand nous avions fini de faire l'amour, ou de baiser – ou bien n'importe quel autre terme qui ne le mettait pas mal à l'aise pour désigner l'acte charnel que nous venions d'accomplir –, il lâchait des trucs du genre « Tu crois que le McDo est encore ouvert ? », ou bien « Demain matin, tu pourras me préparer des œufs comme je les aime ? ».

Notre dernier rendez-vous a eu lieu dans un restaurant éphémère semi-végane, dans un quartier qui se gentrifiait rapidement. On était en octobre, et les arbres se raccrochaient à leurs derniers éclats de couleurs avant de devenir des squelettes hivernaux.

— Comment un restau peut-il être semi-végane ? ai-je demandé à Max. Justement, l'intérêt du véganisme, c'est d'y adhérer entièrement ou pas du tout, je me trompe ?

Il m'a souri. Il portait un tee-shirt de Fugazi[1] fait maison, avec un trou au niveau d'une aisselle. Je voulais qu'il m'aime pour l'éternité, c'était mon seul désir.

1. Groupe américain de post-hardcore fondé en 1986.

— C'est ce que j'aime chez toi, Hannah. Tu passes ton temps à cogiter.

J'ai rayonné de plaisir en l'entendant employer le verbe « aimer ».

Ensuite, je lui ai proposé de venir chez moi, et il a décliné.

— J'ai des tas de choses à faire demain.

Je ne lui ai pas rappelé qu'il travaillait dans une crémerie.

— Allez, ai-je insisté de ma voix la plus séduisante en me plaquant contre lui.

Je voulais que ma chair soit irrésistible. Elle ne l'était pas.

— Désolé, a-t-il répondu en me repoussant.

Tout en parlant, il m'a adressé un sourire, mais du coin des lèvres.

Ce rejet m'aurait peut-être moins dérangée si j'avais considéré que nous étions sur un pied d'égalité, Max et moi. Il conduisait encore l'ancienne voiture de ses parents, qu'ils lui avaient donnée à ses seize ans et dont le châssis tout entier crissait chaque fois qu'il freinait. Il n'avait pas d'assurance maladie et, quand je lui en ai parlé, il m'a dit qu'il avait oublié la dernière fois où il avait consulté un médecin pour un bilan de santé. J'imaginais que c'était aussi valable pour le dentiste, surtout depuis qu'il avait refusé ma proposition de laisser une brosse à dents dans mon appartement.

— C'est un peu trop sérieux pour moi, avait-il affirmé.

Max m'a un jour expliqué qu'il ne pouvait pas chercher un vrai travail, parce que ça reviendrait à trahir ses principes et qu'il se consacrait à sa musique. J'ai eu envie de lui demander quel était l'apogée pour un groupe de punk. Une fois qu'on avait accompli tout ce dont on avait rêvé, que restait-il ? Mais je me suis bornée à murmurer qu'il avait du talent.

— Je ne suis pas comme toi, Hannah, a-t-il conclu. Je ne peux pas accepter n'importe quel boulot.

Cette remarque m'a blessée. J'avais renoncé aux activités artistiques auxquelles je m'étais adonnée depuis l'enfance – le théâtre, la peinture et l'écriture – au profit d'un emploi de quarante heures par semaine, c'était vrai. Mais, au moins, je voulais me convaincre que je faisais le bien en œuvrant pour une association caritative. *Je vais changer les choses de l'intérieur !* m'étais-je dit, enthousiaste, quand j'avais décroché ce poste ; c'était avant de me rendre compte que l'intérieur vous dévore lentement, tant et si bien que vous finissez par ne plus rien faire du tout.

Je me consolais avec mon assurance maladie, dont la franchise était trop élevée et dont je m'étais brièvement servie pour suivre une thérapie avec une femme comparable à un professeur sévère. Je savais aussi que des sommes régulières partaient sur mon compte retraite, même si je n'ai jamais essayé de comprendre ce que ces chiffres signifiaient. Les jours où ces avantages ne suffisaient plus, j'allais chercher du réconfort au bar à tacos éphémère qui faisait parfois son apparition dans la salle de pause, et je m'y bourrais de chips jusqu'à en avoir mal au ventre.

Max n'avait aucune sympathie pour moi. À ses yeux, j'avais choisi cette vie – comme si j'avais eu mon mot à dire.

Ce n'est qu'au bout d'une semaine et demie que j'ai pris conscience du silence de Max. Pendant ce temps, je portais le tee-shirt de son groupe, grignotais du fromage et actualisais son profil sur les réseaux sociaux pour me faire une idée des endroits où il traînait. Quand il a publié en ligne une affiche d'un concert à venir des Screaming Seals, j'ai bêtement décidé de m'y rendre en me disant qu'il lui suffirait de m'apercevoir pour me désirer.

J'ai mis ma petite robe noire préférée, rangée dans un placard rempli d'autres petites robes noires. J'ai brossé mes cheveux indisciplinés et me suis dessiné des yeux de chat à l'eye-liner en m'imaginant que ça me donnait l'air un peu punk. J'ai invité ma meilleure amie, Meghan, à m'accompagner, et elle a débarqué chez moi avec son mec.

— Ce sera notre chauffeur attitré, a-t-elle précisé d'un air contrit.

Elle reconnaissait donc qu'elle dépassait les bornes en m'imposant sa présence. Nous étions censées sortir entre filles, ce soir-là, mais l'idée que nous formions un duo commençait déjà à se désagréger.

Quand nous sommes arrivés sur place, j'étais déjà soûle. Les Screaming Seals se produisaient parmi de nombreux autres groupes et, durant les minutes qui ont précédé leur prestation, j'ai fini par admettre que j'avais passé la trentaine et que je n'aurais pas dû me trouver au milieu de toutes les filles punks branchées présentes ce soir-là. Ma coiffure était ridicule, ma robe ne m'allait pas. Lorsque le tour de Max et son groupe est venu, j'avais tellement bu, dans une tentative désespérée de retrouver mon amour-propre, que je tenais à peine debout. Pendant les quelques instants où ils sont restés sur scène, j'ai essayé d'attirer son regard. Sans succès.

Il est apparu dans la foule à la fin de son passage et je me suis dirigée vers lui. Je m'attendais à ce qu'il s'exclame « Tu es là ! », puis à ce qu'il m'étreigne, touché par ma dévotion. Quand il a enlacé une autre fille, ça m'a fait un choc. Je l'avais déjà croisée lors d'une fête chez Max. Elle s'appelait Rebecca ou Rachel, et Max et elle s'étaient connus à l'université avant qu'il abandonne ses études en troisième année parce que, selon lui, « la fac n'était pas une expérience authentique ».

— Ils sont juste copains, ai-je dit à Meghan, sans m'apercevoir que son petit ami et elle s'étaient éclipsés dans un recoin sombre pour se peloter.

— Salut ! ai-je lancé en m'approchant de Max.

Il lui a bien fallu une minute pour focaliser sur moi son regard, comme s'il avait presque oublié qui j'étais.

— Oh, salut, Hannah, a-t-il fini par répondre.

J'ai voulu imiter Rebecca/Rachel en le serrant contre moi, mais il est resté les bras ballants.

— Tu as été génial ! me suis-je exclamée.

— Merci.

Il a affiché un grand sourire.

Je sentais déjà que je me frayais un chemin jusqu'à son cœur. J'avais à l'esprit un plan tout prêt, selon lequel nous prendrions une cuite et je l'inviterais à me raccompagner chez moi. Quand il me verrait nue, il m'aimerait, ou du moins il m'apprécierait. Le lendemain matin, nous petit-déjeunerions ensemble. J'aurais une gueule de bois toute la journée, mais je serais heureuse car, momentanément, Max serait sous mon emprise.

Il n'avait cependant pas envie de prendre une cuite. Lorsque je lui ai suggéré d'aller s'installer au bar, il a décliné et, pire encore, Rebecca/Rachel/Machine s'est incrustée.

— Alors, Hannah, qu'est-ce que tu fais dans la vie ? m'a-t-elle demandé.

C'est ainsi que je me suis retrouvée à parler boulot pendant un concert punk – la chose la moins punk qu'on puisse imaginer.

— Je m'occupe de la com d'une assoce.

J'ai dû me répéter, vu que la musique était trop forte pour qu'on puisse vraiment bavarder.

— Cool, a-t-elle commenté.

Avant que je puisse l'interroger à son tour, Meghan m'a tapoté l'épaule.

— On est prêts à partir.

Je me fichais de savoir ce qu'elle et son copain avaient prévu de faire. Il n'aurait même pas dû être là ; j'étais sur le point de lui dire qu'ils pouvaient y aller sans moi, que je prendrais un Uber avec Max, quand celui-ci a annoncé :

— Nous aussi, il faut qu'on file.

Je me suis lamentée sur ce « nous » pendant tout le trajet du retour.

— Qu'est-ce qu'il a voulu dire par là ?

— Il doit juste la raccompagner chez elle, m'a consolée Meghan.

— Oui, mais qu'est-ce qu'il a voulu dire ? ai-je insisté.

On n'a jamais connu l'heure exacte de la mort d'Annaleigh – son cadavre était beaucoup trop décomposé pour ça –, mais les analyses médico-légales ont laissé entendre que son corps mutilé avait été jeté dans le ravin pendant que je sortais de son emballage une pizza surgelée restée si longtemps dans mon congélateur que j'avais oublié quand je l'avais achetée. La vermine s'était déjà frayé un chemin sous la peau d'Annaleigh au moment où je mordais dans la pizza en question et me brûlais le palais. Loin de moi l'idée de suggérer que mourir assassinée et qu'être lâchée par un type avec lequel je n'étais même pas en couple étaient comparables, mais il faut bien le dire : nous étions nombreuses à traverser une mauvaise passe.

3

DEUX JOURS PLUS TARD, quand je suis arrivée au bureau, la tendance était au #TrouverAnnaleigh sur les réseaux sociaux.

Le siège de l'association était abrité dans un bâtiment décrépit multi-usages, censé montrer, d'après ma cheffe, que nous faisions « partie intégrante du quartier », mais l'immeuble se vidait rapidement en raison de son état de délabrement. Il faisait anormalement froid pour un début novembre et, lorsque j'ai traversé le parking, des flocons ont saupoudré mes cheveux. D'habitude, la première chute de neige me rend heureuse, pourtant je ne suis pas parvenue à retrouver de réconfort dans la fraîcheur de ce matin-là.

— Tu as l'air fatiguée, a fait observer ma collègue Carole.

Son poste de travail avait toujours été à côté du mien. Au début, j'avais cru qu'elle partirait bientôt à la retraite ; puis j'avais appris qu'elle avait tout juste cinquante-trois ans et qu'elle continuerait de bosser ici pendant une éternité. Elle me rappelait sans arrêt qu'elle était plus âgée que moi – c'était là son unique atout. Comme moi, elle n'avait ni pouvoir ni argent. On ne lui accordait qu'une prérogative : celle d'émettre des remarques narquoises – du genre « Dans dix ans, tu verras ça sous un autre angle » – et des petits rires moqueurs chaque fois que j'essayais de présenter une nouvelle idée en réunion.

— Je vais bien, ai-je répliqué.

C'était faux. Depuis le concert de punk, j'avais examiné toutes les photos que Max avait postées sur les réseaux. J'avais tenté d'espionner Rebecca/Rachel, qui s'appelait en réalité Reese, mais ses comptes étaient privés, ce que j'avais pris pour une attaque personnelle. Je m'étais répété en boucle des paroles d'encouragement – j'étais trop bien pour lui, de toute manière je ne l'appréciais pas tellement, c'était l'occasion de rencontrer quelqu'un de mieux ; puis je me rassurais en me disant que Reese et lui ne devaient être que des amis et qu'il m'enverrait un texto d'un instant à l'autre. Oui, d'un instant à l'autre ! J'avais décidé de démarrer un nouveau programme de remise en forme et passé une heure à contempler des vélos d'appartement trop chers pour moi avant de fermer les onglets de mon navigateur. Je m'étais promis de manger sain, puis j'avais commandé chinois pour le dîner – et pour tous les repas suivants. Ça n'avait rien à voir avec Max, ou pas entièrement : en réalité, j'étais contrariée à l'idée d'être apparemment incapable d'avoir une relation sans prise de tête, avec ce cœur semblable à une sangsue qui s'accrochait au premier venu.

Je me suis assise devant mon ordinateur avec mon premier café – une boisson qui m'aidait à rendre mon travail plus tolérable ; j'espaçais soigneusement les tasses au fil de la journée, comme de minuscules récompenses qui m'aidaient à tenir jusqu'au soir. Si j'en buvais trop, mes mains se mettaient à trembler et ne servaient plus à rien ; trop peu, je m'affalais sur mon bureau dès midi, privée de toute énergie, tel un coureur de marathon en manque de glucides.

En théorie, nous n'étions pas censés consulter les réseaux sociaux au travail. En théorie, nous n'étions pas censés faire des tas de choses. Nous n'étions pas censés nous garer trop près du bâtiment parce qu'il fallait laisser les meilleures places de parking aux visiteurs. Nous n'étions pas censés faire des achats en ligne et déjeuner à notre table. Nous n'étions pas censés nous servir de nos portables ou porter des tenues sportswear, même celles qui étaient conçues pour le bureau. Il n'était pas facile de se conformer à ces protocoles. Si Carole était autorisée à arborer ses longues jupes de baba cool et ses affreuses écharpes au crochet, j'étais en droit de venir travailler en pantalon de yoga et de jeter un coup d'œil à mon fil d'actus sur Twitter.

Le visage d'Annaleigh est apparu devant moi sur l'écran, son nom parmi les tendances. À première vue, nous n'avions pas grand-chose en commun. Elle avait presque dix ans de moins que moi, elle était mariée et récemment diplômée en droit. J'aurais beau aspirer à lui ressembler, jamais je ne posséderais sa beauté conventionnelle : grands yeux bleus, chevelure blonde, corps menu. Quand je croisais des femmes comme elle dans la vraie vie, leur physique et leur succès me restaient en travers de la gorge. En tant que personne disparue, elle devenait une madame Tout-le-Monde – elle aurait pu être moi, ou ma meilleure amie, Meghan, ou encore n'importe quelle autre femme qui avait l'audace d'exister –, et son absence m'affectait profondément.

J'ai partagé la publication en y ajoutant :

Si vous savez quoi que ce soit, informez les autorités, s'il vous plaît. La dernière fois qu'elle a été vue, c'était dans la région d'Atlanta, mais elle a pu se rendre dans un autre État.

Toute la matinée, je me suis laissé entraîner dans une spirale infernale nommée Annaleigh. J'ai exploré son compte Instagram, son compte Twitter en désuétude et son LinkedIn. J'ai habilement contourné des *paywalls* pour lire des articles sur sa disparition. À midi, je connaissais sa vie plus intimement que celle de mes propres amies.

On avait aperçu Annaleigh pour la dernière fois dans un cabinet d'avocats de Géorgie, où elle était stagiaire. Je supposais, sans que ça me soit jamais confirmé, que c'était le genre d'entreprise où il y avait des en-cas gratuits en salle de pause – quoi qu'il en soit, pas un endroit où on s'imaginait pouvoir être enlevée et assassinée. Plus tard, on apprendrait que William Thompson travaillait lui aussi dans ce cabinet, mais, pour l'heure, son nom nous était inconnu.

Annaleigh, selon la tradition des femmes de sa famille, s'était mariée un mois après avoir décroché un premier diplôme universitaire et avait entamé ses études de droit deux mois plus tard. On attendait d'elle qu'elle mène une brillante carrière, puis, quand elle aurait des enfants, qu'elle devienne mère au foyer pendant que son mari subviendrait aux besoins de sa famille. Le problème étant que le mari en question, Tripp, un étudiant sans le sou, avait dû se contenter de stages dans des entreprises peu prestigieuses avant d'obtenir suffisamment de recommandations pour intégrer le cabinet paternel, spécialisé en dommage corporel et fréquemment critiqué, ses avocats étant considérés comme des « chasseurs d'ambulances[1] ».

Annaleigh était qualifiée de « désarmante ». Les hommes pensaient souvent, à tort, qu'elle était mignonne et inoffensive, alors qu'elle savait comment en tirer profit. Malgré les souhaits de sa famille, elle était bien décidée à devenir juge.

---

1. Aux États-Unis, ces avocats en quête de victimes d'accidents incitent leurs clients à engager des poursuites afin de toucher des dommages et intérêts.

Depuis sa disparition, ces aspirations ambitieuses étaient maintenant acceptables.

« Annaleigh a un bel avenir devant elle, disaient ses parents aux informations. Il faut qu'elle nous soit rendue. »

Ils s'exprimaient avec un accent géorgien traînant bien différent de la prononciation cadencée de mon Midwest natal. La mère d'Annaleigh portait de gros bijoux et trop de maquillage, et il ne suffisait pas à couvrir les larges poches qui se forment sous les yeux à force de pleurer. Son père était apparemment le genre d'homme qui canalisait ses émotions en chassant le chevreuil en forêt et qui ne savait plus comment réagir, maintenant qu'il était le chevreuil suppliant qu'on épargne son enfant.

« Nous savons qu'elle est encore en vie, affirmait-il. Nous le savons, un point c'est tout. »

On se serait peut-être aperçu plus tôt de la disparition d'Annaleigh si Tripp n'était pas revenu à point d'heure d'une soirée entre mecs. La plupart de ses copains de fac, toujours célibataires, vivaient dans le quartier et n'avaient pas encore entièrement renoncé à leur jeunesse. La nuit où sa femme avait disparu, Tripp était rentré ivre chez lui. Ivre au point de se déshabiller dans le salon et de s'endormir en boxer sur le canapé. À son réveil, il avait hurlé « Bordel ! » parce qu'il était en retard au bureau. Il avait pensé qu'Annaleigh était déjà partie de son côté. Elle arrivait toujours à l'heure au travail.

À son retour ce soir-là, Tripp s'était rendu compte que quelque chose clochait. Chez eux, Annaleigh était chargée de préparer les repas. Quand elle n'avait pas le temps de cuisiner, elle demandait à son mari d'acheter des plats à emporter, ou bien ils allaient au restaurant. C'était une routine si bien ancrée dans l'esprit de Tripp qu'il n'y prêtait pas attention. Le dîner surgissait comme par miracle, de la même manière que le courrier apparaissait tous les jours dans leur boîte aux lettres. Il y avait bien quelqu'un à l'origine de ce phénomène, mais sa préparation lui était invisible, et c'était ce qui lui plaisait.

Son estomac gargouillait. Où était Annaleigh ? Il espérait qu'elle ne dirait pas non à un repas à emporter. Il voulait manger des bâtonnets de poulet pané accompagnés de moutarde au miel. Peu importait son âge, il ne réussirait jamais à refréner ces envies qui dataient de l'enfance.

Il lui a envoyé un texto.

T'es où ?

Constatant qu'elle ne répondait pas, il a insisté.

Je commence à m'inquiéter.

Tripp a appelé la meilleure amie de sa femme. Ils avaient couché ensemble un soir de beuverie lorsqu'ils étaient à l'université, ce qu'Annaleigh ignorait et ne découvrirait jamais. Depuis, il avait veillé à garder ses distances avec cette fille.

— Est-ce que tu as vu Annaleigh ?

— Non, mais quand tu la verras, dis-lui de répondre à mes textos, d'accord ? C'est important, a répondu la meilleure amie.

Plus tard, elle regretterait d'avoir été aussi désinvolte. Elle en voulait à une morte, et elle ne le savait même pas.

— Justement, a expliqué Tripp. Elle n'est pas à la maison.

Elle l'a persuadé d'appeler la police. Elle avait lu sur Facebook des tas de publications racontant que les trafics d'êtres humains étaient en hausse, et elle craignait qu'il soit survenu quelque chose d'horrible.

— Elle a peut-être été enlevée pendant qu'elle faisait le plein, a-t-elle suggéré. J'ai entendu dire que ça s'était déjà produit.

La police a trouvé la voiture d'Annaleigh dans le garage du cabinet d'avocats où elle était arrivée le matin précédent, pour apparemment ne jamais en repartir. À en croire une autre stagiaire, elle s'était comportée normalement pendant la journée et s'était dirigée vers les ascenseurs à 18 h 30 en déclarant qu'elle avait « hâte d'être sur son canapé pour regarder *Friends* ». Entre le moment où elle avait pris l'ascenseur et celui où elle aurait dû regagner sa voiture, Annaleigh avait renoncé à son projet. Elle avait peut-être reçu le message d'une amie et pris un Uber pour la rejoindre. Ou bien quelqu'un était passé la prendre. Il existait tant de possibilités qu'il semblait vain d'envisager qu'elle puisse être morte.

Je buvais mon deuxième café et cherchais des informations sur son mari quand, pour la première fois, je suis tombée par hasard sur le forum de discussion. La présence jusque-là sporadique de Tripp sur les réseaux sociaux s'était rapidement intensifiée en raison des hordes d'internautes qui ne demandaient qu'à lui mettre la disparition d'Annaleigh sur le dos. En réaction, il avait verrouillé tous ses comptes, mais le forum avait eu le temps de faire des captures d'écran de ses publications les plus récentes. Je l'ai consulté en espérant trouver des preuves des méfaits de Tripp. Au lieu de quoi, j'y ai trouvé des camarades.

Avant de m'y inscrire, j'étais une consommatrice de faits divers semblable à la plupart des Américaines ordinaires, c'est-à-dire plutôt assidue, je le reconnais. Chacune d'entre nous, obsédée par sa mort prochaine, imaginait que le danger guettait partout, même dans les scénarios les plus insipides. Il suffisait de faire quelques recherches en ligne pour comprendre qu'aucun endroit n'était sûr, ni le parking de Target, ni son propre immeuble, ni le sympathique sentier de course à pied du quartier. Je ne me serais toutefois pas qualifiée d'« accro » aux faits divers. Je n'écoutais pas les podcasts ni ne fréquentais les conventions qui y étaient consacrées. Je considérais que je n'avais absolument rien de commun avec ces femmes. J'étais simplement une citoyenne préoccupée.

À ses débuts, le forum était uni par sa mission. Il s'agissait d'abord et avant tout de retrouver Annaleigh, ambition liée à un second objectif : persécuter Tripp en raison du mal qu'il lui avait manifestement causé.

La plupart des violences faites aux femmes sont commises par les hommes les plus proches d'elles, écrivait une internaute.

C'est forcément Tripp, approuvait une autre. *C'est toujours le petit copain.*

Nous avons analysé ses photos. *Voyez de quelle manière il tient ce poisson mort*, disions-nous. *L'hameçon est entré dans l'œil. Ou la façon possessive dont il tient Annaleigh par la taille, comme si elle lui appartenait.* Ce n'était assurément pas la posture d'un couple amoureux. Et que faire de cette énième photo, où on le voyait avec plusieurs filles sexy dont aucune n'était Annaleigh ? Il la trompait peut-être, ou alors il voulait se débarrasser d'elle.

Malheureusement pour nous, Tripp avait un alibi. Des images de vidéosurveillance le montraient partant au travail, entrant dans un bar avec ses copains, se dirigeant d'un pas vacillant vers sa voiture des heures plus tard. Le bar avait conservé la note de tous les verres qu'il avait payés, dont une tournée de *shots* commandée quelques minutes après la disparition d'Annaleigh. Une bonne dizaine de personnes étaient aussi en mesure de rendre compte de ses faits et gestes du début à la fin de la soirée – il avait joué deux parties de billard américain, fumé un cigare et failli prendre part à une bagarre évitée de justesse.

Je continue quand même de me méfier de Tripp, ai-je écrit sur le forum, une publication approuvée par un déluge d'émojis et de GIF. *On peut tuer quelqu'un autrement que de ses propres mains.*

Il ne faut jamais faire confiance aux hommes, a répondu quelqu'un.

J'ai mis dans la quête d'Annaleigh toute l'énergie que j'avais déployée à penser à Max. « Tu vois ? avais-je envie de lui dire. Tu m'es complètement sorti de la tête. » J'avais d'autres passe-temps, à part l'obsession pour des hommes dont les sentiments ne seraient jamais réciproques aux miens. Je m'inquiétais pour des disparues, des mortes. J'étais quelqu'un de bien.

Tout en buvant mon troisième et dernier café de la journée, j'ai créé des visuels destinés non pas à promouvoir le travail accompli par l'association au cours de l'année écoulée, mais à sensibiliser les autres internautes à la disparition d'Annaleigh. Bientôt, les partages se sont comptés par milliers, et ça m'a fait chaud au cœur. Il était temps ! Je mettais enfin mes compétences au service d'une cause importante.

Au fil de l'après-midi, le retour de bâton contre Annaleigh ne s'est pas fait attendre. Que faisions-nous des femmes noires et des femmes indigènes qui s'évanouissaient dans la nature dans le plus grand silence, ou presque ? *Oui*, ai-je répondu. *Nous devons aussi nous soucier d'elles* ; et j'ai aussitôt republié des photos d'autres disparues avant de regarder sept vidéos différentes qui établissaient la chronologie des faits de la disparition d'Annaleigh.

J'ai rejoint Meghan pour prendre un verre pendant l'happy hour, l'occasion rêvée de savourer l'absence de son petit copain. J'avais beau insister sur le fait que j'étais heureuse pour elle (« Je suis tellement heureuse pour toi ! » avais-je affirmé lorsque leur relation était devenue officielle), j'avais très envie que survienne entre eux une faille qui cimenterait de nouveau notre amitié, afin qu'elle soit là pour moi en toutes circonstances.

— Tu as entendu parler d'Annaleigh ? lui ai-je demandé.

— Oui, comme tout le monde.

— C'est affreux, ai-je dit en sirotant ma Margarita.

— Tu crois qu'elle est encore en vie ?

— Je refuse de penser le contraire.

— C'est bien, de garder espoir, a déclaré Meghan.

4

Le corps d'Annaleigh a été découvert neuf jours après le signalement de sa disparition, dans le ravin situé près du cabinet d'avocats où elle bossait. Je détestais le mot « ravin ». À croire qu'il avait été inventé pour désigner un endroit où on trouvait des cadavres. Le visage d'Annaleigh, décomposé, était méconnaissable, et ses longs cheveux blonds avaient été coupés. Il a fallu l'identifier avec son dossier dentaire, abondamment fourni, car elle ne manquait jamais un rendez-vous. Selon la police, elle avait été étranglée et poignardée d'une façon qui laissait supposer que le meurtrier connaissait sa victime.

Je passai une mauvaise journée au bureau pour des raisons sans rapport avec Annaleigh. Je venais d'apprendre qu'un projet sur lequel j'avais bossé pendant des mois avait été suspendu au dernier moment faute de financement. J'avais perdu mon temps, mais personne ne semblait s'en soucier, et on m'a juste répété que c'était dû à des « circonstances qui ne sont pas de notre ressort ».

J'ai eu envie de demander ce qui était de notre ressort ; j'ai pourtant gardé le silence, car j'avais déjà reçu un avertissement pour mon attitude lors d'une réunion le mois précédent.

Au début, j'ai vécu la découverte du corps d'Annaleigh comme un nouvel échec. Tous les efforts que nous avions fournis, toutes nos publications et nos appels à témoins n'avaient abouti à rien. Pendant une semaine et demie, je m'étais fait la championne de toutes les femmes disparues à travers le monde sans parvenir à changer quoi que ce soit. C'était une telle déception. Je me suis alors connectée au forum, où les internautes considéraient à présent que la mort d'Annaleigh était l'occasion de résoudre un crime.

— Tu veux aller déjeuner ? m'a proposé Carole.

— Je ne peux pas. Il faut qu'on découvre qui a tué Annaleigh.

— Qui est Annaleigh ?

Je l'ai observée. Nous évoluions à l'évidence dans des univers très différents.

— Une victime de la misogynie, ai-je répondu.

La plupart des utilisateurs du forum continuaient de croire Tripp coupable. Quelqu'un avait réussi à vérifier ses antécédents judiciaires et appris qu'il avait eu une contravention pour ivresse sur la voie publique quand il était à la fac, en plus d'avoir appartenu à une association d'étudiants qui avait commis de nombreuses infractions au fil des années – des femmes affirmaient, par exemple, avoir été droguées au cours de soirées. Si aucun de ces écarts de conduite ne laissait penser que Tripp avait commis un meurtre, ils dévoilaient néanmoins une certaine corruption morale susceptible d'y mener.

J'ai passé mon temps à rafraîchir la page du forum et à traîner dans la salle de pause sous prétexte de remplir ma bouteille d'eau, dans l'espoir d'y croiser quelqu'un de nouveau à qui je pourrais parler d'Annaleigh.

— J'ai contribué à essayer de la retrouver, ai-je expliqué à un collègue. J'ai créé une publication qui a été partagée plus de dix mille fois.

— Waouh, a-t-il commenté.

Quand Carole est revenue, je lui ai fait le compte rendu complet de l'affaire depuis la disparition d'Annaleigh, en mentionnant l'alibi de Tripp et les informations que la police avait diffusées à propos du corps.

— C'est tellement morbide, cette obsession pour les tueurs, a-t-elle dit, alors qu'elle m'avait écoutée avec la plus grande attention.

— Je ne suis pas obsédée par les tueurs, mais par la justice.

J'avais beau affirmer avec insistance que c'était la vérité, je n'étais déjà plus vraiment sûre de savoir où je me situais.

Je préparais une publication Instagram en hommage à la vie d'Annaleigh quand j'ai vu celle de Max. Il ne mettait jamais rien de personnel en ligne, du moins était-ce ce qu'il m'avait expliqué un jour où j'avais publié une photo de nous deux, me disant qu'il préférait que je la supprime. « Je n'aime pas la surveillance de masse », avait-il précisé.

La plupart de ses publications, qui annonçaient les concerts auxquels son groupe participait, obtenaient au mieux deux ou trois « j'aime ». La surveillance de masse ne le dérangeait visiblement pas quand il s'agissait de faire sa promo. Cette fois, j'ai été étonnée de voir une photo sur laquelle Max tenait Reese par la taille. *La meilleure de toutes*, avait-il ajouté en guise de légende.

Quarante personnes avaient aimé la publication.

C'est à cet instant qu'une véritable tristesse m'a envahie, une émotion si inextricablement liée à la colère que je ne savais plus comment les distinguer l'une de l'autre. Je voulais pouvoir faire quelque chose pour les amis et la famille endeuillés d'Annaleigh, permettre que justice leur soit rendue, devenir la personne que Max apprécierait assez pour publier une photo sur son compte Instagram. Je me sentais impuissante à la fois sur le plan personnel et sur un plan plus général, incapable de changer le monde ou ma vie.

D'une certaine manière, il m'était plus facile d'affronter le cadavre d'Annaleigh que de me confronter à mes propres défauts. Mon salaire dérisoire et mon appartement minuscule. Le brouillon de mon roman qui refusait de s'étoffer quand bien même je laissais le document ouvert en permanence sur mon ordinateur. Les hommes qui couchaient avec moi et m'abandonnaient comme une moins que rien. J'ignorais comment donner du sens à ma vie, alors j'en trouvais par l'intermédiaire du corps d'une fille morte.

J'ai décidé de puiser dans le sachet de chocolats planqué dans mon bureau en cas d'urgence – celles-ci étaient de plus en plus rapprochées : une réunion se passait mal ? Du chocolat. Trop d'e-mails dans ma boîte ? Du chocolat. Un chagrin d'amour à soulager ? Du chocolat. Besoin de résoudre un meurtre commis à presque deux mille kilomètres de là ? Du chocolat.

Pendant que la confiserie fondait sur ma langue, j'ai fait le serment de démasquer l'assassin d'Annaleigh. Je le voulais pour elle, pour ses proches, mais, plus encore, j'en avais besoin afin de savoir que j'étais capable d'accomplir quelque chose.

5

L'une des participantes du forum a trouvé le corps de Kimberly. Elle était dans le ravin pour découvrir l'identité du tueur d'Annaleigh, en quête d'indices qui auraient pu échapper à l'attention de la police, quand elle est tombée sur le cadavre.

J'ai compris que c'était un corps quand j'ai vu ses ongles vernis, a-t-elle écrit en ligne.

Personne ne cherchait Kimberly parce que sa disparition n'avait pas été signalée. Elle entretenait une relation intermittente avec son petit copain, et ils étaient dans le creux de la vague lorsqu'elle avait cessé de donner signe de vie. Il n'avait appris sa mort qu'après que la police s'était pointée chez lui.

Kimberly travaillait dans une station-service, ce qui signifiait que des tas de gens la connaissaient et qu'aucun d'eux n'avait remarqué son absence. Elle n'avait jamais été belle, pas même étant jeune, ce qui la rendait touchante. Elle appelait tout le monde « mon chou » et se souvenait toujours de la marque préférée de chaque client. Elle offrait aux enfants du quartier des sucettes qu'elle payait de sa poche.

La station-service était au bout de la rue où se trouvaient des immeubles récemment érigés, conçus pour des jeunes cadres. Tout y était minimaliste, scellé dans le verre et le granite. La station-service existait bien avant la construction de ces copropriétés et serait probablement encore là longtemps après elles, ses lumières fluorescentes comparables à celles d'un phare. Quand bien même elle y avait été employée pendant plus de dix ans, Kimberly n'avait pas eu les moyens de s'installer dans le voisinage et habitait à une heure de voiture, ce qui lui laissait peu de temps pour ses loisirs.

William Thompson, un brillant avocat, vivait dans l'un des appartements neufs. Il se rendait à pied à la station-service lorsqu'il avait besoin de manger des cochonneries pour se remonter, étant donné qu'il préférait n'avoir que des aliments sains dans ses placards. La police avait relevé la présence de William sur les caméras de surveillance des jours avant la disparition de Kimberly, cependant rien ne le différenciait des autres hommes venus acheter un sachet de M&M's. Ils portaient tous les mêmes marques de vêtements, avaient la même coupe de cheveux et échangeaient des politesses comme leur mère le leur avait appris. Un véritable tueur ne prendrait assurément pas le temps de dire « merci ».

Le jour où le corps de Kimberly a été découvert, j'étais assise dans le bureau de ma cheffe à tortiller nerveusement une mèche de cheveux entre mes doigts.

— Il faut que je vous parle, m'avait-elle dit à mon arrivée ce matin-là.

Non sans éprouver un sentiment de culpabilité, j'ai pensé aux heures passées sur le forum et me suis demandé si elle avait le moyen de consulter mon historique de navigation.

Elle n'était ma cheffe que depuis six mois. Elle avait été recrutée dans une autre association caritative ; son rôle était de régler les problèmes, quitte à tout remanier dans la boîte pour qu'elle fonctionne comme prévu au départ. J'étais contente d'être sous ses ordres, étant donné que ses prédécesseurs avaient tous été des hommes. Je m'imaginais qu'elle comprendrait peut-être à quelles pressions supplémentaires les femmes étaient confrontées sur leur lieu de travail, des pressions qui n'étaient pas atténuées par le fait d'œuvrer dans le secteur associatif.

— Vous devez savoir, j'en suis sûre, que Karli part à l'étranger et que nous cherchons quelqu'un pour le poste de directeur adjoint, a commencé ma cheffe.

Enfin une lueur d'espoir. J'avais repéré un deux-pièces où il était permis d'avoir un chien, et il serait sans doute dans mes moyens si j'obtenais une promotion.

— J'ai cru préférable de vous informer que nous allons recruter quelqu'un d'extérieur, a-t-elle poursuivi.

Je l'ai regardée fixement. Elle venait du monde entrepreneurial, sa robe suffisait à le prouver. Carole avait entendu dire qu'elle était issue d'une famille fortunée et qu'une sorte d'altruisme l'avait poussée à travailler pour des associations caritatives. Ses boucles d'oreilles étincelaient sous les tubes au néon.

— Très bien, ai-je répondu, hébétée. Merci de m'avoir mise au courant.

Je me suis levée avant d'ajouter :

— Si d'autres possibilités d'avancement se présentent, n'hésitez pas à m'en informer.

Elle m'a souri.

— Bien sûr, Hannah.

Avant même de regagner mon bureau, j'ai éprouvé un profond dégoût de moi-même. Je n'en revenais pas – j'avais remercié ma cheffe parce qu'elle m'avait refusé une promotion. Mais il y avait plus pénible encore : même après coup, j'étais incapable de trouver mieux à dire, ni reparties spirituelles ni répliques pétillantes et, tombée plus bas que terre, j'étais condamnée à quémander des miettes.

La situation fâcheuse de Kimberly me rappelait que j'aurais pu être dans pire endroit – au fond d'un ravin, par exemple.

J'ai observé son visage. Ça n'avait pas été facile de dénicher un portrait d'elle, car sa photo de profil sur Facebook, tout droit sortie d'une banque d'images, représentait des chatons. Pour finir, quelqu'un avait réussi à entrer en contact avec une de ses amies, qui avait envoyé une vieille photo pour nous aider dans notre enquête. Même sur ce cliché, maquillée et vêtue d'une robe rose, Kimberly n'était pas belle. Ses lèvres étaient couvertes de ridules après des années de tabagisme, et son épais trait d'eye-liner lui donnait de petits yeux de fouine.

Ayant finalement atteint un âge où sa peur de la mortalité l'avait emporté sur la joie que procurait une cigarette à l'arrière de la station-service pendant ses pauses, elle avait arrêté de fumer cinq ans auparavant, ce qui était tout à son honneur. Ça m'attristait d'y penser. Dommage que personne n'ait pu lui conseiller de fumer et de fumer encore afin d'accumuler autant d'instants d'euphorie que possible avant d'être assassinée.

Alors que Kimberly arrivait toujours à l'heure et n'avait jamais manqué le travail – sauf une fois, pendant deux jours, quand elle avait été victime d'une intoxication alimentaire si carabinée qu'elle n'avait pas pu sortir des toilettes –, le directeur de la station-service, constatant son absence, avait laissé un message sur son téléphone pour lui annoncer qu'elle était renvoyée. Ce qu'il ignorait, c'était que le téléphone de Kimberly était déchargé au fond de son sac à main, et que celui-ci était resté à l'intérieur de sa voiture, garée près du ravin. Plus tard, on avait déclaré le véhicule abandonné avant de l'emmener à la fourrière. Pendant tout ce temps, le corps avait continué de se décomposer sans répit jusqu'à ce qu'une membre du forum tombe dessus.

Le nom de Kimberly ne faisait pas la une sur les réseaux sociaux et la couverture médiatique était bien maigre ; on la qualifiait de « femme trouvée près d'Annaleigh ». Il était affreux qu'on se souvienne ainsi de vous, simplement comme d'un cadavre découvert à côté d'un autre. Personne ne semblait penser qu'il y avait un lien entre leurs morts. Après avoir passé mes années d'adolescence à paresseusement regarder *Esprits criminels*, je savais que la plupart des tueurs en série avaient un type de victime. Par exemple, Ted Bundy était tristement célèbre pour avoir préféré des proies aux longs cheveux châtains, quoiqu'il ne se soit pas toujours plié à cette règle à l'époque de ses meurtres les plus sauvages. Il paraissait improbable qu'on ait d'abord assassiné Annaleigh, jeune et belle, puis Kimberly, vieille et pauvre. Des femmes mouraient sans arrêt. Qui pouvait affirmer que deux tueurs différents n'avaient pas décidé de jeter des corps dans le même ravin ? Des faits plus bizarres s'étaient déjà produits.

— Tu as vu les infos ? ai-je demandé à Carole.

Elle a levé les yeux de son écran, a bu une gorgée de son infusion qui empestait l'herbe et l'angoisse, et m'a dévisagée d'un air interrogateur.

— On a trouvé un autre cadavre au même endroit que celui d'Annaleigh.

— Mince alors ! Ces pauvres femmes.

J'ai remarqué que je n'avais pas eu besoin de préciser qu'il s'agissait d'une femme. Il était presque toujours entendu que c'était le cas lors de la découverte d'un corps.

— Est-ce qu'on sait qui a fait ça ?

— Non, la police cherche encore à comprendre s'il y a un lien entre les deux affaires, ai-je expliqué.

Les membres du forum se sont immédiatement mis à la tâche. Nous ne parlions jamais de ce que nous faisions – ou pas – dans la vie. Il me semblait que la plupart des participantes étaient des mères au foyer qui enquêtaient sur des meurtres dès que leurs enfants avaient le dos tourné.

J'ai créé un montage qui disait #TrouvonsLeTueurDuRavin au-dessus des visages d'Annaleigh et de Kimberly, et je l'ai publié sur Instagram.

Si vous vous souciez d'Annaleigh, alors souciez-vous aussi de Kimberly, ai-je ajouté dans les commentaires. *Des femmes meurent, et la police ne fait rien.*

En quelques minutes, la publication a été partagée des centaines de fois.

L'une des utilisatrices a déniché une liste de délinquants sexuels vivant dans les environs du ravin et l'a passée au crible pour y découvrir des suspects éventuels. Rien ne permettait d'affirmer qu'Annaleigh ou Kimberly avaient été violées, mais on avait toujours l'impression que le meurtre d'une femme, surtout aussi belle qu'Annaleigh, était associé à la sexualité.

Une autre internaute a proposé d'écrire à une connaissance qui travaillait pour un service de police non loin d'Atlanta, histoire de voir si elle pouvait glaner d'autres informations.

J'avais presque oublié la conversation avec ma cheffe. Les efforts que je fournissais étaient gratifiants, quoiqu'ils n'aient absolument aucun rapport avec mon travail salarié. Je savais que ma cheffe appellerait ça du « vol d'heures », une expression qu'elle avait déjà employée en réunion, et je m'en fichais. Savait-elle ce que c'était que vivre en éprouvant constamment de la culpabilité à s'accorder le moindre plaisir ? De se sentir si dévalorisée qu'on en oubliait avoir la moindre compétence ?

Il y avait sur son bureau une photographie encadrée où on la voyait à la plage avec son mari et leurs deux enfants. Je ne me rappelais plus la dernière fois où j'avais vu l'océan. Enquêter sur des meurtres n'avait rien à voir avec une journée à la plage, et le ravin n'était pas la mer, mais je goûtais à une certaine liberté dans ses mystérieux tréfonds.

6

Je n'ai pas tardé à retourner sur les applications de rencontre, où je me suis mise à échanger avec un type ; vu sa médiocrité, ça se présentait bien. Il n'était pas particulièrement attirant, mais il avait un emploi rémunéré et, parfois, je n'en demandais pas davantage. J'attendais que ce nouveau type – je l'avais surnommé « Dog Boy » dans mes contacts parce que sa photo de profil était celle d'un chien – me dise ce qu'il aimait lire, et je n'arrêtais pas de consulter mon téléphone, de soupirer bruyamment, puis de le reposer.

— Tu n'as donc rien à faire ? s'est étonnée Carole.

— Si, bien sûr, ai-je répliqué en ouvrant mon traitement de texte pour la première fois ce jour-là.

J'ai fait un tour rapide sur Twitter, où j'ai écrit un post (*Il faudrait ABOLIR la journée de huit heures*) avant de retourner à ma tâche. Je commençais tout juste à trouver mon rythme quand Carole m'a interrompue – je lui en ai voulu, même si je passais mon temps à m'interrompre moi-même.

— Hé !

— Quoi ? Je bosse, ai-je signalé en indiquant mon ordinateur.

— Non, ce n'est pas ça. On a découvert un troisième corps dans le ravin dont tu parles sans arrêt.

— Oh, c'est pas vrai !

J'étais triste, évidemment. Est-il même nécessaire de le souligner ? Chaque fois qu'on trouvait un cadavre, ça signifiait qu'une autre femme était morte. Mais *trois* était un chiffre magique, qui transformait des meurtres commis par hasard en assassinats perpétrés par un éventuel tueur en série. Or apprendre qu'il existait un tueur en série en activité revenait à tomber sur un monstre sous son lit : ce phénomène avait beau rarement survenir, il engendrait peur et paranoïa collectives.

Le visage sur l'écran, pareil à celui d'Annaleigh, m'a d'emblée semblé familier. Cette fois, ce n'était pas à cause d'un vague lien surnaturel que je considérais comme établi par l'univers et les astres, mais parce que je savais de qui il s'agissait.

— Je la connais, ai-je affirmé.

— Pour de bon ? a demandé Carole.

— Pas personnellement. Mais j'ai vu des vidéos d'elle en ligne.

Jill était une coach sportive. Elle pesait par le passé près de cent soixante kilos et, grâce à un régime alimentaire strict et de l'exercice physique, elle avait peu à peu réussi à atteindre cinquante-quatre kilos. Sa perte de poids avait fait d'elle une minicélébrité sur Internet. Elle publiait des vidéos dans lesquelles elle montrait des photos où on la voyait avant et après, avec la promesse implicite qu'une telle métamorphose était également possible pour ceux qui la suivaient. « J'ai essayé tous les régimes existants, disait-elle. Et puis un jour, j'en ai eu assez et j'ai compris qu'il fallait que ça change. » Elle en parlait comme si sa réussite dépendait d'un secret, comme s'il y avait dans son cerveau un bouton qu'elle pouvait aussi actionner pour ses abonnés à condition qu'ils regardent régulièrement ses vidéos.

Avant de maigrir, Jill était prothésiste dentaire. Elle postait des photos d'elle sur lesquelles, vêtue d'une blouse, elle souriait dans son cabinet. En observant son visage, on n'avait pas l'impression qu'elle souffrait ; cependant, au vu de sa corpulence, on était censé deviner que c'était le cas.

J'ai un sourire aux lèvres, mais, intérieurement, je souffre, écrivait-elle.

Après avoir perdu du poids, Jill était devenue coach personnelle dans le club de sport de son quartier. Ses clients publiaient les statistiques de leurs séances d'entraînement et la remerciaient de les pousser jusqu'à ce que leurs muscles soient endoloris.

Ses abonnés avaient été les premiers à attirer l'attention sur son absence. Ils attendaient une vidéo qui promettait de les aider à développer des abdos parfaits, et Jill ne l'avait toujours pas mise en ligne. *Quand va-t-elle poster la nouvelle séance ?* s'impatientaient ses fans. Au bout de quelques jours, la tension étant à son comble, certains ont commencé à l'insulter, à la traiter de « salope obèse » et de « sale conne », en espérant que ça l'inciterait à publier la vidéo.

Aucune de ces menaces n'a fonctionné, puisque Jill était déjà morte. Quand on a découvert son corps, les commentaires les plus furieux se sont faits contrits.

Je sais que tu ne liras jamais ça, mais je suis désolée et tu me manques.

Tu étais une vraie source d'inspiration. Tu m'as aidée à retrouver ma silhouette après la naissance de mon fils.

J'espère que tu as eu l'occasion de manger de la pizza quand tu étais en vie.

— Elle était si belle, a déclaré Carole. C'est tellement dommage.

Comme certaines femmes de son âge, elle faisait sans cesse des commentaires sur le corps des autres et critiquait si souvent sa propre alimentation qu'il était pénible de manger quoi que ce soit en sa présence.

« Je suis incorrigible ! » s'exclamait-elle dès qu'il y avait du gâteau pour un anniversaire.

« Non merci, sans façon », disait-elle quand notre cheffe apportait des donuts pour nous faire une surprise.

« J'ai du mal à croire que tu puisses manger ça et rester aussi mince », avait-elle fait remarquer à une ancienne stagiaire.

« Hannah, on dirait que tu ne t'es pas privée pendant les vacances », avait-elle insinué à mon retour au bureau après les fêtes de Noël.

J'avais envie de poser sur mon corps un regard positif, de m'aimer telle que j'étais, mais il ne suffisait pas d'actionner un bouton pour que ça marche. J'avais passé ma jeunesse devant MTV, à reluquer des filles en jean taille basse qui ne couvrirait jamais mes propres hanches. Quand je couchais avec un homme et qu'il arrêtait ensuite de m'appeler, je m'interrogeais constamment : *Est-ce qu'il m'aimerait si j'étais plus mince, plus jolie, meilleure ?* Jill avait réalisé ce fantasme, celui que je nourrissais encore malgré mes publications en ligne qui affirmaient que « tous les corps étaient faits pour la plage ». En définitive, ce fantasme n'avait pas réussi à la rendre heureuse ni à la protéger de la mort.

Après la découverte du corps de Jill, l'une de ses fans a divulgué son journal intime en ligne. On ne savait pas très bien comment elle se l'était procuré, et des membres du forum soutenaient que ce journal relevait de sa vie privée, que nous ne devions le lire que pour faire avancer notre enquête et non pour satisfaire notre curiosité. Jill y notait au jour le jour son poids, ses menus et ses sentiments. Moins elle mangeait, plus elle en éprouvait, ce qui me paraissait logique. La faim inspire toutes sortes d'émotions, l'amour de soi n'en fait néanmoins presque jamais partie. Elle écrivait des trucs du genre : « J'avais l'intention d'avaler une petite poignée d'amandes, mais je n'ai pas arrêté d'en reprendre. J'ai l'impression d'être un puits sans fond qui ne sera jamais rempli. J'ai faim de tant de choses. » Je trouvais pénible de lire des aveux pareils après sa mort, surtout si on tenait compte des effusions d'adoration auxquelles ses fans se livraient sur tous ses réseaux.

Le forum était en effervescence. Nous pleurions bien entendu Jill, tout comme nous nous lamentions de la mort des autres femmes assassinées ; cependant son meurtre nous fournissait de nouveaux indices. Deux corps dans un même endroit pouvaient relever de la coïncidence ; trois corps évoquaient un modus operandi.

L'une des utilisatrices du forum a réussi à obtenir une liste des clients de Jill, que nous avons passée au peigne fin pour découvrir des indices susceptibles de révéler l'identité du tueur. Nous avons aussi exploré ses profils sur les réseaux sociaux pour y chercher des commentaires particulièrement menaçants, une tâche qui s'est avérée compliquée car n'importe quelle femme qui se mettait en avant sur Internet récoltait des réactions hostiles.

J'ai accepté de m'occuper d'une partie de la liste de ses clients. J'ai même incité Carole à me donner un coup de main, bien qu'elle ait fini par publier leurs noms sur son mur Facebook par erreur au lieu de les entrer dans son moteur de recherche, et qu'il a fallu que je l'aide à effacer ces publications.

William Thompson figurait sur la liste. Plus tard, avec le recul, je m'en voudrais de ne pas avoir compris son rôle à ce moment-là. À ma décharge, rien n'indiquait de façon flagrante que William pouvait être un tueur en série. Sa présence sur Internet était limitée. Il avait un compte Instagram où il publiait surtout des photos d'endroits pittoresques qu'il avait visités. Sur deux ou trois clichés, on le voyait torse nu après un jogging, et j'ai admiré son physique attirant. Il n'était ni sur Facebook ni sur Twitter, du moins d'après mes recherches. Il y avait un lien vers le cabinet d'avocats où il travaillait, et même si ce nom me disait vaguement quelque chose, je n'ai pas fait le rapprochement avec celui où Annaleigh avait été stagiaire. À dire vrai, je ne pouvais imaginer qu'un homme dans son genre ait envie d'assassiner qui que ce soit. Il avait une vie apparemment agréable, paisible, et si les films m'avaient appris quelque chose, c'était bien que les tueurs en série avaient toujours subi, à la base, un traumatisme. Quel traumatisme cet homme blanc, riche et séduisant aurait-il pu endurer ?

Je n'ai pas eu de pressentiment sinistre en découvrant sa photo et, par la suite, j'en ai été déçue. Je m'étais toujours considérée comme capable de percevoir des choses sur les gens. Je me vantais auprès de mes amis de toujours savoir à quel moment des couples avaient rompu à partir des ondes que leurs publications en ligne dégageaient. J'avais prédit des grossesses et des troubles du comportement alimentaire ; pourtant, j'étais incapable de voir ce que j'avais sous le nez. *Rien trouvé de mon côté*, ai-je posté sur le forum.

— C'est plutôt amusant, a dit Carole après une journée d'enquête.

Je lui ai souri. Participer au forum, c'était comme appartenir à un club secret, et je venais d'admettre un nouveau membre en son sein.

Un texto de Meghan, qui reportait le verre que nous avions prévu de prendre, m'a sapé le moral. Elle ne disait pas pourquoi, mais je savais que c'était à cause de son copain. C'était toujours à cause de lui. Alors que nous avions pendant si longtemps soupiré ensemble après les hommes, elle s'en était dégoté un sans moi. Les trahisons les plus infâmes étaient parfois celles que les femmes commettaient les unes à l'égard des autres.

Mon humeur s'est dégradée davantage encore lorsque j'ai publié sur les réseaux un nouveau montage des trois femmes assassinées. Sur un coup de tête, j'ai consulté le profil Instagram de Max. Je ne pensais plus autant à lui, seulement quand j'étais triste, que je me sentais seule, que je m'ennuyais ou que je mangeais du fromage. Je suis tombée sur un message d'erreur : son compte était inaccessible. Intriguée, j'ai basculé vers celui que je gérais pour l'association et découvert que le sien fonctionnait parfaitement : sa photo la plus récente montrait sa main enlacée à celle de Reese avec, en légende, le mot « amour ». *Oh !* me suis-je exclamée intérieurement. Il m'avait bloquée.

J'ai invoqué l'univers pour que Dog Boy réponde à mon message précédent. Si je rencontrais un autre type, voire quelqu'un de mieux, je n'aurais plus jamais à penser à Max. L'univers, ou plus précisément Dog Boy, n'a pas tenu compte de mes suppliques.

Abandonnée par ma meilleure amie, mon ancien amant et mon hypothétique futur amant, je me suis retrouvée avec les femmes assassinées pour seule compagnie.

Je suis rentrée chez moi et, pendant cinq heures, j'ai regardé les séances de musculation de Jill en ligne. J'ai imité ses mouvements pendant un moment, puis, fatiguée, j'ai fait bouillir de l'eau pour les pâtes et réchauffé un bocal de sauce spaghetti.

Jill n'arrêtait pas de bondir, ses jambes fines étirant de toutes leurs forces un élastique de musculation noir. « Vous n'avez pas besoin d'équipements encombrants pour vous remettre en forme, expliquait-elle. Quand j'ai commencé, je n'y connaissais rien. Ce qui compte, c'est de bouger votre corps d'une manière qui vous convienne. »

J'ignorais encore comment elle était morte, que son meurtrier avait enroulé une corde autour de son cou et attendu qu'elle cesse de respirer. Elle s'était débattue de toutes ses forces, mais même des années d'exercice n'avaient pas pu l'aider à dominer un homme pareil.

« Si vous ne pouvez pas tout faire, ne vous inquiétez pas, continuait Jill. Un jour, vous y parviendrez. »

7

Carole ne voulait pas que je sorte avec Dog Boy. Il avait fini par répondre à mon texto, s'excusant d'avoir été si lent à m'écrire et m'expliquant qu'il avait été submergé de travail ces derniers temps.

— C'est dangereux, m'a-t-elle avertie.

J'avais perdu un kilo et demi depuis que j'avais démarré un programme de remise en forme en suivant exclusivement les vidéos de Jill. Je la regardais faire des salades et préparais mes propres versions, moins saines. Je bondissais d'un bout à l'autre de mon studio, au point que mon voisin, agacé par le bruit, s'est mis à cogner contre le mur. Je ne m'étais pas sentie aussi bien depuis que Max avait coupé les ponts, et je voulais que quelqu'un s'en rende compte. Dog Boy communiquait de façon sporadique, mais, quand je lui ai demandé s'il voulait qu'on se rencontre en vrai, il a accepté presque immédiatement.

— Tout ira bien, ai-je rassuré Carole. Je suis déjà sortie avec des tas d'hommes dont j'ai fait la connaissance sur Internet.

Je ne savais encore rien d'Emma, la quatrième victime. Contrairement à moi, elle avait d'abord refusé de s'inscrire sur des applis de rencontre. C'était artificiel, disait-elle à ses amies. Elle souhaitait que les choses se fassent naturellement. Les unes après les autres, toutes les amies en question s'étaient retrouvées en couple, et Emma était restée célibataire. Elle s'était découvert de nombreuses passions, avait rejoint une équipe d'ultimate frisbee, pris des cours de peinture et fréquenté assidûment son club de sport. Elle se consacrait à être une bonne copine alors même que ses propres amies la délaissaient au profit de leurs amoureux.

Un soir, pendant une fête, elle a dû admettre qu'elle se sentait seule. Il était difficile d'être encore célibataire quand toutes ses copines étaient mariées ou dans des relations durables. Plus les années passaient, plus sa solitude s'accentuait.

— Tu n'as qu'à t'inscrire sur une appli. C'est comme ça que nous nous sommes rencontrés, a précisé une amie en désignant son compagnon.

Toutes les autres ont insisté à leur tour, poussant Emma à ouvrir un compte, tant et si bien qu'elle a téléchargé l'appli qu'on lui recommandait et créé son profil. Elle s'est servie d'une photo qui datait de quelques années et qu'elle utilisait souvent sur les réseaux sociaux. Depuis, elle avait pris quatre ou cinq kilos et quelques cheveux gris ; elle s'était convaincue que ce serait malhonnête seulement si un homme tombait vraiment amoureux d'elle ; et, dans ce cas, il aimerait son corps tel qu'il était.

Ses amies casées avaient hâte de faire défiler les profils et d'étudier les choix d'Emma, mais celle-ci refusait de cliquer sur des types qu'elle n'avait pas envie d'apprendre à connaître et d'engager la conversation avec des hommes aux photos trop sexy, qui, selon elle, manquaient de naturel.

Un *ding* a fini par retentir, indiquant qu'elle avait un *match* ; ses copines ont poussé des cris d'exultation.

— Oh, il est mignon, a commenté l'une d'elles.

— Envoie-lui un message ! a insisté une autre.

— Je n'aurai pas l'air désespérée si je lui écris trop rapidement ? a demandé Emma, qui ignorait tout des règles des rencontres en ligne.

— Tu cherches l'amour. Tout le monde a l'air désespéré. Envoie-lui un message.

Emma ne savait pas quoi lui dire. Comment était-elle censée séduire un homme en tapant quelques mots sur un clavier ?

Salut, a-t-elle commencé.

Salut, a-t-il répondu. **Comment ça va, ce soir ?**

En fait, tu es la première personne que je contacte sur une de ces applis.

C'est étonnant. Tu es tellement craquante.

Emma a pouffé alors qu'elle ne trouvait pas ça drôle. Les compliments, tout particulièrement ceux qui venaient d'inconnus, la mettaient toujours mal à l'aise. Lorsque des hommes commentaient son apparence dans la rue, elle n'aimait pas ça, et le fait que ce soit cette fois dans un espace virtuel ne rendait pas la situation moins gênante. À la grande déception de ses amies, elle a bloqué ce premier type.

— Aucune relation stable ne démarre comme ça, a-t-elle déclaré.

Au bout de quelques conversations, elle est tombée sur un homme qui lui plaisait pour de bon. Il était beau, avocat, et affirmait mesurer un mètre quatre-vingt-quinze. À son retour chez elle, elle a continué de lui envoyer des messages et, avant qu'elle aille se coucher, ils se sont mis à échanger par textos. C'était aussi facile que ça, vraiment ? Dire qu'elle avait vécu tout ce temps seule, alors qu'il lui aurait suffi de télécharger une appli.

Après avoir échangé ainsi pendant deux semaines, ils ont décidé de se rencontrer. Emma a prévenu toutes ses amies qu'elle sortait avec un inconnu. Au cas où elle aurait besoin d'être secourue, mais aussi pour blaguer, elle leur a donné un mot de passe – « narval ».

— Si vous n'avez pas reçu de texto à 22 heures, c'est que je suis en danger, a-t-elle averti.

Ils se sont retrouvés dans un bar. Comme Emma ne savait pas s'il était prévu de dîner, elle avait mangé avant de venir. Elle était angoissée à l'idée de ne pas le reconnaître ou, pire encore, à l'idée qu'il ne réussirait pas à la reconnaître. À son grand soulagement, ils se sont repérés d'emblée ; il ressemblait presque exactement à sa photo, de la même manière qu'un chemisier neuf a quasiment la même allure sur un mannequin que sur un corps ordinaire. Il n'était pas aussi grand qu'il l'avait prétendu et son visage n'était pas aussi parfait, ce qui a déçu Emma, même s'il était plus beau que tous les autres hommes avec lesquels elle était sortie par le passé.

Elle s'est sentie gênée pendant quelques minutes. Ça lui faisait bizarre de rencontrer quelqu'un pour la première fois en sachant qu'ils étaient censés nouer une relation amoureuse. Toutes les liaisons précédentes d'Emma étaient nées d'amitiés et, dans ces cas précis, c'était toujours l'aspect physique des choses qui était le plus embarrassant. Les applis inversaient cette dynamique. Elle rencontrait cet homme car elle pouvait envisager de coucher avec lui, tout en ignorant s'il y avait quoi que ce soit d'autre entre eux.

Elle s'est détendue au bout de deux ou trois verres. Ils ont parlé de leurs endroits préférés en France, où ils avaient tous les deux vécu. Il a proposé de commander à dîner et elle a accepté, craignant de le vexer si elle avouait avoir déjà mangé. Comme l'entrée d'Emma était meilleure que celle de son compagnon, elle l'a partagée avec lui. À la fin de la soirée, il l'a embrassée sur les lèvres, puis elle est restée assise dans sa voiture pendant une demi-heure en se demandant si elle était assez sobre pour conduire.

Si je racontais que cet avocat l'a tuée, ça serait crédible. N'importe quelle histoire mettant en scène un homme et une femme est susceptible de s'achever sur une mort, quand bien même elle débuterait innocemment. Pourtant, Emma ne l'a jamais revu. Le lendemain, elle lui a envoyé un texto en disant qu'elle aimerait passer une autre soirée avec lui, mais il s'était comme volatilisé. Emma s'est sentie étrangement peinée d'avoir perdu un homme qu'elle n'avait rencontré qu'en une occasion. Elle ne comprenait pas pourquoi il refusait de lui répondre, surtout après une première soirée si réussie. C'était gênant, tout particulièrement parce qu'elle avait annoncé à ses amies qu'elle allait le revoir.

C'est pour cette raison qu'elle ne leur a pas parlé du deuxième homme rencontré sur l'appli.

Pendant que je sortais avec Dog Boy – un individu qui n'échapperait jamais au surnom dont je l'avais affublé dans mes contacts téléphoniques –, Emma faisait la connaissance de William Thompson, un avocat beau, intelligent et riche, qui avait exactement les mêmes goûts qu'elle. Personne n'était au courant de ce rendez-vous. Ni ses frères et sœurs, ni ses collègues, ni ses amies.

Dog Boy et moi nous sommes retrouvés dans une brasserie. Je n'appréciais pas vraiment la bière, même si je lui ai fait croire le contraire, histoire de lui faire plaisir, car il disait « aimer la bière plus que tout au monde » ; or, moi aussi je voulais être aimée de cette façon – par lui ou par un autre, peu importait.

William et Emma sont allés dans un restaurant italien. Elle a commandé des pâtes à l'encre de seiche et lui, des linguines aux fruits de mer. Il lui a donné une de ses moules quand elle lui a confié que c'était ce qu'elle préférait. Contrairement aux hommes qu'elle avait connus avant lui, il aimait lire, et ils ont passé une bonne partie du repas à discuter du dernier roman de Sally Rooney. Si elle n'avait pas savouré ce si bon moment, elle aurait peut-être eu l'occasion d'envoyer un texto à une amie pour lui confier combien l'homme en face d'elle lui plaisait.

Dog Boy et moi, nous avons parlé boulot. Il travaillait pour une start-up dans la tech où il était « trop payé à ne pas faire grand-chose », a-t-il avoué. Et d'ajouter :

— Elle va probablement bientôt couler.

J'avais l'impression qu'il s'en fichait.

Il était presque mignon, comme des tas de types avec lesquels j'étais sortie. Il n'y avait rien qui clochait foncièrement chez lui, mais sa gaucherie atténuait en partie son charme potentiel. C'était sûrement un atout dans le monde des start-up, où on confond souvent incompétence sociale et génie.

— Et toi, qu'est-ce que tu fais ? m'a-t-il demandé.

— Je travaille pour une assoce, ai-je répondu avant de commencer à me plaindre de ma cheffe.

Plus tard, la serveuse de William et d'Emma raconterait qu'ils n'avaient pas l'air d'un couple dont c'était le premier rendez-vous, mais de deux personnes profondément amoureuses. « Rien ne laissait supposer qu'il comptait lui faire du mal », ajouterait-elle.

William a payé l'addition, et ils sont partis ensemble. La serveuse ne se rappellerait pas s'ils se tenaient par la main.

Dog Boy m'a invitée chez lui sous prétexte de regarder une émission de télé qu'il aimait bien. Sa chienne m'a accueillie avec enthousiasme, et toute cette soirée a valu la peine ne serait-ce que pour les moments avec elle, les mains dans son poil.

Quand Dog Boy m'a embrassée, j'ai été étonnée car il n'était apparemment pas du genre à faire facilement le premier pas. Il n'embrassait pas bien – sa bouche était trop baveuse et empressée. J'ai alors repensé à Max : malgré tous ses défauts, il était plutôt doué pour tout ce qui touchait au sexe.

— Et si on allait dans ma chambre ? a-t-il proposé, et j'ai hoché la tête.

Nous avons fait l'amour dans le noir. J'ai eu l'impression que son corps l'embarrassait. Les préliminaires ont été brefs – ses doigts ont farfouillé l'intérieur de ma culotte, puis il me l'a enlevée.

Nous avons baisé en missionnaire jusqu'à ce qu'il jouisse et se retire en roulant sur le côté. Il a déposé un baiser sur ma joue, y laissant une traînée de salive. Je n'avais pas eu le plus petit début d'orgasme. J'espérais que Max sentirait intuitivement que j'avais couché avec un autre type.

Je suis restée allongée sur son lit pendant qu'il consultait ses e-mails sur son téléphone. Quand il s'est mis à scroller sur Twitter, je me suis levée et rhabillée.

— Je vais rentrer, ai-je annoncé.

— OK, a-t-il acquiescé en me jetant un coup d'œil. J'ai passé un bon moment ce soir.

— Ouais.

J'ai pris un Uber jusqu'au bar, où j'avais laissé ma voiture. Il était tard quand je suis arrivée chez moi, et j'ai avalé plusieurs verres d'eau avant de me mettre au lit.

— Dieu merci, tu es saine et sauve, a constaté Carole en me voyant au travail le lendemain matin. Je me faisais du souci pour toi.

J'ai levé au ciel mes yeux cernés.

— Il n'y avait aucune raison de s'inquiéter, ai-je répliqué.

Personne ne savait ce qui était survenu entre William et Emma après qu'ils étaient sortis du restaurant. Pourtant, à un moment pendant la soirée, Emma était morte étranglée et son corps avait été jeté dans le ravin où on avait trouvé Annaleigh, Kimberly et Jill. Le cadavre a été découvert plus vite que les autres ; son visage a été identifié par sa meilleure amie, qui, en larmes, a confirmé qu'il s'agissait bien d'Emma.

Certains ont tenu le premier type pour responsable de ce qui s'était produit. S'il n'avait pas subitement coupé les ponts avec Emma, elle serait peut-être encore en vie.

Je n'étais pas prêt mentalement à m'investir dans une relation, s'est défendu cet homme sur Twitter. *J'étais déprimé, et je regrette mon comportement.*

Quelques heures plus tard, il a ajouté un tweet pour se justifier : on ne pouvait pas vraiment dire qu'il avait coupé les ponts avec elle. *Nous sommes sortis une seule fois ensemble. On ne peut pas démolir quelqu'un à cause d'un unique rendez-vous. Je suis désolé de ce qui s'est produit, mais j'estime que je n'y suis pour rien.*

William a été arrêté plusieurs heures après la découverte du corps d'Emma. Quand quelqu'un connaissait autant de femmes assassinées, ça ne pouvait plus être une coïncidence. Carole a allumé la télévision de la salle de conférences et nous nous sommes assises pour suivre les informations : William, menotté, avançait parmi les journalistes.

— Ça me rappelle la course-poursuite d'O. J. Simpson, a fait observer ma collègue.

— Sauf que là, il n'est pas en fuite.

Lorsque j'ai aperçu le visage de William, je me suis rendu compte que je l'avais déjà vu.

— C'était un des clients de Jill, ai-je dit.

Mon ventre a gargouillé, comme toujours quand je buvais trop de café.

— J'ai fait des recherches sur lui après la mort de Jill. Je le croyais innocent.

Carole m'a décoché un regard compatissant.

— Je suis sûre que tu as fait de ton mieux, mon chou, a-t-elle assuré.

Elle a marqué une pause avant d'ajouter :

— Tout de même, si tu avais compris qu'il était le meurtrier, tu aurais sauvé la vie de cette fille.

C'était le problème, avec Carole. Elle avait le don de me rappeler sans arrêt pourquoi je ne l'avais jamais aimée.

Lorsque William a été arrêté, il travaillait dans le bâtiment de verre étincelant où Annaleigh avait été vue pour la dernière fois.

— Tu as raison, a acquiescé Carole. Il ne ressemble pas à un tueur.

William portait un costume de marque et on avait l'impression qu'il avait été bien mieux coiffé avant qu'on lui passe les menottes. Quand il a disparu dans la voiture de police, je me suis lamentée. J'aurais voulu le voir marcher un peu plus longtemps, histoire d'étudier chaque facette de son âme meurtrière. J'ai essayé d'aller sur son compte Instagram – où la barre de recherche a automatiquement rempli son nom, puisque j'avais déjà consulté son profil –, mais il avait été supprimé.

#WilliamThompson faisait la une des tendances sur Twitter.

Le programme de remise en forme de Jill était tellement efficace, a publié un internaute.

C'est un homme blanc, évidemment, a commenté quelqu'un d'autre.

Ma cheffe a passé la tête dans la salle de conférences. Elle a souri.

— Vous employez votre temps de manière efficace, toutes les deux ?

Elle portait une jupe crayon qui lui allait si bien que c'en était insupportable. En comparaison, j'étais vraiment mal fagotée.

— Bien entendu, ai-je déclaré en lui rendant son sourire. Nous collaborons, comme vous nous le conseillez.

— Formidable, a-t-elle répondu en lançant un regard au poste de télé, que Carole avait heureusement déjà éteint.

— Bon, voilà qui est fait, a dit Carole avant de regagner son bureau.

Mon téléphone a vibré, et Dog Boy est apparu sur l'écran.

Nous n'avions pas échangé depuis notre rendez-vous, plusieurs jours auparavant. Moins je répondais, plus il m'écrivait. Ça me procurait un sentiment de puissance. Seuls les hommes qui ne m'attiraient pas spécialement me faisaient cet effet, ce qui me faisait horreur.

Où t'as envie d'aller la prochaine fois ? demandait-il dans son texto.

Je l'ai ignoré, avec l'intention de répondre plus tard, et puis j'ai oublié. C'est en arrêtant subitement de le contacter que j'ai enfin compris que ce type de comportement n'était pas forcément délibéré. J'étais du genre à toujours me rappeler ces choses. Je n'oubliais jamais de manger, je faisais une fixette sur chaque message que j'envoyais, que ce soit dans un contexte amoureux ou platonique. Finalement, j'ai découvert qu'il était facile de ne plus donner signe de vie. Il m'avait suffi de chasser Dog Boy de mon esprit.

Déjà à l'époque, je pensais à William. À son expression posée lorsqu'il avait parcouru la distance entre son immeuble et la voiture de police – à croire qu'on lui avait déroulé un tapis rouge. Je regrettais que ses mains n'aient pas été libres, car j'aurais voulu voir ses doigts, comprendre ces instruments capables d'infliger tant de mal.

Si j'avais su qu'un jour ces mêmes mains seraient sur mon corps, que cette arrestation marquait un début plutôt qu'un dénouement, alors j'aurais sans doute consacré le reste de la journée à mon travail au lieu de lire des articles sur William. Ou bien j'aurais peut-être commencé à faire mes adieux.

8

J'ai essayé de passer à autre chose.

Maintenant que le tueur était sous les verrous, le forum s'est mis à végéter, et j'ai peu à peu repris mes vieilles habitudes sur Internet. Sans ce sentiment d'urgence, je me sentais vide. J'allais au travail. Je suivais un nouveau cours au club de sport. Une copine m'a donné du levain que j'ai oublié au réfrigérateur après avoir confectionné seulement deux miches de pain. J'ai entrepris de tricoter une couverture, puis j'ai renoncé car j'avais sauté trop de mailles, impossibles à récupérer. J'ai pris un cours de cuisine avec une autre copine et, pendant une semaine, j'ai envisagé de démissionner pour devenir cheffe ; j'ai changé d'avis après avoir avalé du poisson pas assez cuit et fait une intoxication alimentaire. J'ai participé à un défi qui exigeait de manger sain pendant un mois, et je n'ai tenu que trois jours. J'ai perdu deux kilos, et je les ai repris. J'ai envoyé des textos à Meghan pour l'inviter à une happy hour et elle a répondu : **Peut-être la semaine prochaine !** tellement de fois que j'ai laissé tomber.

Malheureusement, passer à autre chose n'a jamais été mon fort. Lorsque je me sentais seule – c'est-à-dire très souvent –, je recommençais à penser à Max. Même si je savais que c'était une mauvaise idée, j'avais envie de voir ses publications sur Instagram, où il m'avait bloquée, par pur masochisme. Pendant une pause-déjeuner, Carole m'a aidée à créer un faux compte. Pour ma photo de profil, nous avons choisi celle d'une jolie punk, le genre de fille qui aurait sans doute pu être amie avec Max.

— Oui, celle-ci, a décrété Carole.

Elle s'ennuyait, elle aussi. L'association avait récemment pourvu le poste de directeur adjoint – celui qui aurait dû me revenir – en embauchant un type qui ressemblait à un cafard et qui se conduisait comme tel. Il avait pris l'habitude de regarder par-dessus nos épaules pour s'assurer que nous restions concentrées sur notre boulot.

— Bon sang de bois, je ne suis plus une gamine, a un jour marmonné Carole alors qu'il s'éloignait.

Ce n'est pas seulement à cause de Max que nous avons imaginé le faux compte Instagram. Créer une jeune punk à même de se dresser contre les attentes de la société – ce dont nous ne serions jamais capables – était un geste de défi qui nous procurait du plaisir.

J'avais envie que Max ait le cœur brisé, que son groupe se sépare, que sa relation avec Reese prenne fin. Au lieu de quoi les Screaming Seals se produisaient de plus en plus souvent sur scène et Reese était officiellement devenue la « petite amie » de Max – une expression qu'il fuyait comme la peste quand nous couchions ensemble. Il avait posté des photos d'eux prises au parc, où il passait son bras autour des épaules de Reese. On les voyait aussi en week-end, au restaurant, dans un nouveau bar. Chacune de ces images me blessait, et je ne parvenais pas à détacher mes yeux de l'écran du téléphone.

Il a fallu que le directeur adjoint s'adresse à moi pour que je me rende compte de sa présence dans la salle de pause, alors qu'il se tenait dans mon dos.

— Hannah, il est temps de se remettre au travail.

— Oui, bien sûr !

Je lui ai souri. Sa remarque m'est restée en travers de la gorge jusqu'au soir.

Je détestais que Max ait encore la capacité de me faire du mal. Je détestais le nouveau directeur adjoint, qui m'avait pris mon boulot. Je détestais William parce qu'il avait tué des femmes, mais aussi parce qu'il s'était fait prendre, si bien que je n'avais plus de but dans la vie. Comme je n'avais pas le droit de commenter les photos de Max ou de répondre avec insolence au directeur adjoint – en théorie mon supérieur hiérarchique, même si j'étais là depuis bien plus longtemps que lui –, j'ai écrit à William.

Ç'a d'abord été une lettre abstraite, rédigée dans ma tête, revue et corrigée tout au long de la journée.

Tu es un monstre. J'espère que tu en es conscient, ai-je pensé tout en préparant les diapos pour une présentation à venir.

Tu mérites tout ce que le sort te réserve, tu l'as bien cherché, ai-je composé tandis que je déambulais dans les allées du supermarché.

Tu es un fléau, et, même si je ne crois pas à la peine capitale, je souhaite ta mort, lui ai-je assené pendant que je faisais bouillir de l'eau pour mes macaronis au fromage.

Une fois mon repas prêt, je me suis attablée avec un carnet à spirale pour coucher sur le papier les mots que je ruminais. J'achetais tout le temps des cahiers que je n'utilisais pas, comme si j'attendais qu'une raison parfaite se présente pour noircir leurs pages. William était devenu cette raison.

La mort d'Annaleigh m'a fait une forte impression. Sais-tu ce qu'on ressent quand on sait qu'on ne sera jamais vraiment en sécurité dans ce monde ? Je parie que vous vous êtes rencontrés au boulot. Elle était si belle. Je suppose que tu la désirais et qu'elle a repoussé tes avances. Une femme est toujours en danger quand elle dit non.

Tu es un homme qui ne manque de rien. Tu es riche, instruit, tu as tous tes cheveux. À partir de là, que reste-t-il à accomplir ? Là est la question, j'imagine. Certains décident de gravir l'Everest ou de courir un marathon. Jill était ta coach personnelle, tu devais donc avoir des aspirations sportives. D'autres font du bénévolat ou cherchent un boulot. Toi, tu as décidé de tuer des femmes.

Il y a en moi une rage silencieuse et mon pire méfait, c'est de boire plus que de raison. Tuer doit bien t'apporter quelque chose. Une excitation sexuelle, par exemple ? C'est peut-être pour te venger de quelqu'un qui t'a fait souffrir, une ex-petite amie ou bien ta mère.

Tu sais quoi ? Tout le monde souffre, William. Seuls les monstres deviennent des meurtriers.

Les pires personnes au monde attirent le plus l'attention, c'est injuste. Je fais de mon mieux et mes tentatives m'invisibilisent davantage encore. Mais, surtout, j'ai peur de finir comme Kimberly. À quel stade de décomposition serait mon cadavre avant qu'on s'aperçoive de ma disparition ? Après ton arrestation, ton nom a fait la une sur les réseaux sociaux pendant des heures, et ça m'a dégoûtée. J'espère qu'on se souviendra aussi longtemps du nom de tes victimes que de toi.

Je me suis déjà trouvée à la place d'Emma. Je ne suis pas morte, évidemment, mais je sais ce que c'est que mettre tous ses espoirs et ses rêves dans un rendez-vous. Les choses auraient pu se dérouler autrement. Tu aurais pu sortir un soir avec elle, puis avec une autre. Tu aurais pu tomber amoureux, te marier, avoir des enfants. Quitter ton appartement et acheter une jolie maison quelque part. La tuer valait-il mieux que tout ça ?

J'ai parfois l'impression qu'il existe deux catégories de personnes : celles à qui on promet une vie qu'elles ne seront jamais en mesure d'atteindre, et celles qui mènent la vie promise et qui n'en veulent pas. Là encore, il est possible que ce soit ce que tu souhaitais depuis le début. Tu es célèbre, maintenant. Tout le monde connaîtra le nom de William Thompson pour l'éternité. Qui choisiras-tu pour jouer ton rôle dans le biopic qui te sera consacré ? Un bel homme, sans aucun doute. Simplement, tu ferais mieux de prier d'être encore là pour en voir le dénouement.

Je veux que tu me prêtes bien attention : je ne pourrai plus jamais sortir le soir avec un type sans penser à toi. À chaque instant, je me demanderai s'il a envie de m'aimer ou de me tuer. Quelle sorte de relation peut naître de ce genre de pensées ?

Si le karma existe, tu souffriras comme tu as fait souffrir les autres.

Quand j'ai terminé, j'avais des crampes dans la main et mon bol de macaronis était vide. J'avais toujours rêvé de pouvoir écrire ainsi. J'aimais à me dire que j'étais une romancière en herbe empêchée par sa semaine de quarante heures et le manque d'inspiration qui régnait autour d'elle. Je puisais à présent cette inspiration en William. Il me permettait de diriger mon regard habituellement myope sur des objets extérieurs à moi, et c'était ce qui poussait enfin les mots à couler à flots.

Je ne me voyais pas poster cette lettre, pas vraiment. Je la rangerais dans un tiroir, l'oublierais et tomberais dessus le jour où je déménagerais ; je rirais alors de celle que j'avais été plus jeune, bête au point d'écrire à un tueur en série présumé. Le lendemain, au travail, je me suis pourtant mise à chercher où et comment on envoyait une lettre à un prisonnier, et j'ai songé : *Pourquoi pas ? Au pire du pire, que peut-il se produire ?*

J'ai envoyé cette lettre de la même manière que j'ai écrit à Max des tonnes de textos longtemps après qu'il en avait manifestement terminé avec moi. Je ne l'ai pas envoyée pour son destinataire. Je l'ai envoyée pour moi-même, parce que j'en avais envie. Parce que je tenais à dire ce que j'avais sur le cœur, quand bien même je ne recevrais jamais de réponse.

Ça m'a fait du bien de la poster, comme embrasser un inconnu dans un bar en sachant qu'on ne le reverra plus. Je pensais que ça me permettrait de tourner la page sur toute l'affaire William Thompson. Je me suis même déconnectée du forum sur l'ordinateur du bureau et sur mon téléphone.

Mais, ainsi que je l'ai déjà dit, passer à autre chose n'a jamais été mon fort.

9

Il pleuvait le jour où j'ai reçu une réponse, et je ne pensais plus à William. Les hommes ont le chic pour agir ainsi. Comme s'ils attendaient que je me consacre enfin à moi-même, en mangeant sainement et en faisant de l'exercice, pour s'insinuer à nouveau dans mon existence.

Le froid hivernal était arrivé, apportant des averses qui se mélangeaient à ce qui restait de neige et couvrait les rues de gadoue. Vu que j'avais oublié de prendre un parapluie pour aller bosser et que j'avais eu du mal à trouver une place près de mon immeuble, je suis rentrée trempée jusqu'aux os. J'avais prévu de dîner d'une salade, et j'avais même tous les ingrédients qu'il fallait au réfrigérateur ; mais la pluie avait fait naître en moi une tristesse qui m'a poussée à me faire livrer une pizza.

J'étais tellement pressée de passer des vêtements secs que je n'avais pas pris la peine de relever mon courrier ; et puis le livreur a sonné à l'interphone pour m'annoncer que ma pizza m'attendait en bas. Le carton était chaud et dégageait une bonne odeur, et je n'aurais peut-être pas ouvert ma boîte si je n'avais aperçu une lettre derrière la fente transparente.

Le courrier était généralement décevant. Il était rare de recevoir autre chose que des publicités pour des cartes de crédit ou d'autres associations caritatives que la mienne, m'incitant à leur faire don de mon maigre salaire ; ainsi, quand j'ai vu une enveloppe apparemment normale, j'ai pris le temps de la récupérer.

— William, ai-je énoncé à haute voix en découvrant l'adresse d'expédition.

J'avais envie de l'ouvrir à la hâte dans le hall de l'immeuble, mais je me suis forcée à patienter. Je fonctionnais toujours ainsi, me privant d'un plaisir immédiat pour planter un décor avant de faire quoi que ce soit. J'aimais regarder des émissions de concours culinaires – ça me faisait un peu de compagnie quand je me sentais seule –, et on y employait l'expression « mise en place[1] », ce qui consistait à aligner les ingrédients devant soi avant de réaliser une recette. Afin de me préparer à lire la lettre d'un homme accusé d'être un tueur en série, j'ai enfilé mon pull le plus large et le plus douillet, posé une part de pizza sur une assiette et me suis servi un Coca light avec des glaçons. J'observais ce rituel lorsque je prévoyais de regarder à la suite tous les épisodes de la nouvelle saison d'une de mes séries préférées.

L'écriture de William, petite et nette, appartenait manifestement à un tueur. Évidemment, j'aurais émis la même remarque si elle avait été différente. Je me représentais les gens ainsi que j'en avais envie.

J'ai pris une photo de l'enveloppe et de la lettre, que j'ai positionnées de telle sorte qu'elles ressemblent à un couple prenant la pose. Je désirais garder une preuve avant même de savoir ce que je comptais prouver.

1. En français dans le texte.

Je croyais que cette lettre contiendrait les vociférations d'un psychopathe, qu'il y avouerait peut-être sa culpabilité. Je réfléchissais déjà à la tenue que je porterais dans l'inévitable série documentaire qui rendrait compte des crimes de William. Au lieu de quoi, ce qu'il m'écrivait était presque plus troublant : il souhaitait savoir qui j'étais.

Chère Hannah,

Merci pour ta gentille lettre. Je ne peux pas t'en vouloir de ce que tu ressens. Les femmes sont assurément traitées de façon odieuse dans la société où nous vivons. Je m'excuse pour toutes les fois où je n'ai pas su être un allié. Je ne te connais pas, mais je suis certain que tu mérites mieux.

En lisant la fin de ce paragraphe, je me suis mordu la langue ; une de ces réactions idiotes, quand soudain on n'arrive plus à mâcher alors qu'on a accompli cette action machinale depuis presque toujours. Il m'était pénible d'admettre qu'un tueur en série présumé me voulait plus de bien que la plupart des gens de ma connaissance.

Je vois bien à ta lettre que tu sais déjà tout de moi. Étant donné que je ne suis pas particulièrement intéressant, même dans des circonstances plus favorables, j'ai envie d'en apprendre davantage à ton sujet. Quels sont tes passe-temps ? Tes passions ? Dis-moi ce que tu aimes et ce que tu n'aimes pas. Ton plat préféré, ta bougie parfumée préférée ? Quelle chanson de Taylor Swift écoutes-tu le plus ?

Il y a deux choses que tu n'as sans doute pas pu apprendre dans la presse : je tiens toujours à avoir chez moi une bougie parfumée au whisky et au sirop d'érable, et la chanson de Taylor Swift que je préfère est « exile », avec Bon Iver. Je fais croire que je l'écoute pour

Bon Iver. En réalité, c'est parce que j'aime Taylor. C'est difficile d'être un homme, non ? Ce qu'on aime est toujours un aveu.

J'ai interrompu ma lecture pour attraper une autre part de pizza. Mon cœur battait à tout rompre, comme en cours de biking. Je m'en voulais d'avoir ingéré de la caféine alors que j'irais bientôt me coucher. Je ne respectais jamais les conseils qui permettaient de mieux dormir.

J'ai l'impression que tu aimes lire. Je serais ravi que tu me recommandes un bon bouquin. Par le passé, j'étais plutôt adepte du développement personnel, de trucs du genre « Comment réparer sa vie en dix étapes faciles ». Maintenant que ma vie est irréparable, je prends un plaisir nouveau à lire de la fiction. Il n'y a pas de bons livres ici. Beaucoup de romans de gare, beaucoup de classiques, mais presque rien entre les deux. J'ai récemment redécouvert « La Lettre écarlate[1] », que j'avais lue au lycée. À l'époque, je l'avais trouvée vraiment stupide. J'ignorais ce que c'était qu'être marqué au fer rouge.

Si tu ne veux pas me répondre, je comprendrai. Tu as l'air de savoir ce qui compte pour toi. Je ne m'attends pas à ce qu'on ait de la peine pour moi parce que je me sens seul. La solitude est la moindre des choses que je mérite. Mais, si tu en as le temps, je serai sincèrement heureux d'avoir de tes nouvelles.

Bien à toi,

William

Quand j'ai eu terminé, il régnait chez moi ce genre de silence qui redevient immédiatement bruyant. J'ai mis de la

1. L'héroïne de *The Scarlet Letter* (1850), roman de Nathaniel Hawthorne, a eu une enfant illégitime dans le Boston puritain du XVIIe siècle et se voit contrainte de porter sur son corsage un « A » brodé écarlate, symbole de son adultère.

musique – Taylor Swift. Non parce que William en parlait dans sa lettre, mais parce qu'il me suffisait d'appuyer sur « play », vu que c'était ce que j'écoutais le matin en me préparant pour aller au travail. Mon studio me paraissait plus exigu que d'habitude, comme si les murs essayaient de se rapprocher peu à peu les uns des autres pour finir par complètement m'étouffer. J'ai décidé de continuer à consulter les annonces immobilières en ligne en arrivant au boulot le lendemain.

Je me suis servi une troisième part de pizza. Je l'ai mangée debout devant le plan de travail tout en contemplant la lettre que j'avais gardée à la main. Je m'en suis voulu en constatant que je l'avais déjà maculée de gras.

William n'avait pas avoué, mais il n'avait pas non plus clamé son innocence. Au lieu de quoi il se complaisait à exprimer un vague autodénigrement, une impulsion qui se manifestait aussi en moi. Il était dur de s'aimer, même si on n'était pas accusé d'avoir tué qui que ce soit. La plupart du temps, il était plus simple d'accepter les déconvenues plutôt que les réussites, ne serait-ce que parce que j'avais beaucoup de mal à me trouver digne de la moindre gratification.

Mon voisin, un perpétuel grincheux, a cogné à ma porte.

— Baissez la musique !

J'ai eu un rire de mépris, mais je me suis exécutée. J'avais d'abord cru que vivre seule me garantirait une certaine forme de liberté, avant de découvrir que non, du moins tant que je partagerais des murs avec des voisins qui se couchaient avec les poules et qui éprouvaient une aversion inouïe pour mes goûts musicaux.

J'ai donc coupé le son et laissé le silence m'envelopper. J'avais encore mal à la langue. J'ai pris mon carnet à spirale et me suis assise devant ma table.

Si William avait été un type ordinaire comme Max, je n'aurais pas répondu tout de suite. Il était mal vu de se montrer trop empressée, de reconnaître qu'on était seule chez soi, désœuvrée et terriblement angoissée. Peu importait le temps que je prenais pour contacter un homme, j'avais l'impression que mon enthousiasme était perceptible dans chacun de mes brefs textos. Je pouvais seulement feindre d'être réservée. Avec William, je n'avais plus à me soucier de tout ça. Comme nous correspondions par lettres, il lui était impossible de savoir à quel moment exact elles étaient rédigées – tout aussi impossible que de savoir avec exactitude quand les femmes qu'il avait mutilées et jetées dans le ravin étaient mortes. Il était en prison, ce qui signifiait que ses modes de communication étaient limités, de même que le nombre de personnes avec lesquelles il était en mesure d'entrer en contact. Plus important encore, William était accusé de meurtre. Au pire, que m'arriverait-il si ma correspondance souffrait d'un excès de zèle ? Ce n'était pas comme s'il pouvait me tuer. Il était déjà derrière les barreaux.

Cher William, ai-je commencé. J'ai hésité un très court instant – devais-je écrire « cher » ? J'ai pensé à la répugnance que Max aurait éprouvée si jamais j'avais reconnu qu'il m'était cher. J'ai poursuivi :

Je ne sais pas si tu es en droit de me poser des questions sur ma vie. En fait, je pourrais probablement signaler à la police que tu m'interroges ainsi. Si tu regrettais vraiment tes crimes, tu t'abstiendrais d'entrer en contact avec des femmes. Je ne serais pas étonnée d'apprendre que ce genre d'interrogatoire est une ruse. On place la barre si bas pour les hommes qu'ils n'ont qu'à montrer un minimum de respect vis-à-vis d'une femme et de ce qui l'intéresse pour qu'on les considère soudain comme une icône féministe. Écouter Taylor

Swift ne suffit pas à effacer tous tes péchés, même si ça te donne un avantage sur le dernier type avec lequel je suis sorti, qui la traitait d'« amatrice sans talent ».

Je t'accorde au moins ça, mais pas parce que tu le mérites. Ma chanson préférée de Taylor Swift est « Cruel Summer », et l'album que je préfère « 1989 ». Je l'ai découvert des années après sa sortie. Avant, je prétendais ne pas aimer la pop. Je ne me rappelle pas pourquoi – comme quand on se fâche avec quelqu'un et qu'on oublie ensuite ce qui a pu provoquer cette dispute. Je m'estimais trop stylée pour écouter de la pop, ou bien je voulais que les autres me trouvent stylée. J'ignore pourtant si cette idée leur a jamais traversé l'esprit. Je m'aperçois que plus je vieillis, moins je me soucie de ce genre de choses. J'avais autrefois honte de sortir de chez moi si ma tenue n'était pas parfaite, alors que, maintenant, enfiler une paire de vraies chaussures me demande de gros efforts. Ça m'est pénible de penser à toutes les choses que je me suis interdit d'aimer à l'époque où j'avais envie de les aimer.

Tu es le seul homme que je connaisse à avoir un parfum de bougie préféré. L'expérience olfactive de tous les autres se limite à un vaporisateur d'Axe. Mon dernier copain en date n'utilisait même pas de déodorant. Je lui disais qu'il ne sentait pas mauvais – c'était un mensonge. Je change de bougies en fonction des saisons. Comme je ne peux pas transporter un arbre de Noël jusque chez moi, j'achète une bougie parfumée au sapin baumier et ça revient presque au même. Je dépense trop d'argent en bougies. C'est plus fort que moi. Je vis dans un studio et les odeurs de cuisine imprègnent facilement toute la pièce. Il est difficile de se refuser des petits plaisirs quand tout ce qui est vraiment important vous est refusé.

Je me suis interrompue pour prendre un chocolat dans le bol à confiseries posé sur le plan de travail. Je n'avais rien à dire de mes passions ou de mes occupations : en réfléchissant à ma vie, je me suis rendu compte que mon seul passe-temps était William lui-même.

Interroger les autres sur leurs hobbies n'a même aucun intérêt sur une appli de rencontre. On ment tous sans arrêt et on raconte qu'on aime la randonnée. Je n'ai rien contre ce type d'activité. Mais ce qui me plaît surtout, c'est de m'asseoir devant la télévision et de regarder d'un coup trop d'épisodes d'une série, ou l'impression que te laisse un excellent repas. J'aime aller dans les bars, boire plus que de raison et faire la grasse matinée. Je ne suis pas censée avouer ce genre de choses, mais je peux te les confier parce que même mes pires habitudes n'ont rien de détestable comparées aux tiennes.

J'ai songé à lui conseiller un livre, mais j'ai toujours jugé les recommandations hyper-gênantes. Ça me donnait l'impression de contempler mon reflet dans la vitre d'une voiture, une image inversée qui s'était déformée sans que je parvienne à m'expliquer comment. Cette question me faisait l'effet d'une mise à l'épreuve, comme quand les garçons, à l'université, me demandaient quels groupes j'écoutais et que je répondais Neutral Milk Hotel[1], le seul qui, j'en étais sûre, recueillerait leur approbation. Malgré tout, j'appréciais que William aime lire. Il acquérait ainsi un certain prestige moral malgré tous ses méfaits impardonnables. J'avais moi aussi lu *La Lettre écarlate* au lycée et je me souvenais que le garçon assis derrière moi, pour rire, avait traité l'héroïne de salope.

Je ne savais pas comment terminer. Il me semblait que « Bien à toi » ou « Cordialement » ne convenait pas. J'ai fini

1. Groupe de rock indépendant fondé en 1989 en Louisiane par le musicien Jeff Mangum.

par simplement signer « Hannah ». Mieux valait ne rien ajouter à mon prénom.

J'ai arraché les pages de mon carnet et les ai glissées dans une enveloppe. En la fermant, j'ai trouvé agréable le goût chimique de la colle sur ma langue.

Avant d'aller me coucher, je me suis connectée au forum sur mon ordinateur portable. Il n'y avait pas grand-chose de neuf, puisque William était en prison et que le procès débuterait dans un bout de temps. Je suis tombée sur les mêmes débats – était-il réellement coupable ? – et sur quelques nouvelles informations liées de loin à l'affaire, mais rien de particulièrement intéressant. Si je publiais *Devinez qui m'a écrit ?*, je savais que ça entraînerait une vague de réactions. Tout le monde aurait soudain envie de me parler et me considérerait comme une experte.

Je m'en suis abstenue. C'était agréable de ne rien dire de la lettre de William, de garder un secret rien qu'à moi. J'étais heureuse de savoir des choses que les autres ignoraient, de faire l'expérience d'une proximité qu'on pouvait seulement admirer de loin.

Avant de m'endormir, je me suis touchée sous les draps. Il m'arrivait de me masturber à cette heure-là. Ça m'a énormément plu, ce qui était inhabituel. En temps normal, je trouvais ce plaisir solitaire insignifiant par rapport à celui que les hommes pouvaient me procurer. Cette nuit-là, j'ai eu un orgasme comparable à une explosion galactique. Le genre de jouissance susceptible de donner naissance à une nouvelle vie.

10

J'ai incorporé les lettres de William à ma vie de la même manière qu'on se ménage du temps pour un nouveau hobby – à la différence que je n'apprenais pas à danser le cha-cha-cha ni à identifier les oiseaux, mais à connaître un tueur en série.

Quand je partais travailler le matin, je regardais dans ma boîte aux lettres et, le soir, j'avais hâte de rentrer pour encore l'inspecter. Le week-end, je me trouvais des prétextes pour descendre dans le hall et voir si du courrier était arrivé. Pour la première fois de ma vie, mon linge était toujours propre, car je devais longer les boîtes pour gagner la buanderie de l'immeuble. Par le passé, je me demandais comment on vivait sans les pressions constantes d'un téléphone mobile, une existence dont j'avais fait la brève expérience dans mon enfance ; mon obsession pour ma boîte aux lettres m'a fait comprendre que les gens ont finalement toujours été captifs, simplement de manière différente.

Puis-je te confier un secret ?

Ainsi débutait sa deuxième lettre. Oui, rien ne m'intéressait davantage que de découvrir ce qui était enfoui dans les recoins les plus sombres de son esprit.

Je n'ai jamais voulu être avocat.

Quelle déception. Un secret était censé être associé à l'amour ou au meurtre, pas à des aspirations professionnelles.

Dans la famille Thompson, tous les hommes le sont. Mon père, mes oncles et leur propre père avant eux. Mon frère, Bentley, a désiré rejoindre cette lignée dès son plus jeune âge. J'étais bien décidé à être différent. En grandissant, si je voulais mettre mon père en colère, je menaçais de ne pas faire d'études de droit, de devenir acteur, journaliste ou d'embrasser n'importe quelle carrière qu'il méprisait. Pour finir, j'ai accepté d'être avocat parce que ce choix m'a semblé pragmatique. Je me disais que je serais peut-être capable de rendre service aux autres. Je me trompais. Je regrette de ne pas avoir eu assez de courage pour être moi-même.

J'imagine qu'on peut dire que j'ai désespérément besoin du contact humain, ainsi que tu le suggères dans ta dernière lettre. Je n'aimais pas fréquenter les avocats quand j'étais l'un d'eux, et j'aime encore moins ça maintenant que je suis un accusé. D'un côté, tout tourne autour de moi et, de l'autre, c'est comme si je n'étais pas même présent dans la pièce.

Quand mes parents me rendent visite, ma mère pleure sans arrêt et se plaint auprès des gardiens de mes conditions de vie, à croire que je devrais être détenu dans une prison de luxe. Mon père est convaincu que je finirai bien par m'en sortir si je m'en tiens à la déontologie du métier. J'ai le plus grand mal à leur parler. Ce que tu comprends et qu'ils ne comprendront jamais, c'est que je mérite mon sort. Chaque spore de moisi sur le pain, les vêtements trop grands, la toux que je traîne depuis mon premier soir dans cet endroit.

Je ne devrais pas t'écrire, tu as raison. Pas parce que ça te met en danger, mais plutôt parce que ça me distrait, là encore sans que je le mérite, de l'existence que j'ai provoquée. Tu expliques qu'il t'est difficile de te refuser des petits plaisirs, eh bien c'est ce que cette correspondance représente à mes yeux : un petit plaisir. Pendant longtemps, j'ai mené une vie d'excès que je ne méritais pas et j'attendais constamment que l'univers m'en prive. Le karma a quelque chose de réconfortant, même si c'est contre moi que son courroux est dirigé. À mon humble avis, tu devrais t'acheter des bougies sans culpabiliser.

J'ai l'impression que les gens font peu de cas de toi, Hannah. Sache qu'il n'en ira jamais ainsi avec moi. Nous ne nous connaissons pas encore très bien, j'en ai conscience, mais j'attache de la valeur à tout ce que tu as à me dire.

Bien à toi,

William

J'ai passé une matinée entière de boulot à lui répondre. Je lui ai dit que ça faisait des années que j'envisageais de m'inscrire en troisième cycle à la fac, mais que j'étais probablement trop vieille. *Je crois que j'ai raté l'occasion de me construire une vie nouvelle*, ai-je écrit. *Du reste, je ne sais pas vraiment ce que je veux.*

J'ai parlé des tenues de Carole, de mon souhait de passer à une semaine de travail de quatre jours. *Qui pourrais-je devenir si j'avais plus de temps ?* J'en ai presque oublié que je me confiais à un tueur en série présumé et pas à un type ordinaire rencontré via une appli. Presque, mais pas complètement.

J'espère que le jury te condamnera à perpétuité, ai-je conclu.

Bien à toi,

Hannah

Il a commencé sa troisième lettre en déclarant : *C'est la première fois que je raconte ceci à quelqu'un.* Et puis il s'est lancé dans le récit de son enfance.

Mon frère et moi avons été élevés par une succession de nourrices, bien que ma mère ne travaille pas. Il était entendu qu'elle devait veiller à ce que la maison soit bien tenue, à ce que nous soyons convenablement vêtus et fréquentions de bonnes écoles. Tout le reste, les détails moins reluisants de l'enfance, était de la responsabilité des nourrices.

Mon frère et moi, nous avons une relation compliquée. Nous sommes aux antipodes l'un de l'autre à bien des égards, notamment, ce qui n'est pas négligeable, nos opinions politiques. Petits, nous nous bagarrions beaucoup. Nous nous sommes souvent fait mal au point de devoir être emmenés à l'hôpital. Quelques yeux au beurre noir, un bras cassé, ce genre de choses. À mon avis, aucun de nous ne voulait jamais que ça aille aussi loin, mais la situation dégénérait facilement.

J'ai toujours été la brebis galeuse. Mon frère a fait tout ce que nos parents attendaient de lui. Il s'est marié jeune, avec une femme comme notre mère. Ils se sont rencontrés en fac de droit alors qu'elle était encore en licence. Ils ont deux enfants que j'aime, mais avec lesquels je ne sais pas comment établir une relation. Je croyais que je comprendrais une fois que j'aurais moi aussi des enfants, chose qui est devenue impossible à présent. Je suppose que les fils de Bentley perpétueront l'héritage des Thompson et deviendront plus tard avocats.

Mon père se comporte d'une certaine manière en public et d'une autre en privé. J'ai entendu dire de lui à de nombreuses reprises que c'était quelqu'un de gentil, un adjectif que j'ai du mal à associer à sa personnalité. Il était dur avec Bentley et moi, le genre de père qui croit que les enfants doivent être fessés pour ne pas devenir gâtés. Nous avons sans doute été gâtés en dépit des fessées. L'argent n'empêche pas les parents de détruire leurs enfants.

On attendait de nous que nous excellions en tout ; sinon, on nous punissait. J'ai déçu mes parents lorsque je n'ai pas réussi à intégrer l'équipe de football américain du lycée alors que Bentley en était le quarterback. Ils ne m'ont pas écouté quand j'ai expliqué que je ne voulais de toute façon pas jouer au foot. « C'est ce qui se fait dans notre famille », a répliqué mon père. Parfois, lorsqu'on subit trop de pression, on craque.

Je me suis alors rendu compte qu'il n'allait pas passer simplement aux aveux. Il exprimait du remords sans reconnaître avoir commis un crime en particulier, mentionnait qu'il avait blessé son frère assez grièvement pour qu'il ait eu besoin de soins médicaux, mais affirmait que c'était un accident. Notre correspondance ressemblait davantage à une série qu'à un film, chaque lettre comme un épisode qui venait consolider le précédent.

J'ai décrit la relation que j'entretenais avec mes propres parents.

Ils aiment une version de moi qui n'existe pas. Je ne me suis jamais confiée à eux, ne leur ai jamais parlé des garçons qui me plaisaient ni de mes espoirs ou de mes rêves d'avenir. Ils estiment que je réussirais si seulement je croyais en moi-même. Ils ne comprennent pas que croire en soi ne suffit pas pour décrocher un meilleur boulot ou un prêt immobilier. Ils voudraient savoir pourquoi je ne suis pas mariée, mais reconnaissent qu'il est indélicat de me le demander.

Tout ça paraissait si banal comparé à l'enfance de William. Mes parents ne me donnaient jamais de fessée ; c'était contre leurs principes. Simplement, ils avaient à mon égard des attentes qui ne correspondaient pas à qui j'étais, en partie parce que je leur cachais certaines facettes plus rebutantes de ma personnalité. Je n'étais cependant pas entièrement convaincue par l'idée que c'était cette absence de violence qui nous différenciait, William et moi, que ça expliquait pourquoi il était devenu tueur en série et que j'étais quelqu'un qui manquait parfois un cours de sport alors que j'avais prévu d'y aller. Ce genre de corrélation était trop facile, trop simple, et William était tout le contraire.

*

— Qu'est-ce qui t'arrive ? a dit Meghan quand nous nous sommes enfin retrouvées un soir pour une happy hour. Tu as l'air différente. J'ai du mal à dire pourquoi.

Elle m'a scrutée comme si un examen approfondi de mon visage lui révélerait une nouvelle coupe de cheveux ou des dents plus blanches.

— J'écris à William Thompson, ai-je expliqué à voix basse.

— Qui est William Thompson ?

J'ai eu l'impression qu'elle me demandait de donner une définition de l'air que nous respirions. L'idée que William ne puisse être la préoccupation principale de tout le monde ne m'avait pas effleurée. C'était surtout avec les autres membres du forum que je communiquais, et ceux-ci se consacraient autant que moi à William et à l'issue du procès à venir. On aurait cru que Meghan et moi vivions dans deux mondes parallèles.

Meghan était ma meilleure amie, ai-je confié à William. *Et puis elle s'est trouvé un petit copain et elle m'a oubliée.*

— C'est l'homme accusé d'avoir assassiné Annaleigh. Tu sais, le tueur en série.

Meghan a affiché une mine de dégoût intriguée.

— Mais non, tu lui écris ?

S'il y a un avantage à être enfermé, c'est la façon dont les autres me dévoilent leur véritable nature de bien des manières, m'a répondu William.

— Oui, enfin, je ne lui ai envoyé que deux ou trois lettres. Ce n'est pas comme si nous correspondions régulièrement. Je ne m'attendais pas à ce qu'il me réponde, je te le jure. J'imagine qu'il doit se sentir seul, en prison.

La nourriture est-elle aussi mauvaise qu'on le raconte ? ai-je voulu savoir.

Pire encore, a-t-il affirmé.

— Putain, c'est trop bizarre, a commenté Meghan. Mais c'est quand même cool, hein ? Tu communiques avec un tueur en série. C'est comme si tu bavardais avec Ted Bundy.

— Ted Bundy a tué au moins trente femmes, ai-je aussitôt rétorqué, essayant de mettre de la distance entre William et lui.

Tu n'as rien à voir avec ce que je m'imaginais, je dois bien l'admettre, ai-je écrit.

Et réciproquement, a-t-il renchéri.

— C'est vraiment important ? a demandé Meghan. Combien de femmes un homme doit-il assassiner avant qu'il lui soit impossible de se racheter ?

— Je crois qu'il suffit d'un meurtre. Je ne lui écris pas pour qu'il se rachète. Je cherche plutôt la vérité. À rendre justice aux victimes, tu vois.

— Ne deviens pas l'une de ces femmes. Tu sais, comme Machine, qui s'est pointée au procès de Ted Bundy.

En disant « ces femmes », elle a fait une grimace, à croire qu'elles étaient marquées au fer rouge.

— Carole Ann Boone ? Je n'ai rien à voir avec elle. J'écris à William, c'est tout. Carole Ann Boone a couché avec Ted alors qu'il était en prison et elle a eu un enfant de lui. Je ne crois pas que je pourrais avoir des rapports sexuels dans une cellule et, même si ça arrivait, je l'obligerais à mettre une capote, c'est sûr.

J'ai repensé à l'arrestation de William. À la façon dont son costume épousait sa silhouette. Dans une autre vie, s'il n'avait pas été un meurtrier et que je ne vivais pas à presque deux mille kilomètres d'Atlanta, je l'aurais trouvé séduisant.

La serveuse a interrompu notre conversation en nous apportant deux autres verres. J'ai léché le sel qui saupoudrait le bord du mien avant de déguster à la paille ma deuxième Margarita.

— Au fait, je voulais te dire quelque chose, a repris Meghan en évitant de croiser mon regard – et j'ai senti mon ventre se nouer avant même qu'elle ait terminé sa phrase. Je suis fiancée.

J'ai alors remarqué la bague qui brillait à son doigt. Quand elle m'avait proposé d'aller boire un pot, j'aurais dû me méfier. Ça faisait des semaines que je ne l'avais pas vue, depuis qu'elle avait mis un terme à notre happy hour rituelle. En fait, ce n'était pas parce que je lui manquais (ce qu'elle avait affirmé dans son texto), mais parce qu'elle était maintenant fiancée et s'imaginait que je réagirais mal.

— Félicitations, ai-je dit avec un sourire hypocrite.

— Je voulais te l'annoncer en personne avant de le faire en ligne.

— Ouais, normal.

J'ai aspiré une trop grande quantité de Margarita et me suis mise à tousser.

— Vous avez fixé une date ? ai-je demandé après m'être éclairci la voix.

— On envisage de faire ça en décembre.

— Un mariage hivernal.

— Oui.

— Je suis si heureuse pour toi.

Je regrette d'être jalouse quand il arrive de bonnes choses aux autres, écrirais-je à William de retour chez moi. *C'est plus fort que moi. Mais pourquoi ces choses ne m'arrivent-elles pas à moi ? Parfois, je me demande si je ne me sabote pas moi-même, ainsi que l'affirment mes parents.*

Meghan m'a remerciée, puis a hésité, comme si elle comptait ajouter quelque chose ; elle a finalement gardé le silence.

Nous avons payé chacune nos verres respectifs.

— Ça m'a fait tellement plaisir de te voir, a-t-elle dit.

— Ouais, moi de même.

Avant de partir, elle s'est tournée vers moi.

— Ne va pas tomber amoureuse d'un tueur en série, hein ? a-t-elle blagué.

J'ai laissé échapper un rire qui a sonné faux.

— Ah ah ah. Ça ne risque pas.

Je suis rentrée chez moi et, plutôt ivre, j'ai composé une lettre. Mon écriture était si peu soignée que je me suis demandé s'il réussirait à me lire.

Elle est censée être ma meilleure amie et, pourtant, j'ai l'impression qu'elle accepte de me voir seulement par pitié, ai-je confié.

Meghan comprenait-elle à quoi ses fiançailles me réduisaient ? À une personne qui ne pouvait trouver du réconfort qu'auprès d'un tueur en série.

11

Je savais qu'un homme me plaisait quand je commençais à avoir l'impression que je pourrais mourir s'il ne m'appelait pas. Avec Max, je l'exprimais en mangeant du fromage au point d'en être constipée et en lui envoyant des chapelets de textos sur des tas de sujets susceptibles de l'intéresser dans l'espoir qu'il me répondrait. Quand trop de jours s'écoulaient entre deux lettres de William – ce qui se produisait souvent à cause de la lenteur du système postal en prison –, je consultais sans relâche le forum en quête de nouvelles informations. Les autres internautes ignoraient que je correspondais avec William, et, si je le leur avais avoué, je savais que les modérateurs m'auraient probablement bloquée – en m'ayant au préalable pressée de questions à propos de chacun des mots qu'il m'avait adressés. J'éprouvais un certain plaisir à garder ce secret : ça me faisait l'effet d'avoir une liaison et de rentrer chez moi le soir auprès de mon mari en toute innocence.

Quand une enveloppe arrivait, je jure que je sentais la dopamine me monter aussitôt au cerveau, comme mes premières gorgées de café le matin.

Pour conserver les lettres de William, j'ai acheté une pochette que je gardais dans mon sac à main afin de pouvoir les consulter à tout moment. Je relisais mes passages préférés entre deux tâches au bureau, ou bien le soir quand j'avais du mal à me concentrer sur une émission. Je me disais que je cherchais des indices auxquels j'avais pu ne pas faire attention à la première lecture. J'effectuais enfin des analyses de texte selon la méthode que mon prof de littérature m'avait enseignée.

Quand mon frère s'est marié, je l'ai jugé, écrivait William. *Je le trouvais trop jeune et j'avais peur que sa femme ne lui convienne pas. Maintenant, j'envie leur relation. Il aura toujours quelqu'un à ses côtés, quoi qu'il arrive. La perspective d'une relation sérieuse m'effrayait tant et je ne sais plus pourquoi. Je crois que je craignais d'être blessé ou, pire encore, de blesser. À présent, je sauterais sur l'occasion d'être en couple.*

Ça paraîtra peut-être idiot, mais mon canapé me manque, racontait-il dans une autre lettre. *Tu connais cette sensation quand, épuisé après une longue journée, on est enfin soulagé d'être chez soi, affalé sur son canapé ? Je dois admettre que je suis parfois content de me retrouver tranquillement dans ma cellule après une réunion interminable avec mes avocats, même si je suis maintenant presque toujours seul. La solitude est une pénitence, mais j'aimerais qu'on m'accorde au moins le luxe d'avoir un coussin. Mon mobilier était l'une des nombreuses choses que je tenais pour acquises, et je n'en avais pas conscience.*

Tu es très amusante, Hannah, affirmait-il dans une autre lettre. *J'aime imaginer à quoi tu ressembles, c'est vrai. J'espère que cet aveu n'est pas trop bizarre. Tu pourrais peut-être m'envoyer une photo de toi un de ces jours, si ça ne te met pas mal à l'aise, pour que je sache avec qui je corresponds.*

*

J'avais pris du retard dans mon travail, je le savais, mais c'est le jour où ma cheffe m'a prise à l'écart que j'ai réellement saisi l'ampleur des dégâts.

— Hannah, c'est une catastrophe.

— Désolée, je n'ai pas vu le temps passer, me suis-je excusée.

J'ai baissé les yeux. Je n'avais pas l'habitude d'échouer ainsi.

L'une de mes missions les plus importantes consistait à organiser le gala de printemps qui se tenait en avril, histoire d'inciter nos riches donateurs à nous financer pour l'année suivante. Avant de travailler dans ce secteur, je ne m'étais pas rendu compte que collecter des fonds coûtait si cher. Je m'étais imaginé qu'il suffisait d'envoyer quelques e-mails ou messages publicitaires une fois par an – ce qui dévoilait à quel point, en tant que personne issue de la classe moyenne, j'ignorais tout du fonctionnement des associations caritatives. Il fallait en réalité donner des fêtes grandioses pendant lesquelles les invités signaient des chèques qui nous permettaient de continuer à vivoter.

C'était la première fois qu'on m'avait chargée de préparer cet événement seule, et j'avais assuré à ma cheffe que j'en étais capable. En fin de compte, ce n'était pas aussi gratifiant ni aussi simple que je l'avais cru.

J'ai été bête de m'imaginer que je pourrais changer le monde, ai-je écrit à William.

— Nous n'avons ni traiteur ni photographe. Où aviez-vous la tête, Hannah ?

Sur mon bureau, le calendrier du mois de mars me scrutait d'un air accusateur. Un nombre effrayant de jours avaient déjà été cochés. Comment expliquer à ma cheffe que l'écoulement du temps n'avait pour moi absolument aucun rapport avec ces petites cases ?

— J'ai été prise par d'autres choses, je...

— Lesquelles, exactement ? Sur quoi travaillez-vous, Hannah ?

J'ai essayé de me représenter les quelques derniers mois de ma vie, et seul le visage de William m'est apparu.

— Désolée, ai-je répété.

Ma cheffe a confié au directeur adjoint la tâche de me superviser. Quand il s'est assis derrière moi, Carole a haussé les sourcils dans ma direction. Par l'esprit, je lui ai dit de se la fermer. Les mots de William flottaient dans ma tête. *Crois-en mon expérience, Hannah. Ça ne vaut pas la peine de rester dans un endroit où tu n'es pas valorisée.*

Le reste de la semaine, j'ai donné des coups de fil interminables à des traiteurs, avant de finir par trouver un restaurant éthiopien en mesure de fournir ce dont nous avions besoin, pour un budget cependant très supérieur à ce qui avait été convenu. Je me suis dit que j'arriverais à compenser en dénichant un photographe pour un prix modique, avant d'apprendre qu'il n'existait pas de professionnel de ce genre capable de produire la qualité et la quantité d'images désirées.

— C'est pour ça que nous nous y prenons d'ordinaire à l'avance, a déclaré le directeur adjoint lorsque j'ai raccroché, agacée.

Vu qu'il ne me quittait pas des yeux, je ne pouvais plus consulter le forum toute la journée ni griffonner des lettres à William dans mon carnet, et ça me manquait comme quand, par le passé, j'étais accro à mon téléphone. Je rentrais chez moi et lui écrivais des volumes entiers pour me plaindre de mon boulot, de mes collègues et de mon appart. Je me sentais presque coupable de lui faire part de préoccupations si banales alors qu'il n'avait pas accès à ce genre de vie, mais je me rappelais alors que j'avais affaire à un tueur en série. Il devrait se contenter de ce que je pouvais lui offrir.

Malgré mes maigres efforts, le gala de printemps s'est déroulé comme prévu.

Je me suis préparée toute seule chez moi, où j'ai enfilé une robe achetée en solde sur un site de mode jetable. Ça faisait un moment que je n'avais pas porté autre chose que mon tailleur de boulot ou les larges tenues sportswear que je passais une fois rentrée le soir, et ça m'a fait du bien de me sentir jolie. J'ai pris quelques photos que j'ai postées sur les réseaux sociaux, puis, après un instant de réflexion, j'ai commandé des tirages papier pour William.

Je savais qu'il n'était pas très malin d'envoyer des photos de moi à un tueur en série, mais ce n'était pas comme si je n'en avais jamais envoyé à personne. J'avais apparemment à peine besoin de connaître un type pour qu'il se sente suffisamment à l'aise pour me demander par texto de me montrer nue. Au début, je refusais, étant donné que des photos pareilles pouvaient facilement être partagées en ligne, mais, après quelques requêtes insistantes, je cédais toujours. Il était agréable de savoir qu'on me trouvait assez attirante pour désirer me voir nue alors qu'il existait tout un univers pornographique virtuel à portée de doigts. En échange, les hommes aimaient bien m'envoyer des photos de leur pénis – elles ne m'intéressaient pas particulièrement, et je m'en servais principalement comme matière à blaguer avec Meghan. C'était du moins encore le cas quand elle et moi étions régulièrement en contact. Sans plus personne à qui les transmettre, ces bites désincarnées me paraissaient surtout terriblement tragiques.

Je courais presque moins de risques à envoyer des photos à William. Je n'y étais justement pas nue et il s'agissait de tirages papier, ce qui signifiait que leur diffusion serait limitée. De plus, l'idée qu'il puisse mettre un visage sur mon nom me plaisait ; ce n'était que justice, puisque j'avais visionné si souvent son arrestation que j'avais mémorisé sa démarche.

L'assurance que j'avais pu éprouver avant le gala s'est dissipée dès que je suis arrivée sur place, où je me suis sentie submergée par la somptuosité ambiante. On aurait dit un bal de fin d'études pour gosses de riches, et l'expérience s'est révélée aussi décevante que ce que j'avais vécu au lycée.

Sans la moindre énergie, je picorais dans une assiette tout en échangeant des banalités avec les invités que ma cheffe m'indiquait.

— Oh, croyez-moi, je ne travaillerais pour aucune autre association, mentais-je. Il n'y a pas de meilleure cause à laquelle se rallier.

Les riches donnent de l'argent en croyant que ça les autorise à agir comme ils l'entendent, m'écrivait William.

Quand ma cheffe a pris le micro afin de remercier tout le monde pour sa générosité, elle a omis mon nom de sa longue liste. Je savais qu'elle l'avait fait exprès.

À un moment, un type marié d'au moins cinquante ans s'est approché de moi et m'a demandé si j'étais célibataire. Je ne le connaissais pas, mais s'il était présent, c'était parce qu'il en avait les moyens.

— Je ne suis pas mariée, ai-je répondu avec un sourire poli.

— Quoi ? J'ai du mal à croire que personne ne vous ait mis le grappin dessus.

Ses yeux se sont brièvement posés sur ma poitrine.

— Oh, vous savez, ça n'est pas facile de faire des rencontres, à notre époque, ai-je précisé avant de m'excuser.

Quand ma cheffe a annoncé que la somme collectée dépassait celle de l'année précédente, j'ai applaudi avec le reste de la foule.

Mes bourdes n'avaient en définitive eu aucune espèce d'incidence. Le lundi qui a suivi le gala, lorsqu'elle m'a convoquée dans son bureau, je m'attendais à ce qu'elle me félicite pour cette réussite. Au lieu de quoi elle arborait une mine sévère.

— Hannah, quels sont vos objectifs ici ?

Il faisait froid dans la pièce. J'avais beau mettre des couches de vêtements, je n'arrivais jamais à avoir chaud dans cet endroit.

J'ai vaguement bredouillé que je voulais aider les gens.

Je n'avais pas l'habitude de m'attirer des ennuis. J'étais du genre à faire tout ce qu'on me disait.

— Écoutez, a-t-elle continué. Je ne sais pas ce qui se passe dans votre vie privée, mais ça ne vous ressemble pas. En temps normal, on peut compter sur vous. Depuis quelque temps, on dirait que vous êtes ailleurs. Je suis navrée, Hannah, il va falloir que je vous mette à l'essai.

À ces mots, j'ai eu l'impression d'être une criminelle qui venait d'écoper d'un sursis. Tout le corps m'a picotée – une sensation semblable à ce que j'éprouvais quand le dentiste me faisait une piqûre de novocaïne. Un élancement douloureux suivi d'un engourdissement.

— Je suis désolée. Ça ne se reproduira plus. Je traverse simplement une période difficile.

Je ne suis pas entrée dans les détails. Tout ce qu'elle pourrait imaginer serait plus satisfaisant que la vérité, je le savais. Il était injuste de ma part de lui demander de deviner, à partir de mes vagues propos, le traumatisme dont je souffrais, mais c'était apparemment le moyen le plus facile de m'échapper de son bureau.

— Nous sommes tous à vos côtés, Hannah, a assuré ma cheffe, comme si elle se prenait pour Tyra Banks face à un superbe mannequin.

Tout ça, c'est des conneries, ai-je écrit à William ce soir-là. *Est-ce un soulagement d'être sorti du système ? De savoir que, quoi qu'il arrive, tu ne pourras plus jamais redevenir celui que tu étais ?*

Après le boulot, je suis allée au supermarché du coin pour récupérer les tirages papier que j'avais commandés en ligne. J'avais pris ces photos quelques jours plus tôt seulement, mais j'ai eu l'impression de dévisager une autre femme, qui arborait une moue sexy. Celle-ci se fichait d'avoir été mise à l'essai, ça ne la dérangeait pas d'être de plus en plus isolée de ses amis et de sa famille. Elle regardait l'objectif avec audace, comme pour dire : *Que ferais-tu si tu mettais la main sur moi ?*

12

Après que j'ai envoyé des photos de moi à William, ses lettres ont cessé d'affluer. Le matin, je me regardais dans le miroir en me demandant ce que mon visage avait de si affreux pour que même un tueur en série n'ait plus envie de m'écrire. J'examinais sans relâche les versions numériques de ces photos pour essayer d'y déceler ce qui avait pu le rebuter.

Quand mes parents sont venus me chercher pour notre dîner mensuel, j'avais sur la figure une plaie béante – un bouton s'était infecté à force d'avoir été gratté. Tandis que je montais dans la voiture, ma mère a observé mon front.

— Que t'est-il arrivé ? s'est-elle inquiétée.

— Je me suis cognée dans une porte, ai-je menti, embarrassée par cette mauvaise habitude que j'avais de m'écorcher la peau.

J'avais réservé une table dans un de mes restaurants préférés, où je n'avais pas les moyens de manger quand c'était moi qui réglais l'addition. Il faisait partie de ces endroits insolites où je ne me rendais qu'avec des amoureux potentiels et mes parents.

— Comment ça se passe, au bureau ? a demandé mon père.

Il s'apprêtait à prendre sa retraite. Vu qu'il consacrait la majeure partie de son temps à son boulot, je ne savais pas très bien comment je me le représenterais une fois qu'il l'aurait quitté.

Mon père et ma mère ont été de bons parents, mais ils ne comprennent pas à quel point il est difficile d'exister de nos jours, ai-je écrit à William.

— Tout va bien. Notre gala de levée de fonds a été le plus réussi depuis les débuts de l'association.

J'ai omis de dire que j'avais été mise à l'essai parce que j'étais complètement obnubilée par un tueur en série.

Ils ne m'insultaient jamais. Au contraire, ils attendaient tellement de moi que ça m'accablait. Quand j'étais petite, ils croyaient que j'étais un génie. Si j'avais moins de 16 sur 20 dans n'importe quelle matière, ils voulaient savoir ce qui n'allait pas et déclaraient que mes résultats ne reflétaient pas mon potentiel. Lorsque je leur expliquais que je faisais parfois tous les efforts possibles sans réussir à obtenir plus de 14, ils refusaient de m'écouter. Ils me répétaient sans arrêt que j'accomplirais de grandes choses – « Et regarde un peu où tu en es, maintenant. Tu t'occupes de la com d'une association caritative qui ne t'apprécie pas à ta juste valeur ». J'ai beau essayer de leur parler, ils ne comprennent pas ce qu'est réellement ma vie.

— C'est formidable. Il y a une chance pour que tu sois augmentée ? a fait mon père.

J'ai bu une gorgée du cocktail bien cher que j'avais commandé. J'ai regretté que le verre ne soit pas plus grand.

— Peut-être l'année prochaine ! ai-je répliqué de ma voix la plus enjouée.

Ils continuent de croire que les choses marchent comme quand ils étaient dans la trentaine. Ils m'interrogent sur les augmentations, les promotions et le nombre de jours de congé annuels auxquels j'ai droit – ils s'imaginent que j'ai les moyens de prendre des vacances. Mon père n'arrête pas de me demander si j'ai terminé de rembourser mes prêts étudiants – comme si c'était même envisageable. Si seulement ils saisissaient qu'il y a tant de choses hors de ma portée !

— Et le roman que tu écris ? Il avance ? a insisté mon père.

— Tu sais, le processus créatif est compliqué..., ai-je commencé.

J'ai été presque soulagée quand ma mère m'a interrompue : elle cherchait à savoir si je voyais quelqu'un en ce moment – c'était le genre d'interrogatoire qu'elle préférait.

— Si j'avais rencontré quelqu'un, je te le dirais, ai-je menti.

Je sentais la présence des lettres de William rangées dans mon sac à main, accroché au dos de ma chaise. Comment ma mère réagirait-elle si je lui avouais que je passais quasiment tout mon temps à penser à un tueur en série ? Tandis que nous étions là, au restaurant, une partie de moi continuait de faire une fixation sur le silence inhabituel de William.

— Je m'excuse de te poser la question. Par le passé, tu n'as pas toujours été franche.

J'ai levé les yeux au ciel.

— Je ne vais pas te parler de chacun des hommes avec lesquels je sors. Si j'entame une relation sérieuse, je promets de te le dire.

Notre prise de bec a dégénéré quand ma mère a fait observer que j'étais trop cachottière, qu'elle voulait en savoir davantage sur ma vie – un sujet de dispute depuis des années. Elle n'avait pas tort ; je cachais beaucoup de choses à mes parents. Je jugeais extrêmement gênant de leur montrer qui j'étais vraiment, si bien que je ne leur dévoilais rien, que ce soit à propos des types avec lesquels je sortais, de la musique que j'écoutais, de ce que je mangeais, de mes réussites professionnelles. Je ne pouvais pas expliquer à ma mère, qui m'imaginait belle et intelligente, que je m'avilissais régulièrement et de bien des manières.

— Changeons de sujet, ai-je fini par décréter, et mon père a entrepris de parler de ses projets de retraité.

Je me suis goinfrée pendant le repas, et j'ai même pris un dessert car je ne voulais pas manquer l'occasion de me faire un petit plaisir. La crème glacée m'a donné mal au ventre, comme c'est souvent le cas, ce que j'oublie forcément au moment de passer commande. Au lieu de m'apaiser, les trois cocktails que j'ai bus ont seulement mis mes nerfs à vif. Le bouton que j'avais sur le front est soudain devenu aussi gros qu'une montagne.

— Tu as l'air de mauvais poil, a constaté ma mère.

— Non, je suis juste fatiguée, ai-je rétorqué avec humeur.

Il n'y aura pas de lettre, ai-je songé dans la voiture. En espérer une reviendrait à me préparer à une déception, et je me sentais déjà complètement déprimée. *Et s'il y en a une ?* murmurait une voix minuscule dans ma tête. Non. Il n'en arriverait plus. Et puis, quelle importance ? C'était un tueur en série. Il n'était pas digne d'être aimé.

Je suis entrée dans le hall de mon immeuble d'un pas lourd, furieuse d'avance à l'idée de trouver ma boîte vide. Quand j'ai vu le bord d'une enveloppe à travers la fente transparente, j'ai essayé de me convaincre que c'était une illusion d'optique. Au bout de plusieurs tentatives, j'ai réussi à taper correctement le code de mon casier. Mon ivresse serait toujours mieux comprise par mes doigts que par mon cerveau. Quand enfin j'ai pu récupérer l'enveloppe, je l'ai ouverte si précipitamment que je l'ai déchirée.

Désolé d'avoir tardé à répondre, commençait William. *Il m'a fallu quelques jours pour formuler clairement ce que je voulais te dire.*

Je lui ai pardonné immédiatement, même si j'avais souffert de son absence, ce que la palpitation de la blessure que je m'étais infligée au front me rappelait.

Tu es vraiment très belle, Hannah. Je suis enfermé dans une cellule et une belle fille m'écrit, et j'ignore comment j'ai pu me retrouver dans cette situation. S'il existe une lumière dans l'obscurité, c'est toi. Tu mérites quelqu'un de mieux, j'espère que tu le sais.

Belle. Mon misérable cerveau s'est emparé de ce mot et, sans attendre, j'ai de nouveau examiné les photos que je lui avais envoyées – des heures plus tôt, je les avais tournées en ridicule et m'étais trouvée laide ; subitement, je rayonnais.

Je n'avais pas envie de me croire sensible à la flatterie, car j'estimais avoir conscience de qui j'étais, mais il était possible que la flatterie influence justement mes décisions sans que je veuille me l'avouer. Le jour où j'ai fait la connaissance de Max, pendant une fête donnée par une amie de Meghan où celle-ci m'avait traînée, je ne l'ai absolument pas considéré comme un amant potentiel. D'une part, il ne me semblait pas particulièrement attirant ; d'autre part, c'était un homme de trente ans qui jouait encore dans un groupe de punk. Plus tard dans la soirée, nous nous sommes assis dehors, ivres, pour fumer des cigarettes.

— Tu es intimidante, tu t'en rends compte ?

J'ai ri. J'étais tout le contraire.

— Je ne blague pas, a-t-il insisté. Tu es belle, tu es intelligente, tu es drôle.

Quand il m'a demandé mon numéro, je n'ai pas hésité à le lui donner, même si je n'avais toujours pas la moindre intention de sortir avec lui. Il m'a envoyé des textos pendant deux semaines pour m'inviter ici et là ; j'ai fini par accepter. L'idée de coucher avec lui a peu à peu fait son chemin.

Et puis j'ai découvert qu'en définitive je l'aimais bien et que c'était lui qui refusait catégoriquement d'aller plus loin avec moi : j'ai vécu ça comme un affront. Il m'avait dit que j'étais belle, intimidante, il avait tenu à me revoir. Si je m'étais mise à l'apprécier, c'était uniquement en raison de ses compliments et, sans que je sache comment, c'était moi qui avais été anéantie.

En lisant la lettre de William, j'ai vu ce scénario se répéter.

Belle, écrivait-il.

La situation était différente, parce que William était bien pire qu'un type de trente ans qui jouait dans un groupe de punk. William était un tueur en série. Pourtant, en lisant ses mots, mon cœur a exulté.

La possibilité de faire marche arrière, si jamais elle avait existé, s'est éteinte ce soir-là.

« Ne deviens pas une de ces femmes », m'avait prévenue Meghan la dernière fois que nous nous étions vues. C'était comme si elle avait pu le flairer sur moi. Comme si « ces femmes » était un parfum dont je m'aspergeais le matin.

La lettre que j'ai rédigée cette nuit-là a tracé une ligne dans le sable. Il y avait désormais un avant et un après clairement définis entre le moment où j'avais feint de détester William et celui où je reconnaissais l'aimer.

Ce dont je n'avais pas pris conscience, c'était que devenir une de ces femmes ne revenait pas à se teindre les cheveux ou à se vernir les ongles, mais plutôt à se faire faire un tatouage marquant irrévocablement la peau au vu et su de tous.

J'aurais aimé que tu dînes avec moi ce soir, ai-je écrit.

Je pense à toi tout le temps. Je n'arrive pas à me l'expliquer, ai-je poursuivi.

Je ne ferme pas les yeux sur tes crimes, mais tout le monde mérite une seconde chance, ai-je ajouté après être allée chercher une bouteille entamée de pinot grigio dans le réfrigérateur.

Pourquoi es-tu plus présent dans ma vie que n'importe qui d'autre ?

Je me sentais si seule avant de te rencontrer, et nous ne nous sommes même pas rencontrés.

Après avoir terminé mon verre, j'ai réfléchi.

J'aimerais pouvoir te serrer dans mes bras, est-ce que ça te paraît bizarre ?

Peux-tu toucher une femme sans mettre fin à ses jours ? ai-je demandé avant de barrer cette phrase pour la remplacer par ces mots : *Bisous, Hannah*.

13

UNE FOIS LES VANNES OUVERTES, nous n'avons plus exprimé que des émotions.

Tu penses que je suis belle ? Tu dois savoir que tout le monde te trouve très séduisant, ai-je écrit à William alors que j'étais au boulot.

Tu es d'une beauté indescriptible, a-t-il répondu. *J'ai accroché ta photo au mur. Le soir, avant de m'endormir, je la regarde.*

Je pense à toi plus que je ne le devrais, ai-je avoué.

Je parle de toi comme si je t'avais rencontrée pour de bon, a-t-il affirmé.

J'ai montré les lettres à Carole. Je n'ai pas pu m'en empêcher. Il fallait que quelqu'un d'autre voie à quel point William m'appréciait. J'ai fait ça en pouffant. Un rire faux était supposé rendre la situation insignifiante, anecdotique, alors que c'était la seule chose qui comptait à mes yeux.

— Tu lui as envoyé ta photo ?

Son front s'est plissé, ce qui lui a donné une mine rebutante.

— Ce n'est pas comme si j'avais posé nue.

— Ça ne te fait pas peur ?

— Quoi donc ?

— Qu'il sache à quoi tu ressembles ?

— Pourquoi ça me ferait peur ?

— Parce que c'est un tueur.

— Il est derrière les barreaux, ai-je répliqué, comme si les prisons suffisaient à garantir la sécurité des citoyens.

— Sois prudente, s'il te plaît.

Son inquiétude m'a agacée. Elle me gâchait ma joie et ça me déplaisait.

Je continuais à me connecter au forum de la même manière que les célébrités consultent les réseaux sociaux, histoire de tomber sur leur nom. Chaque fois que je voyais les mots « William Thompson », mon cerveau y superposait : « L'homme qui me trouve belle. » Peu importaient les horreurs qui suivaient. Je m'intéressais encore à Annaleigh, Kimberly et Jill, mais comme on s'intéresse à des atrocités appartenant à l'histoire. Oui, leur mort comptait. Oui, j'avoue, je me rappelais à peine leurs noms quand William m'écrivait par exemple : *Le meilleur moment de ma journée, c'est quand je te lis.*

Certains utilisateurs du forum le croyaient encore innocent, ou du moins insistaient sur le fait qu'il n'avait pas pu agir seul. William et moi abordions de nombreux sujets, mais jamais celui de sa culpabilité, ce qui m'ennuyait. Elle était toujours sous-entendue, posée en principe de façon si évidente qu'il était inutile d'en discuter. Une partie de moi voulait qu'il me clame son innocence afin que je puisse l'aimer sans en ressentir de honte. Une autre partie voulait qu'il me fasse suffisamment confiance pour m'avouer tous les méfaits qu'il avait pu commettre, ses secrets qui nous lieraient l'un à l'autre et nous sépareraient du reste du monde.

Dans l'état actuel des choses, je n'en savais pas davantage que les internautes qui scrollaient sur le forum de façon obsessionnelle depuis des mois. J'avais horreur de me sentir aussi ordinaire.

*

J'étais justement sur le forum quand ma cheffe s'est approchée et a voulu me parler dans son bureau. Je ne savais pas combien de temps elle était restée plantée derrière moi. Avait-elle vu des photos de William ? M'avait-elle observée pendant que je riais d'un commentaire laissé par un autre internaute et que je lui répondais ?

— Hannah, veuillez vous asseoir.

Je me suis demandé si les perles qu'elle portait aux oreilles étaient des vraies.

Je ne m'attendais pas à ce qui était sur le point d'arriver – le système me garantissait de réussir dans tout ce que j'entreprenais, en tant que femme blanche issue des classes moyennes.

— Nous devons nous séparer de vous.

Quand elle a prononcé ces mots, j'ai cru avoir mal entendu.

— Quoi ?

— Je suis tout à fait désolée, Hannah.

Ses excuses étaient-elles sincères ? Je n'en étais pas convaincue. Quelqu'un de vraiment désolé ne m'aurait pas virée. Quelqu'un de vraiment désolé m'aurait donné une autre chance, et puis encore une autre. Mon étourderie, ma procrastination auraient été considérées comme un appel à l'aide, et non comme une manifestation de ma personnalité.

Elle a dressé la liste des raisons de mon renvoi : j'étais fréquemment en retard, je négligeais mes responsabilités, m'adonnais à des activités personnelles sur mon lieu de travail, distrayais mes collègues, faisais preuve d'insubordination. J'avais du mal à enregistrer ce qu'elle racontait. J'ai soudain eu envie de vomir et j'ai regretté d'avoir mangé un donut dans la salle de pause pour mon petit déjeuner.

Une fois qu'elle a eu terminé, je suis restée assise sans bouger.

— Hannah ? Est-ce que ça va ?

J'ai hoché la tête, hébétée. Je n'avais pas envie de m'attarder dans son bureau, mais je n'avais pas non plus envie d'en sortir. Je savais ce qui se passait quand vous étiez viré : les autres faisaient courir des bruits sur votre compte. Deux ou trois ans plus tôt, un type avait été renvoyé à la suite d'une affaire de harcèlement sexuel, et tout le monde était au courant. Il n'avait pas été licencié pour harcèlement, mais parce qu'il avait essayé d'exercer des représailles quand sa victime l'avait dénoncé auprès des ressources humaines. Il lui avait envoyé un e-mail en lui déconseillant de recommencer. « Apprends à accepter un compliment », avait-il écrit. C'était ce message qui avait déclenché son renvoi, davantage que ses textos et ses appels téléphoniques incessants, davantage que toutes les fois où il l'avait acculée dans une petite pièce en exigeant qu'elle accepte ses invitations à sortir le soir. On ne pouvait tout de même pas me comparer à lui. Je n'avais fait de mal à personne. J'avais uniquement fait preuve de négligence et d'inattention.

Je me suis imaginé Carole parlant de moi après mon départ – à moins qu'elle n'ait déjà commencé. « Hannah est obsédée par un tueur en série, chuchoterait-elle aux autres. Elle lui a envoyé sa photo. » Comme si c'était là le crime suprême.

Ces commentaires, quoique entièrement nés de mon imagination, étaient blessants. J'aurais voulu rentrer sous terre.

Je suis sortie du bureau de ma cheffe avec une boîte en carton à la main. J'avais récemment regardé l'intégrale de la série *Vampire Diaries* tout en travaillant à un projet de tricot. Hormis le fait que les vampires étaient immortels et assoiffés de sang, leur capacité à refouler leurs émotions les distinguait de l'espèce humaine. C'est ce que j'ai feint de faire en revenant à ma table pour placer mes effets personnels dans le carton. Je n'ai pas emporté grand-chose. Deux mugs à café, quelques stylos et des Post-it – qui, en théorie, appartenaient à l'association, mais je m'en fichais. Je n'ai pas pris la peine de trier le contenu des tiroirs ou de fouiller dans le meuble classeur. Je n'ai dit au revoir à aucun de mes collègues, pas même à Carole, à côté de laquelle j'avais travaillé pendant des années. Le concept même d'« amis de travail » me semblait soudain dénué de sens. J'étais de pierre, inaccessible.

En chemin vers le parking, la boîte m'a glissé des mains et les mugs se sont brisés. Cet incident m'a paru symbolique, de la même manière que toutes les petites tragédies donnent l'impression de l'être quand une tragédie plus grande se produit. J'ai laissé le carton devant le bâtiment.

— Ils n'auront qu'à s'en débarrasser eux-mêmes, ai-je marmonné.

Dans ma voiture, j'ai pleuré à si gros sanglots que j'étais incapable de conduire.

— Il faut que je rentre, ai-je déclaré à voix haute au bout de quelques minutes. Ça ira mieux à la maison.

J'ai réussi à ravaler mes larmes le temps de sortir du parking, mais elles se remettaient à couler chaque fois que je m'arrêtais à un feu. Sans savoir comment, j'ai réussi à regagner mon immeuble, où j'ai été secouée par un nouveau déluge de pleurs lorsque j'ai pris conscience que, sans emploi, je ne pourrais plus payer mon loyer bien longtemps.

— Qu'est-ce que je vais faire ? ai-je gémi.

J'ai songé à la vie qui m'attendait. Il me faudrait retourner chez mes parents, leur avouer tous mes échecs. En dehors de mon poste à l'association, mon CV n'était pas très étoffé, et j'étais certaine que personne n'accepterait de m'embaucher sans recommandation de la part d'un employeur pour lequel j'avais bossé pendant près d'une décennie. Pire encore, j'étais convaincue qu'aucun homme ne m'inviterait plus à sortir une fois que je serais chômeuse et que j'habiterais de nouveau dans la maison de mon enfance. Mon existence était apparemment finie. J'étais condamnée au malheur.

Par chance, une lettre de William était arrivée, comme s'il avait su que j'avais besoin de lui. Certains gestes de bonté auraient dû être attribués aux services postaux, mais je les mettais sur le compte de William.

Quand je me suis assise sur le canapé pour ouvrir l'enveloppe, j'avais encore le visage meurtri par les larmes. La tristesse était physiquement éprouvante : c'était là l'une des grandes injustices associées au fait d'avoir un corps. Je me réveillais toujours avec la figure encore bouffie quand, la veille, j'avais pleuré.

J'ai lu ce que William m'écrivait et, tout d'un coup, je me suis mise à flotter.

Je ne devrais peut-être pas te le dire, mais je ne réussis plus à le garder pour moi. J'en ai assez de me sentir seul dans ce monde et, même si je sais que nous ne pouvons pas être ensemble physiquement, ce qui me désole, j'aimerais que tu sois ma petite amie. Du moins, si tu le veux bien.

Personne n'avait plus employé l'expression « petite amie » pour me désigner depuis des années. Elle était si taboue que je la considérais presque comme une insulte. J'attirais suffisamment les hommes pour qu'ils aient envie de coucher avec moi, parfois même des mois à la suite, mais aucun d'eux n'avait jamais exprimé un désir de monogamie, ni n'avait laissé entendre qu'il y avait quelque chose en moi qui les faisait se sentir moins seuls.

Si cette lettre m'était parvenue à un autre moment, si je n'avais pas tout juste été virée et que le futur n'avait pas ressemblé à un gigantesque trou noir sur le point de m'engloutir, alors j'aurais sans doute réfléchi plus longuement à la situation au lieu de réagir avec jubilation. William, après tout, traînait pas mal de casseroles, c'était le moins qu'on puisse dire. Mais, vu les circonstances, c'était bien le dernier de mes soucis. Un petit ami qui était tueur en série restait un petit ami. D'une certaine façon, William était plus attentif que les types avec lesquels mes copines sortaient. Il était intelligent, cultivé, prévenant. Il écoutait Taylor Swift et aimait qu'une maison sente bon. Plus important encore, il me désirait, moi et personne d'autre.

Je lui ai aussitôt répondu.

Oui, je veux bien être ta petite amie.

J'ai hésité avant d'ajouter une sorte de blague. Comme toutes les plaisanteries, elle contenait aussi une part de sérieux, mais je n'étais pas sûre que ça passerait bien sur le papier. J'ai décidé de l'écrire malgré tout. Il fallait que ce soit dit – comme quand on demande à un homme de penser à baisser le siège des toilettes derrière lui.

Mais tu dois me promettre de ne pas me tuer.

14

Le lendemain matin, j'ai résolu de mettre à jour mon compte LinkedIn. Je n'avais pas cherché un emploi depuis des années, et je ne savais pas vraiment comment on s'y prenait, mais comme actualiser les profils sur les réseaux sociaux était l'une de mes spécialités, je me suis dit qu'il était tout aussi bien de démarrer de ce côté.

J'ai été distraite par le forum, comme d'habitude. Il s'est avéré que, même au chômage, je n'avais pas changé. En fin de compte, notre personnalité ne dépend pas autant de notre travail que nous le croyons.

J'ai alors vu une publication : *Qui parmi vous a prévu d'assister au procès pour en apprendre davantage ? Ce serait génial de vous rencontrer.*

Jusqu'à présent, cette idée ne m'avait absolument pas effleurée. On aurait tout aussi bien pu me demander si j'avais envie d'entrer dans une armoire pour essayer de rejoindre Narnia. William n'était pas entièrement réel à mes yeux et, à la perspective de le voir, j'ai eu l'impression qu'on m'offrait des loukoums – une confiserie à laquelle je n'avais jamais goûté –

et qu'il fallait que je me décide : est-ce que ça valait la peine de renoncer à ma vie actuelle pour en manger ?

J'ai abandonné mon profil LinkedIn à moitié actualisé pour étudier le trajet en voiture jusqu'en Géorgie. Ensuite, j'ai consulté mon compte en banque et grimacé. J'avais suffisamment d'argent pour partir là-bas, mais trop peu pour y rester longtemps. Par chance, il ne restait plus qu'un mois sur le bail de mon appartement. Si je m'inscrivais au chômage et que je me procurais une nouvelle carte de crédit, j'arriverais peut-être à concrétiser ce projet.

J'ai appelé ma mère.

— Je pars en virée.

— En virée ?

Je comprenais son étonnement. Quand je m'en allais quelque part, je ne la prévenais jamais. J'étais une adulte. Mais j'avais cette fois besoin de le lui annoncer au cas où, pour quelque raison que ce soit, je ne reviendrais pas. Un peu comme les familles respectives d'Annaleigh, de Kimberly, de Jill et d'Emma, qui, sans même le savoir, avaient eu droit à un dernier coup de fil pour faire leurs adieux. Ou bien j'avais envie que ma mère insiste un peu plus, me demande ce que je comptais vraiment faire, qu'elle comprenne, implicitement, que je tramais quelque chose.

— Oui, en Géorgie.

— L'État ?

— Je ne pense pas qu'il soit possible de rejoindre le pays du même nom par la route.

— Pourquoi t'en vas-tu maintenant ?

— J'ai besoin de prendre l'air pendant quelque temps.

— Et ton employeur a accepté de te donner un congé ?

— Ouais.

En théorie, ce n'était pas faux. Je n'avais pas avoué à mes parents que j'avais été renvoyée. Je savais qu'ils auraient été furieux pour moi et, d'une certaine façon, ça n'aurait fait qu'aggraver la situation. Leur fille si douée n'aurait tout de même pas pu merder au point qu'on souhaite la renvoyer, et elle aurait été capable de tout arranger.

— Je suis tellement contente que tu prennes enfin des vacances, ma chérie.

— Moi aussi, maman. J'ai vraiment besoin d'une pause.

J'avais beau lui être reconnaissante de ne pas m'interroger davantage, ça m'a blessée qu'elle n'ait pas vu clair dans mes mensonges, proférés avec tant de facilité. Une mère aurait dû sentir que sa fille s'apprêtait à traverser le pays pour rencontrer un tueur en série avec lequel elle entretenait une relation sérieuse.

J'ai aussitôt commencé à faire mes bagages, arrachant les photos des murs et fourrant mes vêtements dans les sacs en tissu que j'avais accumulés au fil du temps sans m'en rendre compte. Si je m'arrêtais, si je laissais trop de chemisiers sur les cintres ou de livres sur les étagères, alors mon plan s'écroulerait – c'était en tout cas ce que je redoutais.

Démanteler la vie que je m'étais bâtie dans cet appartement m'a remplie d'une vague tristesse. Au cours des années où j'y avais vécu, j'avais dû faire face à d'interminables problèmes d'entretien qui mettaient un temps fou à être réglés. À une brève infestation de puces quand un voisin avait recueilli un chat à moitié sauvage. À des heures de gueules de bois et de chagrins d'amour. Pourtant, ce studio avait été le premier endroit qui n'avait appartenu qu'à moi. Malgré tous ses défauts, il représentait celle que j'étais.

Cet accès de romantisme a pris fin quand je me suis aperçue que tout ce que je possédais ou presque était bon pour la poubelle. Je n'avais jamais eu assez d'argent pour m'offrir des vêtements de qualité et de jolis meubles. Soit j'avais acheté ces derniers d'occasion, soit il s'agissait de mobilier en kit que j'avais monté moi-même, occasionnant quantité de crises de larmes tandis que je faisais mon possible pour déchiffrer des instructions rédigées avec les pieds. Il y avait un lien direct entre leur prix et l'alignement plus ou moins raté des trous dans les planches en contreplaqué.

J'ai averti l'agence de location que je ne renouvellerais pas mon bail et loué un box de stockage pour y conserver mes affaires tant que je ne serais pas prête à reprendre ma vie ordinaire. Trop gênée pour demander de l'aide à des amis, j'ai fait plusieurs voyages en voiture pour transporter les objets les plus petits jusqu'au box, et mon voisin m'a donné un coup de main dans l'escalier pour descendre les meubles les plus volumineux au rez-de-chaussée et les déposer sur le trottoir.

Avant mon départ, j'ai revu Meghan. Elle était en pleins préparatifs de mariage, ce qui lui prenait apparemment tout son temps libre. J'ai eu l'impression qu'elle m'accordait une faveur en acceptant d'aller prendre un verre avec moi, alors que, il n'y a pas si longtemps, nous nous retrouvions régulièrement juste pour passer un bon moment.

Meghan m'a paru amaigrie. Quand nous étions toutes les deux célibataires, elle se moquait des filles qui suivaient des régimes draconiens avant le jour J. « Si leur mec ne les aime pas telles qu'elles sont, pourquoi tiennent-elles à l'épouser ? » disait-elle, jurant que ça ne risquait pas de lui arriver. Et d'ajouter : « Si je me marie un jour. »

La Meghan assise en face de moi a pris une minuscule Margarita et m'a dit que je pouvais « commander un en-cas », mais qu'elle n'y toucherait pas.

— Comment avancent les préparatifs ?

J'ai aussitôt regretté ma question car elle s'est mise à décrire toutes les salles qu'elle et son fiancé avaient visitées, tous les gâteaux auxquels ils avaient goûté et tous les photographes qu'ils avaient rencontrés.

— L'idée d'un mariage en hiver est tellement romantique, je trouve. Les gens ont vraiment besoin d'amour à cette période de l'année, tu vois ? a-t-elle déclaré avant de finir par prendre de mes nouvelles.

— J'ai quitté mon boulot.

Plusieurs expressions, de la tristesse à la joie, se sont succédé sur son visage, puis elle a affiché une mine faussement impassible.

— Il était temps. Tu n'y étais plus heureuse depuis un moment, je sais. Tu as déjà retrouvé un travail ?

— Non, je pars en voyage. Je prends du temps pour moi.

— C'est formidable, Hannah. Où vas-tu ? On essaie d'organiser notre lune de miel et c'est un cauchemar.

— En Géorgie.

— L'État ?

Elle m'a lancé un regard interrogateur.

— Ouais.

— Oh, c'est pas vrai, c'est pas vrai, a-t-elle fait. Tu vas le voir, c'est ça ?

J'ai souri. C'était plus fort que moi.

— Qui donc ? ai-je demandé, alors que nous connaissions toutes deux la réponse.

— Ce tueur en série dont tu parles sans arrêt. William Thompson.

Je l'ai dévisagée en feignant la timidité.

— Peut-être.

— Putain. Pourquoi ?

— Il n'est pas comme tout le monde le croit.

Ah bon ? J'ignorais si c'était vrai. J'espérais que le procès m'aiderait au moins à déterminer la nature véritable de William.

— Tu l'aimes ou quoi ?

Meghan me scrutait comme si un insecte dégoûtant s'était posé sur mon visage. Que lui répondre ? Un « non » aurait été un mensonge, et un « oui » aurait été impardonnable. Quant à l'expression « mon petit ami », que j'avais beau convoiter, elle aurait eu un effet comique dans ce contexte.

— Tu ne sais pas ce que c'est, a-t-elle repris avant que je puisse rouvrir la bouche. Tu ne sais pas ce qu'est l'amour. Pourquoi tu ne peux pas tout simplement rencontrer quelqu'un de normal ? J'ai un collègue très sympa. Je peux te le présenter.

— Je ne veux pas d'un type « sympa », ai-je rétorqué.

Sympa ? Quelle qualité insipide et insignifiante comparée à celles d'un tueur en puissance.

— Je veux juste ton bonheur, tu sais ? a-t-elle ajouté.

Nous nous sommes regardées droit dans les yeux pendant un instant, puis nous les avons toutes deux détournés.

— Ouais, je sais, ai-je fini par acquiescer.

Nous avons terminé nos verres en silence ou presque. Elle m'a juste demandé des nouvelles de mes parents, et réciproquement. Elle a vaguement fait allusion à ce que nous pourrions faire ensemble quand je serais rentrée de voyage. Nous avons chacune payé notre addition et, avant de regagner nos voitures respectives, elle m'a serré fort dans ses bras.

— Sois prudente, Hannah.

— Oui, ai-je promis.

Je croyais dire vrai. Même alors, je ne pouvais imaginer un univers dans lequel William serait autorisé à me toucher.

15

Je suis tombée sur Max Yulipsky et Reese au supermarché, en achetant de quoi grignoter pour la route. Il ne restait presque plus rien dans mon appartement. Ce vide me rendait nerveuse. Je me savais au bord d'un précipice. Simplement, j'ignorais tout de sa profondeur.

Max et Reese ne m'ont d'abord pas vue, et je les ai observés qui riaient dans le rayon des biscuits salés avant de mettre des bretzels fourrés au beurre de cacahuète dans leur chariot. Ils étaient amoureux, ça sautait tellement aux yeux que je ne pouvais pas feindre de ne pas m'en rendre compte.

Dans une autre vie, ça aurait pu être moi, ai-je songé. C'était un mensonge, évidemment. Ça n'aurait jamais pu être moi. Aucune de mes actions n'aurait incité Max à m'aimer. Même si j'avais été plus mince, plus intelligente ou plus mystérieuse. Il ne m'aimait pas parce que c'était ainsi.

Max a regardé dans ma direction et s'est figé. Nos yeux se sont croisés. J'ai hésité à tourner les talons. *Non*, ai-je résolu. Je refusais de prendre une décision en fonction de son petit confort personnel. Je me suis approchée en oubliant tout des galettes de riz que j'avais prévu d'acheter.

— Salut, Max. Salut, Reese.

— Salut, Hannah.

— Ça fait un bail, ai-je dit, comme si le fait de ne pas l'avoir revu était une simple coïncidence.

— C'est vrai.

— Tout va bien de ton côté ?

— Ouais, a répondu Max avant de lancer un coup d'œil à Reese. Très bien. Et toi ?

J'aurais dû m'abstenir de le dire. J'ai essayé de le garder pour moi, mais ça a jailli de ma bouche comme de la bile :

— Ça va. J'ai rencontré quelqu'un.

Max a paru soulagé. J'aurais voulu qu'il ressente autre chose.

— Eh oui, ai-je poursuivi. C'est un avocat. Très séduisant et riche. Il a de beaux cheveux. Il a tout pour lui.

Dans ma tête, j'ai dressé la liste de ce que j'avais omis de préciser. *C'est un tueur en série présumé, il est en prison, il risque d'être condamné à mort, il vit en Géorgie.*

— Je suis vachement content pour toi, a assuré Max.

Reese l'a discrètement tiré par le bras. J'ai reconnu cette manœuvre subtile, celle de la petite copine qui veut faire comprendre : « Il faut qu'on y aille. »

— Ça m'a fait plaisir de te voir, ai-je conclu.

Plus tard, je regretterais de ne pas lui en avoir dit davantage. *Pourquoi je n'étais pas assez bien pour toi ?* Qu'avait Reese qui la rendait digne d'être aimée et que je n'avais pas ? C'était la baise ? Mon corps ? Étais-je affligée d'une déficience que j'étais la seule à ne pas remarquer ?

— De même, Hannah, a-t-il répliqué.

Ils se sont éloignés. Je me suis emparé des mêmes bretzels fourrés au beurre de cacahuète qu'ils avaient choisis, soudain prise d'une envie insatiable pour cette saveur en particulier.

— Il faut que je parte d'ici, ai-je murmuré.

Minneapolis est vaste, mais toutes les villes finissent par devenir trop petites.

La dernière chose que j'ai faite avant de quitter mon immeuble, c'est d'écrire à William.

Je n'ai jamais accordé beaucoup de crédit à l'idée selon laquelle rien n'arrive sans raison. Je n'ai jamais cru à la destinée ou aux âmes sœurs ; mais, à cet instant précis, j'ai le sentiment que tout ce qui se passe n'est pas dû au seul hasard. Quand je regarderai en arrière, je verrai cet instant comme un moment charnière qui aura complètement changé ma vie.

Il était écrit que je devais perdre mon travail parce que ça signifie que je peux maintenant venir te voir. Je suppose que « te voir » est à prendre au sens littéral. Nous ne pourrons ni nous toucher ni nous parler, j'en ai conscience. Au moins, ce sera agréable d'être ensemble dans la même pièce.

J'ignore ce que l'avenir nous réserve, mais je sais que j'ai besoin de venir. Pour moi, pour toi, pour nous.

*

En sortant de la ville, je me suis arrêtée pour acheter un *breakfast sandwich* et un grand café. Personne n'était là pour me dire au revoir.

J'ai agrippé le volant des deux mains, le corps crispé comme si je m'apprêtais à escalader une montagne, pas à rouler pendant près de dix-sept heures. J'ai pris une profonde inspiration et tenté de me laisser porter par la peur. La prudence avec laquelle je menais mon existence m'avait toujours déplu. Décrocher un diplôme de littérature ne devrait pas être l'acte le plus courageux qu'on ait accompli dans sa vie.

Mes épaules se sont détendues au bout de deux heures. J'ai activé le régulateur de vitesse et mis à plein tube les chansons préférées de ma jeunesse. C'était ce que voulaient les Spice Girls, ai-je pensé. Britney aurait applaudi mes choix. On était en mai, et l'air était tiède sans être trop étouffant ; j'ai voulu baisser ma vitre pour faire voler mes cheveux dans le vent comme un personnage insouciant dans un film, mais mes longues mèches n'arrêtaient pas de s'enrouler autour de mon visage, m'empêchant de bien voir la route. J'ai remonté la vitre et savouré la quiétude qui m'enveloppait. Mes doigts se sont desserrés du volant. J'ai chanté en même temps que des voix avec lesquelles mes cordes vocales étaient incapables de rivaliser.

Après onze heures de route, je me suis arrêtée pour passer la nuit dans le Kentucky. Trop éreintée pour essayer de dénicher un restaurant, je me suis contentée de plusieurs snacks achetés au distributeur automatique de l'hôtel. Quand je me suis allongée pour tâcher de dormir, mon cœur battait aussi fort qu'une grosse caisse. J'avais l'impression d'être dans une histoire d'Edgar Allan Poe, où le cœur qui palpitait sous le plancher était le mien[1].

Durant la deuxième journée de voyage, je n'ai pas arrêté de somnoler à moitié. J'ai aperçu plusieurs panneaux indiquant qu'il était dangereux de conduire fatigué, sans y prêter attention. Pour me détendre, j'ai essayé de chanter les mêmes chansons que la veille et me suis rendu compte que ça ne marchait plus. Même si ce n'était pas dans mes habitudes d'écouter des podcasts, j'ai mis un épisode consacré aux meurtres d'Annaleigh, de Kimberly, de Jill et d'Emma et, par

1. Allusion à une nouvelle intitulée *Le Cœur révélateur* (*The Tell-Tale Heart*), publiée en 1843.

extension, à William. J'ai éclaté de rire quand l'animateur a déclaré qu'il y avait tant de choses que nous ignorions. J'ai eu envie de l'interrompre, de parler de tout ce que j'avais appris sur le forum, de tout ce que William m'avait confié.

Parfois, il me semble que personne ne m'a jamais vraiment connu, écrivait-il dans une de ses lettres.

À Atlanta, je suis descendue dans un hôtel bon marché. J'ai payé la chambre avec la nouvelle carte de crédit que j'avais prise pour le voyage. La piscine extérieure était envahie par une algue suspecte, mais, au moins, le petit déjeuner continental était compris.

Je me suis assise sur le lit. Il a légèrement grincé quand j'ai changé de position. La chambre était à l'image de son prix. Des taches d'humidité s'étalaient au plafond et la salle de bains avait besoin d'être rénovée. À l'idée de ce qui avait pu se produire dans la baignoire ou sur la couette, j'ai frémi. Cet endroit merdique avait l'attrait de la nouveauté, comme si j'étais dans une sorte de jeu de rôle et non plus dans la vraie vie.

J'ai vérifié sur mon téléphone la distance qui me séparait du palais de justice et choisi ma tenue pour le premier jour du procès. Je me suis décidée pour une robe rouge et un blazer noir déchiré sous une aisselle, en espérant que ça ne se verrait pas. J'ai reconnu le poids qui m'oppressait la poitrine – le même que le jour de ma rentrée au lycée et de mon emménagement en résidence universitaire. À l'époque, je m'étais dit que c'était l'occasion de repartir de zéro, de devenir une nouvelle personne, avant de comprendre que j'étais en définitive semblable à celle que j'avais toujours été.

Je porterai une robe rouge, avais-je écrit à William plusieurs jours auparavant. J'espérais qu'il recevrait cette lettre à temps.

Je n'arrêtais pas de me dire que j'allais assister au procès pour enquêter sur William, puis je changeais d'avis et songeais que je voulais être présente en tant que petite amie. En réalité, ces deux missions n'en formaient qu'une. Je n'avais pas envie d'être avec lui malgré ses méfaits ; j'avais envie d'être avec lui à cause d'eux.

À ce moment, l'idée qu'il puisse me tuer ne m'inquiétait pas. Je craignais simplement qu'il ne me trouve pas belle quand enfin il me verrait en personne. Comme si moi, Hannah, j'avais pu le décevoir, lui, un tueur en série présumé. Avec le recul, je pense que la hiérarchie de mes peurs aurait probablement dû être inversée.

DEUXIÈME PARTIE

16

Lieu inconnu

SON VISAGE M'EST SI FAMILIER que je ne sais pas si je dois prendre avec sérieux la violence de la situation.

— Tu es réveillée, constate-t-il.

Je suis presque heureuse de le voir. Pendant les dernières heures, je me suis assoupie par intermittence – un effet secondaire de ce qu'il a utilisé pour me droguer. À un moment, j'ai fait pipi dans ma culotte, mais j'étais trop défoncée pour en être gênée. Ce sera un vrai réconfort quand il passera une corde autour de mon cou et la serrera jusqu'à ce que je cesse de respirer. Par la fenêtre derrière moi, le soleil se couche, seul indice du temps qui s'est écoulé.

Je tire sur mes liens. À cause des films, j'ai l'espoir irréaliste qu'ils se relâcheront soudain et que je serai libre. Le protagoniste a toujours un talent secret qui s'avère indispensable au moment où il en a le plus besoin. Rien de ce que j'ai pu faire dans la vie ne m'a préparée à cette éventualité. Après coup, mes cours de yoga doux me paraissent idiots et complètement inutiles.

— Je n'ai pas fait une sieste terrible.

— Je ne voulais pas en arriver là, assure-t-il.

Inutile de préciser ce qu'il entend par « là ». Nous savons tous deux qu'il a l'intention de me tuer.

— Je crois que si. Ce n'est pas la première fois.

— Certes, mais c'était différent. Je ne les connaissais pas aussi bien que toi.

Comme si le fait qu'une victime connaisse son bourreau avait jamais empêché qu'un crime soit perpétré. Traditionnellement, quand une femme connaît un homme, c'est toujours au détriment de sa sécurité.

— Tu pourrais me relâcher.

— Impossible.

— Je ne dirai rien à personne.

— Je ne te crois pas.

Il a probablement raison. Je n'ai jamais été douée pour garder un secret. Quand on en apprend un, ce qu'il y a de plus amusant, c'est de réfléchir à qui on pourra le dévoiler. À dire vrai, presque tous les secrets qu'on m'a confiés étaient insignifiants. Au lycée, ça revenait à savoir qui plaisait à qui – des informations aussi protégées qu'une salle des coffres. J'ai oublié pourquoi ça nous semblait aussi important.

Il tient une mallette dans sa main gauche. De façon tout à fait illogique, je me demande s'il veut me faire signer un accord de confidentialité. Tout me paraît plus clair quand il la pose sur une chaise et en sort un morceau de tissu ; il le déroule, et je découvre à l'intérieur une longueur de corde ainsi que plusieurs couteaux qui servent habituellement à découper du poisson en filets. Je ne peux plus me voiler la face : un crime va bel et bien être commis ici.

— Tu pourrais au moins me proposer une mort rapide. Sans souffrance. Avec des cachets, par exemple.

Il me dévisage.

— Je ne pense pas que c'est ce que tu désires, Hannah. Je crois que tu as envie de souffrir.

— Personne n'a envie de souffrir.

— Dans ce cas, pourquoi t'es-tu infligé tant de souffrances ? Ce sont tes choix qui ont entraîné tout ce qui s'est produit. Tu as choisi de continuer à mener l'enquête même après le procès. Si ce n'est pas ce que tu veux, alors je ne comprends plus rien.

Un jour, Dotty m'a tenu des propos plus ou moins semblables. « C'est plutôt excitant, pas vrai ? Le fait que William soit si dangereux, a-t-elle ajouté avec un clin d'œil. Bien sûr, je le crois innocent. Comme nous toutes. »

Je regarde l'homme devant moi. Je ne suis pas émoustillée, pas exactement, même si tout le corps me picote. J'ignore si c'est l'adrénaline ou un effet secondaire de ce qu'il m'a fait avaler. En tout cas, je me sens comme électrisée.

— Tu cherches à m'analyser ? Dis-m'en davantage, s'il te plaît. Qu'as-tu appris d'autre dans ton manuel de psychologie pour les nuls ?

Il s'approche, un couteau à la main. Malgré moi, je tremble.

— Je sais qu'une relation ordinaire ne te suffira jamais, Hannah. Tu ne veux pas être avec quelqu'un qui t'aime et que tu aimes en retour. Ce que tu aimes, c'est éprouver un désir inassouvi. Tu veux un homme qui te dissimule une part de lui. Le genre d'homme qui ne se dévoile jamais entièrement. Heureusement pour toi, je suis exactement ce type d'homme. Malheureusement pour toi, ça signifie que je dois te tuer.

Je lui en veux de m'avoir complètement cernée. D'avoir dit de moi ce que je me contente d'habitude de penser. J'ai envie de lui répondre qu'il se trompe. Si seulement j'en avais l'occasion, je serais capable de vivre le rêve américain. Deux enfants, un chien et une palissade blanche autour de ma maison. À quoi bon laisser des femmes assassinées rôder dans les recoins de mon esprit ? Je n'ai pas besoin qu'un homme soit un tueur pour l'aimer.

Pourtant, il n'a pas tort. Par bien des façons, le monde m'a détruite et je me suis réjouie de cette destruction. J'ai beau essayer de le nier, j'éprouve un certain plaisir à être attachée, un couteau sous la gorge.

17

J'ai fait la connaissance de Dotty dans la queue qui s'était formée devant le portique de sécurité du palais de justice.

La nuit qui a précédé l'ouverture du procès, je n'ai pas dormi. Je n'arrêtais pas de me représenter le moment où William et moi nous nous verrions pour la première fois, où nos yeux se croiseraient, séparés par des rangées de spectateurs. Il articulerait silencieusement quelques mots, genre « je t'aime », et je lirais sans difficulté sur ses lèvres.

J'avais peur qu'il ne me trouve pas belle en personne.

Je me suis levée à 4 heures du matin et, en examinant mon visage dans la lumière vive et impitoyable de la salle de bains, j'ai regretté de ne pas m'être fait poser l'un de ces masques qui décapent la peau, blanchir les dents et teindre les cheveux. J'avais bêtement cru que mes mèches grises avaient un côté charmant et que mes incisives du bas, légèrement tordues, me donnaient du caractère. Quelle idiote j'étais. William ne voulait pas d'une espèce de hippy qui portait des robes en coton avec des poches, du moins je le supposais. Il voulait quelqu'un comme Annaleigh, une femme capable de discipliner la plus petite mèche. Une femme digne d'être assassinée.

— Qu'est-ce que tu es jolie, a déclaré Dotty avant de me tendre la main.

Après cette entrée en matière, elle aurait pu me dire n'importe quoi d'autre et j'aurais toujours eu envie d'être amie avec elle.

Elle vivait dans la banlieue de Nashville et s'était entichée de William en le voyant au journal télévisé. Depuis, elle et son mari s'étaient séparés, et elle risquait de perdre la garde de ses deux enfants à cause de sa fixation sur William. « Ce n'est pas normal, avait dit son mari. On ne peut pas les exposer à quelqu'un comme ça. »

Elle m'a montré une photo du mari en question qui datait un peu. Il portait un polo avec, en relief, le logo de son équipe de foot américain préférée, et une bedaine était déjà visible sous le vêtement. Il était clair qu'il commençait à se dégarnir et qu'il ne l'avait pas encore accepté, car il laissait ses cheveux plus longs sur le dessus, ce qui ne l'avantageait pas.

— Il était tellement sexy, a assuré Dotty. Je ne sais pas ce qui s'est passé.

Le jugement qu'elle portait sur lui était semblable à celui que je portais sur Dotty. Elle arborait un faux bronzage et sa minceur trahissait les efforts qu'elle déployait pour ne pas grossir. Elle portait un chemisier ample, des sandales à lanières et son visage était entièrement maquillé.

Dans d'autres circonstances, je me serais peut-être sentie menacée par son obsession pour William, mais, ce jour-là, devant le palais de justice, je lui en étais reconnaissante.

Plus tard, elle m'a confié qu'elle savait que j'étais amoureuse de William à cause de mes boucles d'oreilles.

— On ne porte pas des bijoux aussi étincelants pour quelqu'un qu'on se fiche d'impressionner.

De mon côté, j'ai su qu'elle était amoureuse de William quand elle m'a dit :

— Tu es là pour lui, pas vrai ?

Nous avons échangé un regard entendu, et j'ai hoché la tête.

Autour de la queue, des manifestants tenaient des pancartes qui condamnaient les crimes de William.

IL MÉRITE LA PEINE CAPITALE, disait l'une d'elles.

JUSTICE POUR ANNALEIGH, annonçait une autre.

PROGRAMME DE MUSCU DE JILL, déclarait une troisième, dont les lettres noires étaient maculées de faux sang.

— Ils en font, du chahut, a fait remarquer Dotty.

— Ouais, ai-je acquiescé en parcourant la foule des yeux.

Il y avait parmi eux quelques membres du forum – je le savais car j'avais lu leurs publications. Personne n'avait vu ma photo ni ne connaissait mon vrai nom, ce qui m'a réconfortée. Pour l'instant, ils ignoraient encore que je les avais trahis de bien des manières.

Je débordais d'énergie. J'aurais pu tenir une ampoule à la main et l'allumer grâce à l'impatience que je dégageais.

— J'espère qu'on pourra entrer, ai-je dit en observant la file devant nous.

Les mesures de sécurité me rassuraient autant qu'elles m'agaçaient. Il y avait des gens qui voulaient la mort de William. Des familles en deuil, des femmes furieuses, des hommes cherchant à expier leurs propres péchés. Outre les crimes très réels qu'il avait vraisemblablement commis, William était un bouc émissaire pour toutes sortes de méfaits.

— S'il le faut, nous tuerons quelqu'un pour avoir une place, a déclaré Dotty en m'adressant un clin d'œil.

Quand enfin nous avons atteint le portique, j'ai posé avec nervosité mon sac sur le tapis roulant du scanner. Les lettres de William se sont éloignées de moi. Les gardes pouvaient-ils voir les mots couchés sur le papier à travers l'écran à rayons X ? J'avais aussi apporté mon carnet pour pouvoir écrire à William tout en assistant au procès. S'adresser à quelqu'un en étant au même endroit sans pourtant avoir le droit de lui parler avait quelque chose de romantique.

Dotty et moi avons réussi à trouver deux sièges au fond de la salle. J'ai embrassé les lieux du regard. On se serait cru à une cérémonie de mariage à l'envers. Les familles et les amis des victimes s'étaient rassemblés à l'avant. J'ai reconnu la mère et la sœur de Jill, pour avoir vu leurs photos sur les réseaux ; elles étaient assises à côté de Tripp et des parents d'Annaleigh. Plus loin, un groupe de journalistes prenaient des tas de notes.

La famille de William était installée derrière la table des avocats de la défense.

Après tout ce qu'il m'avait raconté, je m'attendais à ce que la cruauté de ses parents saute aux yeux. Au lieu de quoi son père était le genre d'homme qui restait beau même passé la cinquantaine. Sa mère avait un visage anguleux et portait de gros bijoux visibles même depuis le fond de la salle. Bentley ressemblait à William en plus grand. La femme menue assise à côté de lui devait être Virginia, son épouse. Pour des raisons évidentes, leurs deux enfants n'étaient pas présents.

Bien que son fils soit jugé pour meurtre, les gens se montraient respectueux à l'égard de M. Thompson. Des types s'approchaient de lui pour lui serrer la main, et il accueillait chacun d'eux avec cordialité. S'il était agité, il ne le montrait pas.

Moi, en revanche, j'étais sur les nerfs. Pendant que Dotty papotait sans discontinuer de ses enfants (« Jaxon et Avery »), de ses disputes constantes avec sa coiffeuse (« Mais je ne peux pas aller ailleurs, elle est la seule à réussir ma coloration ») et enfin de William (« Il dégage quelque chose d'unique »), je sentais mon angoisse monter, convaincue que ma cage thoracique allait s'ouvrir et exposer mon cœur si je devais attendre plus longtemps son apparition.

Dotty parlait de l'équipe de base-ball de son fils (« Vu le comportement de certaines personnes, on croirait que ces gamins touchent un salaire ») quand un murmure a parcouru la foule. William était arrivé.

*

Un an plus tôt, j'avais assisté au mariage d'une amie, et, lorsqu'elle était apparue dans le patio où la cérémonie devait se dérouler, mes yeux s'étaient embués de larmes. Ce n'était pas parce qu'elle était belle, mais plutôt à cause de la forte émotion que j'éprouvais. Peu importait que je ne connaisse pas vraiment son fiancé ni ne lui fasse confiance – tout ce qui comptait, c'était l'idée même d'amour.

L'entrée de William m'a paru semblable à celle d'une mariée. J'espérais que mon eye-liner soigneusement appliqué n'allait pas couler à cause des larmes qui me montaient aux yeux. Mon petit ami et moi étions enfin réunis en un même lieu. C'était le moment tant attendu, qui avait fait palpiter mon cœur au fond de ma poitrine tandis que je traversais le pays en voiture, un instant sur lequel j'avais fantasmé la nuit précédente, dans ma chambre d'hôtel.

Le costume qu'il portait avait la même coupe que celui qu'il avait le jour de son arrestation, mais un coloris légèrement différent. Il paraissait amaigri, et je me suis rappelé ce qu'il avait dit sur la mauvaise qualité de la nourriture en prison.

J'ai rivé mes yeux sur lui, désespérément.

Regarde-moi, ai-je pensé. *S'il te plaît. S'il te plaît. Regarde-moi.*

Il y avait trop de monde, trop de journalistes, de proches et d'amis, qui tous s'efforçaient d'attirer son attention, pour qu'il puisse me voir. Ma déception était palpable. J'étais comme un citron qu'on presse jusqu'à ce qu'il se vide de tout son jus.

Soudain, ma robe ne me convenait plus. Mon rouge à lèvres vif ressemblait plus à une traînée qu'à une moue parfaite. Tout allait de travers, absolument tout. Ça n'avait vraiment rien à voir avec le moment que j'avais imaginé.

Avais-je fait une erreur ? Il n'était pas trop tard pour remonter en voiture et rentrer chez moi. Je n'aurais même pas besoin de rompre avec William. Il me suffirait de ne plus répondre à ses lettres. J'ai posé la main sur mon sac. Je m'apprêtais à partir sur-le-champ. Meghan avait raison. J'avais été bête de venir jusqu'en Géorgie pour assister au procès d'un homme que je n'avais jamais rencontré, qui plus est accusé d'avoir commis des crimes atroces contre des femmes.

Puis, juste avant de s'asseoir, William s'est retourné et ses yeux ont croisé les miens. J'ai entrevu l'ombre d'un sourire et un clin d'œil entendu. Il n'a pas prononcé un mot, car c'était inutile. Je savais déjà tout ce qu'il voulait me dire.

Notre regard n'a duré qu'une seconde ; et pourtant, il était tout pour moi.

Il était bel et bien là. Mon petit ami. Mon amour. L'homme qui était coupable ou pas de meurtres en série. Pour le meilleur ou pour le pire, j'étais avec lui. Pour lui comme pour moi, j'allais entreprendre de découvrir la vérité.

18

AFIN DE PROUVER LA CULPABILITÉ DE WILLIAM, l'accusation devait démontrer de quelle manière il était associé aux victimes, au lieu où elles avaient été découvertes, puis établir son mobile. La première tâche était simple. William travaillait dans le même cabinet qu'Annaleigh, fréquentait la station-service où Kimberly était employée, prenait des cours avec Jill et était sorti avec Emma le soir de sa disparition. Les deux autres s'avéraient plus délicates. Bien que tous les corps aient été trouvés dans le ravin, il était peu probable que les femmes y aient été tuées. Il existait un second endroit, pour l'heure inconnu, où les meurtres avaient été perpétrés, de sorte qu'il était difficile de rassembler des preuves matérielles, hormis sur les victimes elles-mêmes. Mais la tâche la plus compliquée de toutes consistait peut-être à découvrir un mobile.

Il y avait deux procureurs, un homme barbu d'un certain âge et une femme qui, comme moi, devait avoir la trentaine. Mes parents m'avaient suggéré à deux ou trois reprises de faire des études de droit : c'était un parcours professionnel acceptable quand on avait un penchant pour la littérature et l'écriture. J'avais refusé parce que tous les gens qui voulaient faire du droit et que j'avais connus à la fac étaient des connards ; de plus, paraître respectable aux yeux des autres n'était pas une raison suffisante pour m'endetter démesurément afin de me lancer dans une carrière qui ne m'intéressait même pas. Les jours où le solde de mon compte en banque était particulièrement bas, je regrettais cette décision, mais je m'estimais dorénavant trop vieille pour retourner à l'université.

J'ai observé la procureure, debout à l'avant de la salle. Elle portait une robe grise moulante sous un blazer noir. Je ne savais rien de ses compétences, mais elle avait tout l'air d'être quelqu'un d'impitoyable, qui n'hésiterait pas à demander la perpétuité.

Il y avait peut-être une troisième raison, secrète celle-ci, pour laquelle je n'avais pas voulu étudier le droit – je craignais de ne pas être à la hauteur. La procureure ne cédait probablement jamais à ses impulsions. J'étais convaincue qu'elle ne buvait, ne mangeait ni ne dormait jamais trop. Qu'elle n'avait jamais été virée d'un boulot. Et il était presque certain qu'elle n'était jamais tombée amoureuse d'un tueur en série.

— Je suis sûre que c'est une salope, a commenté Dotty.

Jusqu'alors, j'avais cru que j'étais du genre à critiquer vivement la misogynie chez d'autres femmes. Je m'étais trompée sur mon compte, car j'ai finalement gardé le silence tandis que l'accusation lisait sa déclaration d'ouverture.

Dans mon carnet, en haut d'une page vierge, j'ai écrit :

Cher William, aujourd'hui, je t'ai vu pour la première fois. Même si nous ne pouvons pas échanger ni nous toucher, je chéris ces instants où je suis avec toi.

Je n'arrivais pourtant pas à me concentrer sur ma lettre pendant que le procureur s'exprimait. C'était bizarre : après des mois passés à réprimer mon envie de parler de William, je me retrouvais soudain dans un endroit où tout le monde tenait à parler de lui.

Sur une autre page, j'ai inscrit le mot « Preuves » avant de la diviser en deux colonnes : « Coupable » et « Innocent ».

La voix de Meghan s'est insinuée dans mon esprit : *Tu fais une liste des pour et des contre pour déterminer si William a commis ces meurtres ?* Je me suis emportée contre cette version fictive de ma meilleure amie : *Tais-toi. Ce n'est pas moins fiable que ce qu'un jury pourra décider.*

La procureure marchait de long en large en faisant claquer ses talons sur le parquet.

— Nous allons prouver que William Thompson est coupable sans l'ombre d'un doute, a-t-elle affirmé. Nous avons affaire à un homme qui avait les moyens de tuer, un homme au passé violent, un homme qui avait un mobile.

J'ai regardé la nuque de William, sans en retirer la moindre information. *Passé violent ?* ai-je noté avant de souligner ces deux mots. S'était-il produit davantage que des bagarres entre frères, ainsi qu'il me l'avait avoué ? On considérait comme acceptable de faire du mal à un frère ou une sœur, alors que ça ne l'était pas en dehors du cercle familial.

Le procureur a ensuite pris la parole et raconté dans quel état les corps avaient été retrouvés pour montrer le soin méticuleux avec lequel le tueur avait essayé de cacher son identité.

— Seul un individu très intelligent a pu agir ainsi, et je tiens à dire que William Thompson est un homme intelligent. De plus, il a fallu que l'assassin ait accès à un second lieu assez discret pour y tuer tranquillement ses victimes, et William, un brillant avocat, avait de quoi acquérir un tel local. Il devait également être assez fort pour soulever un corps, et l'accusé, qui jouait au football américain au lycée, avait récemment suivi des cours de musculation.

Il avait omis de mentionner que William n'avait pas été particulièrement doué : il lui manquait à la fois le physique et le prétendu QI footballistique requis pour exceller à ce sport. Pour la première fois, j'ai dû refréner mon envie de lever la main pour compléter les propos de quelqu'un avec ce que je savais de William ; ça m'arriverait à de nombreuses reprises.

Le procureur s'est ensuite empressé de relater le « passé violent » de William : deux bagarres qui s'étaient chaque fois soldées par une exclusion temporaire, la première au collège, la seconde au lycée. En cette occasion, l'élève avec lequel William s'était battu avait dû se rendre aux urgences pour se faire faire des points de suture. Je me suis demandé si un tel incident pouvait avoir un lien avec les meurtres, si le mal que les garçons se causaient, enfants, pouvait déboucher, plus tard, sur des féminicides.

Quand le procureur a terminé, sa collègue a pris le relais en énumérant tout ce qui avait pu motiver William à tuer les quatre victimes.

— Il a peut-être subi un traumatisme, comme quantité de personnes. Nous savons qu'il jouait au football américain. Il est donc possible qu'il souffre d'encéphalopathie traumatique chronique : après s'être vu infliger un grand nombre de commotions cérébrales sur le terrain, son cerveau aurait un déséquilibre chimique.

Elle a alors passé en revue les victimes, avançant des hypothèses sur les événements qui avaient pu mener à la mort de chacune d'elles.

— William a peut-être fait des avances sexuelles à Annaleigh, a-t-elle déclaré au jury. Et, quand celle-ci l'a repoussé, il l'a étranglée près de la photocopieuse pendant que son mari l'attendait à la maison. Kimberly n'avait peut-être plus la barre chocolatée préférée de William en magasin, ou bien elle a refusé de lui rendre la monnaie d'un billet de cent dollars et, pour se venger, il l'a tuée, enveloppée dans une bâche et traînée sur deux pâtés d'immeubles jusqu'à sa voiture garée dans le parking de sa copropriété. Il est facile d'imaginer qu'un homme comme William ait pu se sentir menacé par la forme physique et les compétences athlétiques de Jill, a-t-elle continué. Et si, pendant une de leurs séances, elle l'avait trop poussé et humilié physiquement et que, pour la punir, il avait mis ses mains autour de son cou et serré jusqu'à ce qu'elle cesse de respirer ? Quant à Emma, c'est simple, a-t-elle conclu. Les hommes tuent sans cesse des femmes à l'occasion de rendez-vous amoureux. Elle ne ressemble pas à sa photo de profil ? Il faut qu'elle meure. Elle essaie de s'en aller plus tôt que prévu ? Il faut qu'elle meure aussi. Elle refuse un rapport sexuel ? Même chose. Elle se conduit impeccablement ? Elle doit également mourir. Il est impossible de savoir pourquoi certaines sont assassinées et d'autres restent en vie, même si, statistiquement, des catégories courent plus de risques. En tant que femme blanche cisgenre, de classe moyenne, Emma aurait dû être en sécurité. Pourtant, elle est morte à l'issue d'un rendez-vous avec un homme qu'elle n'aurait pas dû fréquenter. Nous ne pouvons que le regretter.

Débitées de cette manière, les preuves accumulées contre William paraissaient irréfutables. J'ai baissé les yeux vers ma liste où, dans la colonne « Coupable », j'avais ajouté *intelligent*, *riche*, *avait un mobile*. L'autre colonne était vide.

C'était une chose de savoir que son petit ami était peut-être un tueur en série, c'en était une autre d'entendre quelqu'un l'énoncer à haute voix. Au premier rang, la sœur de Jill pleurait, pendant que sa mère lui frottait le dos. J'ai tellement griffonné la page de mon carnet que la pointe de mon stylo a fait un trou dans le papier.

À côté de moi, Dotty se grattait les petites peaux autour des ongles. Je n'aurais su dire si elle s'ennuyait ou si elle était sur les nerfs.

*

J'ai été soulagée quand ç'a été au tour des avocats de la défense. Un procès n'est pas censé être un match, mais je ne pouvais pas m'empêcher de les considérer comme faisant partie de mon équipe, qui, pour l'heure, était seulement constituée de Dotty et moi, des avocats en question et de William. C'était une situation à la David et Goliath – à supposer que le premier ait été accusé d'avoir tué des femmes.

Les deux avocats de William étaient des hommes blancs d'un certain âge qui ressemblaient plus ou moins à son père et dont l'accent sudiste était si prononcé qu'il paraissait faux. William avait au moins l'avantage d'avoir des relations dans le milieu judiciaire. Dans n'importe quelle autre circonstance, leur attitude prétentieuse m'aurait franchement agacée. Il était évident que ces types étaient habitués à obtenir ce qu'ils voulaient, peu importait qui il leur fallait écraser pour y parvenir. Vu la situation, j'étais contente qu'ils soient dans mon camp.

— Les procureurs aimeraient vous faire croire que l'issue de ce procès est courue d'avance, a commencé l'un d'eux. En réalité, c'est tout le contraire. Hormis de pures coïncidences, aucun lien concret n'a été établi entre William Thompson et ces quatre femmes. Aucun fragment d'ADN, aucune empreinte digitale, aucun indice prélevé dans sa voiture ou son appartement.

J'aurais juré entendre Dotty grogner en signe d'approbation.

— William Thompson est quelqu'un de bien. Un avocat, un contribuable, un citoyen qui a été arrêté parce qu'il s'est retrouvé dans le voisinage immédiat d'incidents tragiques. Que ressentiriez-vous si une personne de votre connaissance était tuée et qu'on vous accuse d'être responsable de cette mort alors que vous la pleurez ?

J'ai écrit *quelqu'un de bien ?* dans la colonne « Innocent », juste en face de *passé violent ?* J'ai observé la nuque de William, qui est restée muette.

— Tu le crois coupable ? ai-je demandé à Dotty à la fin de cette première journée.

Elle m'a dévisagée.

— Il y a certaines choses que Dieu seul a besoin de savoir, a-t-elle répliqué.

Ainsi que je l'apprendrais dans les semaines à venir, nous avions chacune notre façon de faire face quand il s'agissait d'aimer un homme que, selon la société, nous n'étions pas censées aimer. Simplement, certaines d'entre nous étaient plus honnêtes que d'autres envers elles-mêmes.

19

PENDANT QUE L'ACCUSATION COMMENÇAIT à interroger les témoins et les experts médico-légaux, j'ai dressé ma propre liste des gens à qui je voulais parler, à savoir les autres membres de la famille Thompson. Tandis que les procureurs s'intéressaient aux circonstances entourant la mort des quatre victimes, j'avais envie de savoir qui était réellement William.

Je regardais sa nuque, ce qui signifiait par défaut que je regardais ses proches, assis derrière lui. Le troisième jour du procès, en voyant la mère de William se diriger vers les toilettes pendant une pause, je me suis empressée de la suivre.

Les parents de William, Mark et Cindy, s'étaient rencontrés au lycée. Il faisait partie de l'équipe de football américain et elle était pom-pom girl. Le père de Mark était avocat et celui de Cindy directeur général d'une banque. Leurs mères respectives étaient femmes au foyer. En fonction de l'angle depuis lequel on se plaçait, c'était soit l'histoire d'amour idéale, soit une sorte de lente asphyxie.

Ils sont allés à l'université ensemble en sachant qu'ils se marieraient après l'obtention de leurs diplômes. Cindy est tombée enceinte pendant leur nuit de noces et, quand ils ont acheté une maison dans leur ville natale, il était entendu qu'ils emménageraient plus tard, après la mort du père de Mark, dans la demeure familiale des Thompson.

Dans ses lettres, William racontait que Mark aimait à se considérer comme un homme qui s'était fait tout seul, alors qu'il était né déjà bien entouré.

Mon père pense que nous vivons dans une méritocratie simplement parce que personne ne lui a jamais laissé entendre qu'il n'avait aucun mérite.

Mark était ami avec le maire, la moitié du conseil municipal et un nombre incalculable de législateurs de la Géorgie. Tous les matins, il prenait son petit déjeuner avec d'autres avocats dans un établissement dont les prix n'avaient pas bougé en trente ans. Le week-end, il jouait au golf dans le club des environs que son grand-père avait contribué à fonder, et des tas de panneaux d'affichage arboraient sa photo d'un bout à l'autre de la ville.

Si mon père ne s'est jamais présenté aux élections, c'est pour une unique raison : il tient à ce que les ficelles qu'il tire restent invisibles. Personne ne peut vous critiquer si vous agissez dans l'ombre.

Cindy n'entrait pas tout à fait dans le moule qui lui avait été réservé même si, en apparence, ça ne se voyait pas. Comme ça ne lui plaisait pas d'être mère au foyer, elle supportait son rôle en employant une armée de nourrices et en siégeant au conseil d'administration de toutes les œuvres de bienfaisance qui voulaient bien d'elle.

Les gens s'imaginent que ma mère est quelqu'un de bien parce qu'elle est bénévole dans de nombreuses organisations caritatives. En tant que salariée dans une association à but non lucratif, tu sais ce qui différencie les membres du conseil d'administration des employés qui mettent vraiment la main à la pâte. Ma mère aime qu'on l'invite à des déjeuners et des galas, et qu'on la prenne en photo. Elle est experte en matière de ventes aux enchères, de fêtes à thème et de réductions d'impôts dont elle fait bénéficier mon père.

Même si leur vie était sans doute plus compliquée qu'on pouvait le penser vu de l'extérieur, il y avait une chose dont Mark et Cindy Thompson étaient convaincus : aucun de leurs enfants ne deviendrait un tueur en série. Par conséquent, ils étaient très contrariés par les événements récents, qui les obligeaient à s'écarter de leur voie toute tracée.

Je dois admettre que j'éprouve une joie un peu malsaine à l'idée de détruire l'image parfaite que mes parents essaient de présenter. Le maire refuse à présent d'être vu en public avec mon père, et certaines œuvres de bienfaisance ont demandé à ma mère de renoncer à sa position – tout en continuant à faire des dons anonymes, évidemment.

Après avoir suivi Cindy dans les toilettes, je n'ai pas su comment agir. Je l'ai perdue de vue juste avant qu'elle disparaisse dans une des cabines, et même si ses talons rouges étaient facilement reconnaissables, j'ai jugé préférable de ne pas lancer un coup d'œil sous les portes pour découvrir où elle se trouvait exactement. Ignorant ma vessie pleine, j'ai attendu qu'elle réapparaisse.

C'est là, devant les lavabos, que j'ai rencontré Lauren.

— Vous avez un tampon ?

J'ai observé son visage dans le miroir ; elle était jeune et jolie. Ce devait être une des amies d'Annaleigh. J'ai fouillé dans mon sac et lui ai tendu un tampon après avoir épousseté des peluches restées accrochées à l'emballage.

— Merci.

Cindy est sortie d'une cabine. Lauren et moi l'avons regardée se laver les mains, puis remettre du rouge à lèvres.

— C'est la mère de William Thompson, a chuchoté Lauren après le départ de Cindy.

— Je sais, ai-je répondu.

Nous nous sommes rendu compte que nous étions semblables. Ce n'était pas pour Annaleigh que Lauren assistait au procès, mais pour William, le deuxième meurtrier dont elle était tombée amoureuse. Le premier, Kris Cooper, avait été un homme blanc de quarante-cinq ans accusé d'avoir incendié sa maison et d'avoir ainsi tué sa femme et son fils. Cooper soutenait qu'il n'avait pas allumé ce feu et qu'il n'aurait jamais fait de mal à sa famille. « Vous ne savez pas ce que c'est, d'être accusé d'avoir provoqué la plus grande tragédie de votre vie », avait-il déclaré aux médias.

Lauren avait entendu parler de lui en écoutant un podcast consacré aux faits divers alors qu'elle était en seconde au lycée. Être fan de ce genre d'émission était devenu une des principales caractéristiques de sa personnalité ; selon elle, c'était mieux que les filles qui se singularisaient en faisant partie de l'équipe de foot ou en aimant les chevaux. Le podcast avançait des arguments convaincants en faveur de l'innocence de Cooper, et Lauren, à qui on répétait sans arrêt qu'elle était capable de tout accomplir, était déterminée à le faire libérer. Finalement, Cooper a perdu en cour d'appel et, quand les parents de Lauren ont trouvé les lettres au contenu sexuellement explicite qu'il avait écrites à leur fille mineure, ils ont ordonné à celle-ci de couper tout contact avec lui. Il était compliqué d'interdire à quelqu'un d'envoyer des lettres, et Lauren cachait des timbres dans sa chambre, histoire de pouvoir continuer sa correspondance. C'est Cooper qui a fini par se lasser d'elle après avoir rencontré une fille plus jeune, encore innocente et toute disposée à l'aimer.

Lauren en a parlé en haussant les épaules.

— J'étais jeune. Je ne savais rien du grand amour.

À présent âgée de dix-neuf ans, elle avait de longs cheveux bruns et une silhouette menue que je lui enviais. Elle n'était pas belle au sens classique du terme. C'était pire, d'une certaine façon : elle était dotée d'une sorte de beauté unique qu'on appréciait parmi les adultes, mais que des lycéens cruels n'auraient pu appréhender.

— Il n'y a pas de garçons de ton âge qui t'intéressent ? ai-je demandé.

Lauren a ri.

— Ils sont chiants. Tout ce qu'ils veulent, c'est jouer à des jeux vidéo.

Comment lui annoncer qu'ils ne s'arrangeaient pas en grandissant ? Mais elle devait s'en douter, ai-je songé, puisqu'elle avait choisi de passer ses vacances d'été à assister au procès d'un tueur en série.

Je me sentais en sécurité dans notre petit groupe. Assise entre Dotty et Lauren, j'éprouvais une sorte de camaraderie que je n'avais plus connue depuis le lycée, quand avec mes copines nous nous retrouvions dans la salle d'art dramatique avant la première sonnerie. À l'époque, ces moments allaient de soi et, avec le recul, je les regrettais terriblement. Il était idiot qu'en tant qu'adulte il ait fallu que je devienne obsédée par un tueur en série pour pouvoir me faire de nouvelles amies.

Je ne leur avais pas dit que William était mon petit ami. Elles auraient pu penser que c'était une invention de ma part, même si ses lettres, que je conservais dans mon sac à main, en étaient la preuve. Dotty et Lauren s'imaginaient que nous étions pareilles. Trois femmes qui entretenaient une relation non mutuelle avec un tueur en série présumé. Je n'avais pas envie de rompre le lien qui nous unissait en leur expliquant que les sentiments que j'avais pour lui étaient en réalité réciproques, surtout en tenant compte du fait qu'il ne m'avait pas contactée depuis mon arrivée en Géorgie.

Pendant que les procureurs appelaient les témoins à la barre, j'écrivais à William et prenais des notes si l'un des témoins en question disait quoi que ce soit qui me semblait particulièrement important.

Cher William,

Tes cheveux avaient l'air particulièrement soyeux aujourd'hui. Est-ce naturel ou bien as-tu le droit d'utiliser des soins cosmétiques en prison ?

- Coupable : la police a trouvé une carte de visite de William au fond d'un des sacs à main d'Annaleigh.

Cher William,

Je suis devenue amie avec quelques personnes qui suivent aussi ton procès. Tu m'as probablement vue assise à côté d'elles. Tu m'as vue, pas vrai ?

- Innocent : Annaleigh avait plusieurs cartes de visite dans le même sac à main. Elle cherchait activement à se bâtir un réseau professionnel.

Cher William,

Tu reçois mes lettres, n'est-ce pas ? Je n'ai plus de tes nouvelles depuis un moment. Ça me fait tellement bizarre d'être seule en Géorgie. Je n'ai jamais vraiment été seule avant, pas de cette façon. Mes parents ou Meghan étaient toujours dans les parages.

- Coupable : images vidéo de William dans la station-service de Kimberly quelques jours avant sa mort.

Cher William,

J'ai trouvé un endroit qui propose de bons donuts tout près du palais de justice. J'aimerais pouvoir t'en apporter un. Pour ma part, je les préfère au beurre. Si j'en lançais un dans ta direction, est-ce que tu l'attraperais ?

- Innocent : des centaines de gens sont passés par cette station-service pendant ce laps de temps.

Cher William,

Aujourd'hui, après l'audience, je suis allée m'asseoir au bord de la piscine de mon hôtel. Si les souffleurs de feuilles n'avaient pas été aussi bruyants dans le lointain, j'aurais presque eu l'impression d'être en vacances.

- Coupable : Jill a noté un rendez-vous pour une séance d'entraînement avec William dans son agenda deux jours avant sa disparition.

Cher William,

Aujourd'hui, à un moment, tu es passé si près de moi que j'ai failli tendre la main pour te toucher. Je ne crois pas que tu m'aies remarquée.

- Innocent : le jour où Jill est morte, personne n'a vu William au club de sport.

Cher William,

Aujourd'hui, j'ai testé le camion à tacos qui est garé devant le palais de justice. J'ai mis 10/10 au taco au porc.

- Coupable : William est la dernière personne à avoir été vue en compagnie d'Emma.

Cher William,

J'espère avoir de tes nouvelles bientôt. Tes lettres me manquent.

- Innocent : aucune autre femme que William a rencontrée via une appli n'a été assassinée, même si l'une d'elles est morte dans un accident de voiture sans rapport avec cette affaire.

Quand certains des témoignages étaient difficiles à suivre – et c'était le cas de la plupart –, je concentrais mon attention sur la famille Thompson.

Lorsque les experts médico-légaux ont montré des photos des cadavres, couverts de contusions et décomposés, j'ai observé Mark qui passait le bras autour des épaules de Cindy. Quand ils ont décrit les tortures que les victimes avaient subies avant d'être tuées, j'ai remarqué qu'il chuchotait quelques mots à l'oreille de Bentley, le frère de William.

Tandis que les jurés essayaient de déterminer si William était coupable ou non, je tâchais de découvrir si Mark et Cindy étaient aussi sournois que William le laissait entendre dans ses lettres. Si je les regardais assez longtemps, je finirais sûrement par déceler quel genre de monstres ils étaient sous leurs masques.

20

Tous les jours, après l'audience, je regagnais mon hôtel. Avant de monter dans ma chambre, je passais à la réception pour savoir si j'avais du courrier. J'étais en Géorgie depuis une semaine et demie et aucune lettre de William n'était encore arrivée ; je craignais qu'il n'ait pas reçu ma nouvelle adresse ou, pire encore, qu'après m'avoir vue il ait décidé de ne plus être mon petit ami.

— Vous attendez quelque chose d'important ? m'a demandé un soir la réceptionniste.

— La lettre d'un ami.

— Une lettre d'amour ? a-t-elle fait en haussant les sourcils.

— Si on veut.

Elle a fini par deviner que c'était une lettre de William Thompson ; j'avais en effet laissé entendre que j'étais là pour assister à un procès et lui avais dit de ne pas s'alarmer si l'adresse de l'expéditeur était celle d'une prison. Quand elle a compris, j'ai fait mine d'être embarrassée, mais je crois que je voulais qu'elle sache.

— Il m'obsède, m'a-t-elle confié. J'adore tout ce qui se rapporte aux faits divers. On entend tout le temps parler des tueurs en série du passé, et c'est incroyable qu'il y en ait un de nos jours, dans notre ville. Vous savez, le cousin d'une copine était au lycée avec Kimberly.

— Waouh, quelle coïncidence !

Je me suis retenue de me vanter en expliquant que j'étais plus proche qu'elle de William. Il était facile de transformer en compétition cette proximité avec le danger, de la même façon que les gens aiment se disputer quand ils cherchent à savoir lequel d'entre eux a eu l'enfance la plus affreuse et la plus traumatisante.

— Je garderai l'œil ouvert au cas où une lettre arriverait, m'a-t-elle assuré.

À l'idée qu'elle toucherait l'enveloppe avant moi, je lui en ai voulu. Ce genre de détail devient important quand l'aspect physique d'une relation s'exprime au moyen de feuilles de papier.

Après avoir échangé quelques mots avec elle, je montais dans ma chambre, qui me donnait déjà l'impression d'avoir toujours été uniquement la mienne. Vivre à l'hôtel n'avait rien à voir avec ce que je m'étais imaginé enfant. J'avais acheté une miche de pain, un pot de beurre de cacahuète et un paquet de couteaux en plastique avec l'intention de me faire des sandwiches pour le dîner et ainsi d'économiser de l'argent ; mais ma faim, à la fois concrète et symbolique, l'emportait souvent, et j'avais pris l'habitude de m'arrêter dans le drive-in d'un fast-food sur le chemin du retour, le genre de petit plaisir facile que je ne m'autorisais généralement jamais dans ma vie ordinaire.

Je mangeais au lit en regardant à la chaîne des émissions de rénovation de maisons. J'essayais de faire de la muscu en suivant les vidéos de Jill quand j'en avais le courage, c'est-à-dire presque jamais. Le procès me pompait toute mon énergie mentale et physique. Parfois, j'écrivais à William, mais la plupart du temps, vu que je n'avais rien de mieux à faire, je me couchais tôt et m'endormais dans des draps couverts de miettes.

Une semaine et demie s'était donc écoulée depuis le début du procès, et je ne m'étais pas encore liée comme je le voulais avec la famille Thompson. En raison de l'atmosphère qui régnait au tribunal, il était difficile d'engager la conversation. Dotty, Lauren et moi n'étions pas le seul clan à s'être formé. Les proches des victimes constituaient eux aussi une sorte de communauté unie par le chagrin. Les amies d'Annaleigh se rapprochaient de celles d'Emma, et la sœur de Jill animait des séances de yoga doux dans une salle vide du palais de justice, histoire de les aider à libérer l'énergie négative qui s'accumulait dans leurs épaules. Elles se rendaient en petits groupes aux toilettes, à la fontaine à eau et aux *foodtrucks* garés dehors. Je savais que les groupes en question avaient une fonction de protection plutôt que d'exclusion, mais je me sentais malgré tout rejetée, comme si elles étaient les filles branchées du lycée et moi, une ratée.

J'avais envie de leur expliquer que, au départ, j'avais été dans leur camp. « Je suis l'une des personnes qui a permis de comprendre que c'était William », voulais-je leur dire. Ce n'était néanmoins pas tout à fait vrai, puisque j'avais vu sa photo et l'avais écarté de la liste des coupables potentiels. Elles m'évitaient, comme si elles percevaient la présence de William sur moi, bien que je ne l'aie jamais touché. J'étais l'« une de ces femmes » et, apparemment, ça se sentait.

Je sais que je ne suis pas là pour me faire des amis, mais j'aimerais qu'elles soient plus amicales, ai-je écrit à William.

Une remarque égoïste, étant donné que tout le monde détestait William.

Puisque je ne pouvais pas aborder les Thompson à l'intérieur du tribunal, il me fallait trouver un moyen de leur parler à l'extérieur. C'est alors que j'ai commencé à vaguement les filer.

*

Le soir, au lieu de retourner à l'hôtel après l'audience, je suivais Mark et Cindy Thompson. Leur propriété était située à une heure de route de la ville et, afin d'éviter des trajets, ils avaient pris une location de longue durée non loin du palais de justice ; c'était un appartement assez grand pour que Bentley et sa femme y séjournent aussi. Ça les aurait sûrement perturbés d'apprendre que j'avais si facilement découvert où ils logeaient.

Le premier soir, assise dans ma voiture en face de leur immeuble, j'ai attendu qu'il se produise quelque chose. À un moment, un livreur est arrivé avec des sacs, et mon ventre a gargouillé pour me rappeler que j'avais moi aussi besoin de manger. Je me suis tellement ennuyée que j'ai fini par rentrer à l'hôtel, où j'ai acheté des snacks au distributeur en guise de dîner.

Je suis revenue le lendemain soir avec mon ordinateur plein de films téléchargés que je n'ai en définitive pas regardés, parce que Mark, Cindy, Bentley et Virginia sont montés en voiture pour se rendre dans un restaurant à dix minutes de leur appart.

C'était un grill qui n'était absolument pas dans mes prix, même dans les meilleures conditions.

— Avez-vous une réservation ? m'a demandé l'hôtesse d'accueil.

Il y avait du mépris dans sa voix. Elle savait déjà que je n'étais pas dans mon élément, autrement, elle ne m'aurait pas posé la question.

— Non, ai-je reconnu.

Elle a soupiré.

— Combien de personnes ?

— Seulement moi.

— Vous pouvez vous installer au bar, si vous voulez. Sinon, pour une table, il y a plus d'une heure d'attente.

J'ai accepté sa proposition, déçue de devoir tourner le dos à la salle. Mon siège était coincé entre un couple qui mangeait une entrée et deux amies qui prenaient un verre. J'ai pensé à Meghan, et mon cœur s'est serré.

L'absence de prix sur la carte des boissons m'a effrayée, de sorte que j'ai commandé une salade maison, le plat le moins cher sur le menu. J'avais mal à la nuque à force d'essayer de regarder derrière moi. J'ai fini par repérer les Thompson assis dans un coin du restaurant. Mark et Bentley buvaient un cocktail ambré, tandis que Cindy sirotait quelque chose dans un verre à martini.

Même de loin, il était clair que le père et le fils dominaient la conversation. C'était le genre d'hommes qui aimaient prendre possession de chaque endroit où ils se tenaient. De temps en temps, Cindy et sa belle-fille intervenaient avec un commentaire ou un rire, mais elles gardaient généralement le silence. J'ai tendu l'oreille. Vu le brouhaha qui régnait dans le restaurant, pas moyen de savoir ce qu'ils se racontaient.

La salade maison, minuscule, n'a pas apaisé ma faim et m'a coûté seize dollars. J'ai préféré ne pas penser au nombre de plats que j'aurais pu acheter au Taco Bell pour le même prix. J'ai vainement attendu qu'il se produise quelque chose. Les deux hommes ont commandé d'autres boissons. C'était beaucoup d'alcool pour un mardi soir, mais je n'avais rien contre ; boire quelques cocktails ne signifiait pas qu'une famille était corrompue jusqu'à la moelle.

J'ai terminé ma salade en cinq minutes seulement. Le couple assis à côté de moi mangeait à présent des steaks, et j'ai regardé le jus rouge de la viande s'écouler tandis que la femme découpait le sien. D'habitude, je n'aimais pas ça, mais maintenant que je ne pouvais pas en avoir, c'était la seule chose qui me faisait envie. J'ai demandé au barman à consulter de nouveau le menu ; je l'ai désespérément parcouru en espérant qu'un plat de viande abordable y apparaîtrait. Sans succès. J'ai payé ma salade à contrecœur et, avant de partir, je suis allée aux toilettes.

C'était une de ces jolies salles qui offraient une intimité totale, avec de larges portes battantes et des produits de nettoyage assez forts pour anéantir les mauvaises odeurs. Quand je suis sortie de ma cabine, j'ai vu la femme de Bentley, Virginia, qui se lavait les mains à l'un des lavabos. Nos yeux se sont croisés dans le miroir ; elle m'a brièvement reconnue avant de rapidement détourner le regard. Elle a ouvert la bouche, comme si elle s'apprêtait à m'adresser la parole, puis l'a refermée. Elle s'est séché les mains avec une serviette en papier avant de ressortir sans un mot.

J'étais de mauvaise humeur en quittant le restaurant. Tout ce temps et cet argent gâchés, pour rien. Je n'étais toujours pas près de découvrir ce qui s'était produit entre William et les femmes assassinées, ni n'avais pu explorer les sombres secrets des Thompson. Je les avais simplement regardés dîner de loin et j'avais avalé de la verdure sans saveur qui n'avait pas su me rassasier.

Affamée et vulnérable, je ne pouvais m'empêcher de ressasser le fait que William ne m'avait plus écrit depuis mon arrivée en Géorgie. S'était-il réellement intéressé à moi ? Et si ça n'avait été qu'une ruse pour m'inciter à assister à son procès, où je passais huit heures par jour, les yeux braqués sur sa nuque imperturbable ? *Dans une vraie relation*, ai-je pensé, *je n'aurais pas ainsi pris ses proches en filature. Il me les aurait présentés lui-même et j'aurais ainsi été au premier rang pour observer leurs psychoses.*

À cet instant, si William avait été Max ou n'importe lequel des autres types avec lesquels j'étais sortie et qui avaient tous un portable à portée de main, je me serais mise à le bombarder de textos angoissés pour réclamer son attention – le genre de messages qui rebutaient inévitablement les hommes, mais que je ne pouvais jamais m'empêcher d'envoyer. Vu la situation, j'en étais réduite à rédiger une lettre grincheuse et, sur le chemin du retour, j'ai commencé à l'écrire dans ma tête.

Tu me demandes d'être ta petite amie, et puis tu réagis par un silence radio. Je n'attends pas grand-chose, j'en ai conscience, mais je ne suis pas à ce point désespérée. Je reste une personne, tu sais. Je ne suis pas comme les femmes que tu as tuées et qui ne peuvent pas te répondre. C'est ce qu'il y a de sympa avec un cadavre, pas vrai ? Contrairement aux êtres vivants il ne peut jamais critiquer ce que tu fais.

Tiens-tu réellement à ce que je sois ici ou est-ce que ce n'était qu'un jeu pour toi ? J'ai peut-être été bête de te croire quand tu m'as dit que tu voulais avoir quelqu'un dans ta vie. Ah ah. La petite Hannah, tellement naïve, toujours en quête de l'amour. Tu m'as bien eue, j'imagine.

Tu m'as raconté tant de choses sur ta famille, mais ça fait deux jours que je les observe, et je dois dire qu'ils me semblent parfaitement normaux, voire enviables. Je crois qu'il y a quelque chose en toi qui s'est brisé et qui te pousse à faire du mal aux autres. Arrête de rejeter la faute sur le reste du monde et assume tes actes.

J'ai passé ma carte-clé devant la poignée ; la porte de ma chambre s'est ouverte avec un bip avant de se refermer en claquant. Les mots que je m'étais répétés tout au long du trajet se sont évanouis quand j'ai vu ce qui m'attendait sur mon lit : une liasse d'enveloppes avec un message de la réceptionniste. *Je voulais être sûre que vous les ayez*, disait-elle.

William m'avait enfin répondu.

21

À L'ÉPOQUE OÙ JE FRÉQUENTAIS MAX, il m'envoyait souvent un texto tard dans la nuit : **T'es réveillée ?** Traduction : « Es-tu prête à t'avilir au point de sortir de chez toi à une heure pareille pour qu'on puisse baiser ? » J'avais toujours envie de le faire poireauter, mais je considérais chacun de nos rapports sexuels comme une possibilité : et si c'était celui qui le ferait tomber amoureux de moi ? Je n'avais pas assez de volonté pour renoncer à cette idée, alors j'allais le rejoindre chaque fois qu'il le demandait.

William ne pouvait pas m'envoyer de textos. J'ignore quels trafics avaient lieu dans la prison où il était détenu, mais, en tout cas, il n'avait pas pu se procurer un portable. Malgré tout, il m'empêchait de trouver le sommeil. Je ne savais pas comment aimer un homme sans me priver au moins d'un de mes besoins vitaux.

J'ai étalé les lettres sur le lit pour les ordonner chronologiquement. C'était comme si j'avais un mari envoyé sur le front, enfin de retour à sa base.

Hannah chérie…

Il me suffisait de voir l'écriture de mon petit ami pour qu'un frisson me parcoure le dos.

Un jour, tu m'as dit que la dépression était un sentiment d'isolement qu'on éprouve même au milieu d'une foule. C'est ce que j'ai ressenti aujourd'hui en entrant dans le tribunal. Il y avait tant de haine autour de moi que j'aurais pu la palper. Et puis je t'ai vue, Hannah. Tu es encore plus jolie en vrai qu'en photo. Je sais que tu as abandonné beaucoup de choses pour être là pour moi et je t'en suis tellement reconnaissant. Simplement te savoir là m'aide à tenir jusqu'au soir.

Ma mauvaise humeur s'est dissipée à mesure que je le lisais. C'était idiot de ma part d'en vouloir à William de n'avoir pas été davantage en contact, alors qu'il ne pouvait contrôler aucun aspect de sa vie. À dire vrai, il était plus fiable que la plupart des types avec lesquels j'avais eu une aventure. Au moins, je l'apercevais cinq jours par semaine.

Il poursuivait en expliquant que, malgré la haine ambiante, il était agréable de sortir de la prison et de s'habiller normalement.

Je ne me sens pas moi-même sans mes vêtements. Je suis content de pouvoir me mettre sur mon trente-et-un pour toi. Le système carcéral fait tout ce qu'il peut pour rabaisser les prisonniers, par exemple en nous privant de ce qui permet de se sentir bien avec soi-même.

Il ne disait pas grand-chose des témoignages, ce qui m'a déçue, même si je savais que ses avocats lui avaient conseillé d'en dévoiler le moins possible. Une correspondance ne pouvait pas être privée quand on était accusé d'être un tueur en série, et je ne voulais pas que les procureurs se servent de ce qu'il m'écrivait pour l'attaquer. Il faut reconnaître que l'idée d'être un témoin me plaisait et, pendant l'audience, je passais la majeure partie du temps à imaginer ce que je raconterais si on m'appelait à la barre.

J'inventais parfois des scénarios dans lesquels je plaidais son innocence : « Je vous en prie, cet homme m'a demandé d'être sa petite amie. Comment un type comme lui pourrait être un meurtrier ? »

D'autres fois, j'essayais de prouver sa culpabilité : « Cet homme m'a demandé d'être sa petite amie. C'est forcément un tueur en série ! »

Les appareils photo avaient beau être interdits dans la salle d'audience, chacune de ces déclarations imaginaires était suivie par le cliquetis de dizaines d'objectifs à l'ancienne, cherchant désespérément à capturer le visage de la petite amie de William Thompson.

En réalité, je savais que je ne pouvais pas témoigner, car peu importe ce que je dirais, je trahirais forcément quelqu'un.

Entre deux anecdotes sur ce à quoi il avait droit pour le déjeuner et les résumés des livres qu'il lisait, il y avait deux points sur lesquels William revenait sans arrêt.

Le premier était en rapport avec son prétendu « passé violent », tel que l'accusation l'avait présenté.

Les procureurs adorent parler de mon « passé violent ». Cette expression fait-elle allusion à la violence infligée par l'intéressé lui-même ou par son entourage sur l'intéressé ? Je ne veux pas sous-entendre qu'il m'a été fait plus de mal qu'à la plupart des gens, étant donné qu'à bien des égards, en particulier sur le plan financier, je suis beaucoup plus privilégié qu'un Américain moyen ; mais je crois avoir vécu, petit, des choses qu'aucun enfant ne devrait avoir à vivre.

Je pense que personne n'atteint l'âge adulte entièrement indemne. Au moins, maintenant, je n'ai plus à faire semblant de ne pas être brisé.

Ailleurs, il écrivait :

J'aime à penser que si les gens me connaissaient, me connaissaient vraiment, alors ils auraient plus de compassion pour moi, mais je crains que ça les incite simplement à me condamner davantage encore. J'ai du mal à comprendre ce que je mérite, au juste.

Le second point qu'il ressassait, peut-être en lien avec le premier, était la proximité de sa famille dans la salle du tribunal.

J'aimerais pouvoir t'inviter à t'asseoir plus près de moi. Mes avocats sont des amis de mon père, puisque tout le monde est apparemment ami avec lui, si bien qu'on lui permet de s'installer presque à côté de moi sans qu'on m'ait demandé si ça me dérangeait. Je préférerais que ce soit toi.

Ce procès fait du tort aux miens. Ils me le rappellent constamment. Mon père est obsédé par le nom des Thompson. « C'est tout ce que nous avons », aime-t-il répéter, comme s'il ne possédait pas déjà d'innombrables biens. Il n'a pas réfléchi à la façon dont ses propres agissements nous ont mis dans cette situation. Je suis parfois tellement furieux contre lui que je me mets à trembler. À ces moments, je pense à toi, Hannah. Tu es ma seule lumière dans un monde de ténèbres.

J'étais tour à tour agacée par le manque de précision de ce qu'il me racontait et aux anges à l'idée qu'il m'aime. Il lui était arrivé quelque chose, ou des tas de choses, dans l'enfance, c'était évident. J'aurais voulu qu'il se confie à moi pour que je puisse le rassurer et lui dire que je l'aimerais quand même, ou bien pour pouvoir décider que j'en avais assez, que je ne pouvais absolument pas l'aimer.

Je ne parvenais pas à associer les Thompson tels qu'il me les décrivait à ceux que j'avais épiés pendant un de leurs dîners. La personnalité des gens ne correspondait pas toujours à ce qu'ils dégageaient en public. En tant que femme, je ne le savais que trop bien. C'était l'une des raisons pour lesquelles on avait du mal à croire celles qui accusaient des hommes apparemment charmants de les avoir agressées sexuellement. *Tout de même*, disait-on, *si cette personne était un monstre, nous le saurions*.

J'ai pensé à la façon dont Mark Thompson était traité dans la salle d'audience, presque comme s'il avait été un parent d'une des victimes plutôt que le père de l'accusé. Mark était peut-être un monstre, mais ça ne se voyait pas extérieurement.

Ainsi que j'en avais l'habitude, j'ai immédiatement répondu à William. Je ne lui ai pas dit que j'avais suivi les siens jusqu'à leur appartement et jusqu'au grill, et je n'ai pas parlé non plus de la salade médiocre que j'y avais mangée. Je me suis contentée d'écrire :

Être dans la même pièce que toi est le plus beau cadeau qui soit. Je suis heureuse d'être là pour te soutenir.

22

J'ai remarqué la conduite suspecte de Mark Thompson pour la première fois le samedi qui a suivi la deuxième semaine de procès.

Ce matin-là, je me suis levée tôt pour aller me poster face à leur immeuble, heureuse de constater que la voiture de Mark et Cindy était encore garée devant. Le week-end, je me sentais seule, car Dotty retournait voir ses enfants et Lauren sortait dans des bars fréquentés par des gens trop jeunes pour moi. Même si je n'apprenais rien de plus, surveiller l'endroit où logeaient les Thompson était une occupation comme une autre.

J'ai d'abord vu Bentley. En tenue de sport, il remontait le pâté de maisons au pas de course, et je me suis baissée de justesse avant qu'il m'aperçoive. Il était beau, ce que Dotty ne manquait jamais de me rappeler au quotidien. « C'est trop dommage qu'il soit marié, affirmait-elle. Je me le ferais sans hésiter. »

Tu es mariée toi aussi, répliquais-je en silence.

Bentley s'est arrêté un instant pour tripoter sa montre avant d'entrer dans l'immeuble.

Une heure plus tard, Mark en est sorti et s'est engouffré dans la voiture. Les dents serrées, je me suis mise à le filer. Je n'avais aucune assurance au volant, et la perspective de le suivre à travers la ville ne me réjouissait pas. Par chance, il a fait halte dans une station-service un moment plus tard ; il s'est garé devant la porte et a disparu à l'intérieur de la boutique. Il m'a fallu une seconde pour me rendre compte que ce n'était pas n'importe quelle station-service, mais celle où Kimberly avait été employée avant d'être assassinée.

Mark a réapparu au bout de quelques minutes avec un gobelet en polystyrène et un paquet de Nutter Butters[1]. Il a mis le contact et consulté son téléphone. Je ne pouvais pas distinguer ce qu'il faisait. J'ai brièvement vu ses lèvres remuer, comme s'il parlait à quelqu'un.

Il a fini par repartir, et je l'ai filé du mieux que j'ai pu. Il roulait vite, se faufilant d'une voie à l'autre, si bien que j'ai perdu sa trace sur la route. Mais ça n'avait pas d'importance. D'instinct, je savais où il allait. J'ai entré l'adresse du club de sport où travaillait Jill dans mon GPS. Quand je suis arrivée à destination, la voiture de Mark était garée dans le parking, et ça ne m'a pas étonnée. Il devait déjà être à l'intérieur. Je ne l'ai pas rejoint. Ma tenue, quoique confortable, n'était pas prévue pour la musculation.

J'ai attendu une bonne heure tout en prenant des notes sur ses faits et gestes dans mon carnet :

Apparemment, Mark Thompson visite les lieux où les victimes ont été vues pour la dernière fois. J'ai l'impression qu'il a déjà agi ainsi. On dirait presque que c'est un rituel.

1. Biscuits américains fourrés au beurre de cacahuète.

Après sa séance d'entraînement, Mark a poursuivi sa ronde en se rendant au restaurant où Emma et William avaient dîné. Je l'ai discrètement suivi. Cette fois, c'est lui qui était assis au bar tandis que je m'installais à une table derrière lui.

Par chance, l'établissement proposait des plats du jour abordables. J'ai commandé des pâtes, agrémentées d'une salade et de gressins. Un déjeuner assurément nourrissant. Tout en mangeant, Mark et moi consultions nos téléphones respectifs – à la différence que je l'observais aussi pendant qu'il scrollait. J'avais du mal à croire que personne autour de moi ne se doutait de son identité. C'était Mark Thompson, le père de l'homme accusé d'avoir tué une femme juste après avoir dîné avec elle dans ce même restaurant, et pourtant on le servait comme n'importe quel autre client.

J'ai mangé rapidement pour être sûre de terminer avant lui. Il ne restait plus qu'un endroit à visiter : l'ancien lieu de travail de William. Puisque c'était samedi, l'immense parking était presque vide et l'immeuble désert. Mark n'a pas cherché à y entrer. Il a simplement contemplé la tour de verre étincelante pendant que je le regardais depuis ma voiture. Il ne m'a pas remarquée – en tout cas, il n'en a pas donné l'air.

J'espérais qu'il ferait ensuite quelque chose qui me permettrait de comprendre ses intentions, mais il s'est contenté de rentrer chez lui, où il est resté tout le temps que j'ai fait le guet.

*

— Vous ne trouvez pas Mark Thompson un peu louche ? ai-je demandé à Dotty et Lauren quand le procès a repris le lundi suivant.

— À mon avis, tous les hommes riches le sont, a répondu Lauren.

— Ce qui est louche, c'est que son fils soit jugé en ce moment même, si c'est ce que tu veux dire, a répliqué Dotty. Autrement, il m'a l'air parfaitement normal.

Je leur ai raconté ce que j'avais fait pendant le week-end en expliquant que je l'avais suivi jusqu'aux différents lieux où les victimes avaient disparu.

— Qu'est-ce que tu insinues ? Tu penses qu'il les a tuées ?

— Je n'insinue rien du tout. Mais il n'est pas net.

J'ai décidé de visiter ces endroits moi-même et, cette fois, sans Mark.

*

Le lendemain, en route pour le palais de justice, je me suis arrêtée à la station-service pour m'acheter un café. Près de la porte, un homme d'un certain âge mangeait un donut au chocolat qu'il avait dû acheter dans la boutique.

— Je m'excuse de vous déranger, ai-je commencé. Je voulais juste savoir si vous veniez souvent ici ?

— Vous ne cherchez pas à m'attirer des ennuis, j'espère ? a-t-il fait sur un ton blagueur – s'il avait été plus jeune, on aurait pu le prendre pour un dragueur.

— Non, absolument pas. Je me demandais juste si vous aviez connu une certaine Kimberly, qui travaillait ici.

— Oh, vous êtes l'une de ces femmes.

— Quelles femmes ?

— Celles qui viennent ici pour poser des questions sur Kimberly. Elles sont moins nombreuses, ces derniers temps, mais pendant un moment, ç'a été un vrai défilé. Je vais vous dire ce que je leur ai répondu. Ouais, je connaissais Kimberly. Elle était vachement sympa et je suis désolé qu'elle soit morte. Non, je n'ai jamais vu l'homme accusé de l'avoir tuée, en tout cas je ne crois pas. Il y a des tas de gens qui passent ici et qui lui ressemblent. Je n'arrive pas à les distinguer les uns des autres, a-t-il ajouté en riant. Pour moi, ces types blancs sont tous pareils.

J'ai rangé dans ma poche mon téléphone, sur lequel j'avais ouvert une photo de Mark et une autre de William. Ça me gênait qu'il m'ait cataloguée comme l'« une de ces femmes », ainsi que Meghan l'avait fait. J'avais envie de lui expliquer que je n'appartenais pas à cette catégorie, que j'étais la petite amie de William Thompson. J'ai soudain saisi pourquoi les filles qui faisaient partie de la famille Manson n'avaient pas hésité à se graver une croix gammée sur le front comme marque de leur amour. Elles voulaient qu'on reconnaisse leur statut de fidèles disciples ; qu'elles étaient spéciales, même si ça voulait dire que le reste du monde les détesterait pour toujours.

Je suis entrée dans la boutique, où j'ai choisi le plus grand gobelet qu'ils proposaient, et je l'ai rempli de café à la machine. Après un instant d'hésitation, j'ai aussi pris un donut au chocolat. C'était de la nourriture industrielle, et ça avait quelque chose de satisfaisant. Parfois, tout ce dont le corps a envie, c'est ingérer des cochonneries.

La nouvelle caissière était une jolie jeune femme noire. D'habitude, je n'approuvais pas l'idée d'avoir une arme pour se protéger car, la plupart du temps, c'était leur propriétaire qui en faisait les frais, mais j'espérais que l'employeur avait confié un revolver à cette fille ou, au moins, une bombe lacrymogène pour repousser les meurtriers potentiels.

J'avais d'abord prévu de l'interroger sur Mark, mais j'avais changé d'avis après ma conversation avec le type qui traînait dehors. Je n'avais pas envie qu'elle me regarde de la même façon que lui, comme si j'étais une espèce de cinglée. J'ai payé et suis ressortie sans un mot.

L'homme était encore là.

— Hé ! m'a-t-il interpellée.

— Quoi ?

— Soyez prudente.

J'ai souri.

— Merci.

— On ne sait jamais qui pourrait vous faire du mal, a-t-il continué.

Il avait changé de ton, et ça m'a déplu. Au début, il m'avait semblé inoffensif, voire amical, mais il dégageait à présent quelque chose de plus sombre.

— OK, ai-je répondu avant de filer vers ma voiture.

Pourvu qu'il ne s'imagine pas que j'essaie de m'éloigner de lui au plus vite, ai-je songé, même si c'était exactement ce que je faisais. J'avais momentanément oublié que les Thompson n'étaient pas les seules personnes dangereuses au monde.

J'ai débarqué au tribunal avec du chocolat sur le visage à cause du donut, et j'avais encore le goût d'un mauvais café dans la bouche.

— Qu'est-ce qui t'est arrivé ? a demandé Dotty.

— Tu as quelque chose sur la figure, a fait remarquer Lauren.

J'étais contrariée. Ma visite à la station-service n'avait servi à rien, sauf à me rappeler que Kimberly n'avait peut-être jamais été en sécurité.

J'ai observé les Thompson, assis à l'avant de la salle. Bentley s'est penché vers son père et a murmuré quelques mots à son oreille. Mark a ri. Je savais que certains utilisateurs du forum les auraient mis au pilori s'ils les avaient vus se conduire ainsi. D'après eux, la famille de William était censée garder éternellement le deuil.

— Il faut que je parle à Mark Thompson, ai-je annoncé à mes amies.

23

L'occasion de me rapprocher de la famille Thompson s'est présentée de manière inattendue au cours de la troisième semaine du procès.

Suivre Mark jusqu'au club de sport de Jill m'a donné l'idée de m'y inscrire. C'était faire d'une pierre deux coups. Ça me permettrait de me renseigner de façon plus approfondie sur ce qui était arrivé à Jill et sur le rôle de Mark dans cette affaire, et j'aurais aussi la possibilité de faire de l'exercice. Malheureusement, l'abonnement étant trop cher, j'ai dû me contenter d'une semaine d'essai gratuite.

La sœur de Jill fréquentait encore ce club. Elles avaient été proches, toutes les deux. Plus jeunes, elles avaient vécu ensemble pendant quelques années, fait du sport ensemble et perdu du poids ensemble. Il n'y avait qu'une chose qu'elles n'avaient pas faite ensemble : mourir.

À la barre, elle a raconté la dernière fois où elle avait vu sa sœur en vie.

— Nous nous sommes retrouvées tôt pour une séance de musculation, ce qui se produit… euh, ce qui se produisait plusieurs fois par semaine. J'étais contente, car j'avais atteint mon record personnel au squat.

— Et que s'est-il passé ensuite ? l'a interrogée la procureure.

— Je suis allée dans les vestiaires pour me changer avant le travail. (Sa voix, d'ordinaire timide, a chevroté.) J'ai dit au revoir de la main à Jill. Elle était déjà avec un client. Je ne... je ne me doutais pas que je ne la reverrais plus jamais.

— Quand avez-vous commencé à soupçonner que quelque chose n'allait pas ?

— Au travail, je lui ai envoyé une vidéo marrante d'un chien qui portait différentes tenues, et elle n'a pas répondu. Parfois, elle réagissait tout de suite. Mais quand elle était avec un client, elle n'avait pas toujours son téléphone à portée de main, alors je ne me suis pas inquiétée. Deux heures plus tard, le club m'a appelée pour me dire qu'elle avait manqué une séance. Ça ne lui ressemblait pas du tout. J'ai essayé de lui téléphoner. Elle n'a pas décroché.

— Quand avez-vous contacté la police ?

La sœur de Jill s'est alors mise à pleurer. Sa peine ne se manifestait pas par de petites larmes délicates, mais par de vilains hoquets et un nez qui coulait.

— Je croyais encore que tout allait bien. Elle avait simplement dû oublier de prévenir qu'elle avait un rendez-vous. Ce n'est que le lendemain, en voyant qu'elle ne répondait toujours pas au téléphone, que j'ai alerté la police. Je le regrette tellement. Si je les avais avertis plus tôt, Jill serait peut-être encore en vie.

J'avais appris une chose au cours de ce procès : quand une personne mourait, quelle que soit la cause de son décès, tous les gens dans son entourage se faisaient aussitôt des reproches, comme si c'était là un symptôme de leur chagrin. Kimberly était la seule exception, car elle n'aurait eu aucun ami assez proche pour la sauver même si l'occasion s'était présentée.

— Jill vous avait-elle parlé d'un certain William Thompson ? a demandé la procureure.

— Oui, a répliqué la sœur de la victime sur un ton d'une incontestable fermeté.

— Que vous avait-elle dit à son sujet ?

— Qu'il avait bizarrement un peu trop l'esprit de compétition et qu'il essayait tout le temps de prouver qu'il était plus fort qu'elle. Jill envisageait de lui proposer de poursuivre les séances avec un coach masculin.

À cet instant, j'ai observé la nuque de William. Dans ses lettres, il affirmait qu'il avait toujours été un athlète médiocre par rapport aux attentes de son père. J'avais l'impression que Mark et Bentley avaient l'esprit de compétition tandis que William était toujours à la traîne. Se trompait-il sur son propre compte ou bien m'avait-il menti ? Je ne savais que croire. Il était aussi possible que, depuis la mort de Jill, sa sœur exagère certaines choses.

— J'ai entendu dire qu'elle suivait les vidéos de Jill de façon obsessionnelle, m'a chuchoté Dotty à l'oreille.

— Oh, ai-je murmuré, comme si je l'ignorais et que je ne m'étais pas moi-même conduite ainsi.

Pendant le contre-interrogatoire, la défense a voulu savoir si Jill avait eu peur d'autres hommes.

— Bien sûr, a déclaré sa sœur. Jill était célèbre. Des tas de gens la menaçaient. Ils étaient furieux quand elle ne leur prêtait pas attention ou bien ils racontaient qu'elle faisait semblant de perdre du poids. Mais c'étaient seulement des internautes. Ils ne la connaissaient pas personnellement, contrairement à William.

— Et celui-ci a-t-il jamais menacé votre sœur ? a demandé l'un des avocats.

— Non. D'après ce que je sais, du moins.

J'admettais qu'il était bizarre de fréquenter le même club que la sœur de Jill. Pas plus bizarre cependant que de prendre les Thompson en filature. J'avais aussi l'avantage d'être une femme blanche au physique quelconque ; personne ne me regardait ni ne voyait en moi quelqu'un capable de violence.

J'avais appris sur Instagram que la sœur de Jill, comme celle-ci avant elle, aimait s'entraîner tôt le matin. Elle publiait des photos d'elle en tenue de sport avec des légendes du genre : *La muscu est la seule chose qui me permette de tenir le coup en ce moment. Sans cette activité, je me mettrais au lit et ne me relèverais peut-être plus.*

Chez moi, l'exercice physique ne libérait jamais d'endorphines, même si je faisais mon possible. Un matin, je suis arrivée au club les yeux vitreux et vêtue d'un legging couvert de poils d'animal domestique – détail étonnant pour quelqu'un qui n'en possédait pas. Je n'ai eu aucun mal à trouver la sœur de Jill. Dans cet endroit, c'était une célébrité. Des mecs blancs musclés tout autant que des femmes noires plus âgées l'abordaient pour prendre de ses nouvelles. « C'est incroyable que tu sois là, disaient-ils. Jill serait fière de savoir que tu persévères pour garder la forme après cette tragédie. »

Je me suis demandé ce que je faisais là. Je me suis efforcée de ne pas la regarder avec trop d'insistance. J'ai choisi un poids de dix kilos avant de le reposer pour en prendre un de sept. Même les corps vivants obéissent à un processus constant d'atrophie. J'ai levé des poids au-dessus de ma tête, puis j'ai fait de vagues soulevés de terre avant de me diriger vers une machine. J'ai lu les instructions placées sur le côté en espérant que je ne ferais pas trop d'erreurs de mouvements car j'avais peur d'être embarrassée. Le seul moment où je me suis approchée de Jill, ç'a été pour lui lancer un rapide « Salut ! » près de la fontaine à eau, le genre de politesse ordinaire. J'ai passé le reste de la journée à moitié ensommeillée et affamée, et j'ai prétexté ma séance de muscu pour acheter trois tacos au foodtruck à l'heure du déjeuner. J'ai eu du mal à garder les yeux ouverts pendant qu'un expert médico-légal expliquait que le même type de corde avait été employé dans le cadre des quatre meurtres. Un matériau très courant, a-t-il affirmé, qu'on trouvait dans n'importe quel magasin de bricolage.

Au club, je n'ai pas croisé Mark, mais je me suis peu à peu rapprochée de la sœur de Jill. Le troisième jour, nous avons même échangé un « Salut, comment ça va ? ». Il m'a semblé que j'étais sur la bonne voie pour m'en faire une amie.

Pendant le procès, un autre expert médico-légal a décrit des blessures qui ne pouvaient pas être mises sur le compte d'un coup fatal ou de la chute dans le ravin.

— Il est très probable qu'elles ont été infligées avant le décès, a-t-il déclaré.

Son témoignage a été suivi de celui d'un psychiatre, qui a expliqué que quiconque agissait ainsi prenait manifestement un certain plaisir à faire souffrir sa victime. Ces meurtres n'avaient pas été motivés par la nécessité, mais avaient permis d'assouvir un fantasme.

Au bout de ma semaine d'essai gratuite au club, j'avais le corps tout endolori et le cerveau fatigué. Au lieu de prendre de nouveau en filature la famille Thompson, j'ai préféré passer la soirée seule avec une pizza bon marché achetée sur le trajet du retour à l'hôtel.

C'est le dernier jour que la sœur de Jill m'a reconnue. Elle utilisait le rack à squats et faisait une pause entre deux séries.

— Vous avez bientôt fini ? ai-je demandé, comme si cet appareil n'avait plus aucun mystère pour moi.

Elle a hoché la tête et bu une gorgée d'eau dans sa bouteille.

— Désolée, je le monopolise depuis un moment, je sais. La semaine a été difficile.

J'ai vu là une ouverture.

— J'ai appris, pour votre sœur. Toutes mes condoléances.

— Merci.

J'ai compris à son attitude qu'elle considérait notre conversation comme terminée.

J'ai patienté derrière elle pendant qu'elle achevait sa série. Elle avait de la force, telle que je n'en avais jamais eu. Je me suis demandé ce que ça faisait de si bien contrôler son corps.

— Voilà, a-t-elle annoncé en prenant une autre gorgée d'eau.

Elle m'a lancé un regard.

— Je vous ai déjà vue. Vous assistez au procès. Vous êtes une de celles qui le soutiennent, pas vrai ?

Son ton montait à chaque mot qu'elle articulait. À présent, des gens nous observaient.

Oh non. Comme le type de la station-service, elle l'avait flairé sur moi.

— Non, je…, ai-je bredouillé en cherchant comment me défendre.

Une tâche impossible. J'étais pire encore que les autres. J'étais la petite amie de William.

— J'exige que vous vous en alliez, a-t-elle dit.

Des mecs musclés me dévisageaient, et deux hommes âgés sur des vélos elliptiques me lançaient des coups d'œil discrets.

— OK. Je suis désolée. Je n'avais pas l'intention de vous blesser.

Je voulais qu'elle me réponde. Mais elle est restée muette.

Je suis partie en regrettant de ne pas avoir pu terminer ma séance.

Les hostilités se sont poursuivies au tribunal. La sœur de Jill, assise avec les amies des autres victimes, a pointé le doigt sur moi. Elles avaient besoin de détester quelqu'un, quelqu'un de plus accessible que William.

Après le déjeuner, dans la file du portique de sécurité, une des copines d'Emma a sifflé dans ma direction :

— Fichez la paix à la sœur de Jill.

— Vous n'avez pas honte ? m'a lancé une autre femme tandis que je me lavais les mains aux toilettes.

Elles ont trouvé mon profil Instagram – le vrai, pas celui que j'avais créé pour espionner Max – et m'ont laissé des commentaires dans lesquels elles me traitaient de cinglée et de nana sexiste. J'avais fait des recherches en ligne sur elles, mais j'ai eu un choc en découvrant qu'elles pouvaient agir de la même manière avec moi. J'avais oublié que je n'étais pas invisible, que mes actes pouvaient affecter d'autres personnes. À contrecœur, j'ai mis mon profil en mode privé et les ai bloquées les unes après les autres.

En fin de compte, c'est Mark Thompson qui m'a abordée.

— J'ai vu que ces filles se montraient désagréables avec vous, et j'ai eu envie de me présenter. Ma famille et moi apprécions que vous souteniez mon fils.

Il avait une poignée de main ferme et un accent typiquement sudiste. Bizarrement, je n'avais pas imaginé William avec un accent. J'ai pris conscience que je n'avais jamais entendu le son de sa voix.

— Ravie de vous rencontrer. Je suis Hannah.

— J'ai hâte de mieux vous connaître, Hannah.

Voilà comment je me suis retrouvée inextricablement liée aux Thompson.

24

Maintenant que les Thompson connaissaient mon visage et mon nom, j'ai arrêté de les suivre et commencé à saluer Mark dès que je le croisais : près de la fontaine à eau, devant les toilettes, dans les couloirs, ou quand il regagnait sa voiture en fin de journée. Le fait que William aurait été mécontent de me voir parler avec son père compliquait ces échanges, je le savais, alors j'évitais d'agir ainsi dans la salle du tribunal.

Le jour où l'accusation a conclu sa plaidoirie, Mark nous a proposé d'aller prendre un verre pendant l'happy hour. J'ai cru que ce serait une occasion privée – juste Dotty, Lauren et moi ainsi que la famille proche de William. Mais, quand je suis entrée dans la salle que Mark avait réservée dans un restaurant des environs, je l'ai trouvée comble. Même si leur fils était en plein procès, les Thompson avaient encore de nombreuses relations prêtes à accepter une invitation à un cocktail, surtout si ça se déroulait à l'abri des regards indiscrets.

En tant qu'hôte, Mark était dans son élément. Il saluait chaque nouveau venu avec enthousiasme avant de lui indiquer les plateaux apéritifs et l'open bar. Un inconnu n'aurait jamais deviné que son fils était en ce moment même jugé pour plusieurs meurtres.

Il m'a accueillie en m'étreignant brièvement – ce qui m'a rappelé à quel point les contacts physiques me manquaient.

— Je suis vraiment content que vous ayez pu venir.

Cindy s'est montrée plus glaciale. Bien qu'elle soit beaucoup plus âgée que moi, elle m'évoquait les filles populaires qui, au lycée, me faisaient comprendre d'un seul regard que je n'étais pas des leurs. Elle m'a dévisagée, et j'ai soudain été consciente de mes cheveux fourchus et du vieux mascara que j'avais appliqué sur mes cils avant de quitter ma chambre d'hôtel.

— Enchantée, m'a-t-elle dit, tandis qu'elle continuait d'étudier tout ce que je portais, comme pour en deviner le prix. Je vous ai déjà aperçue en train de bavarder avec mon mari.

La dureté de son ton m'a gênée, même si j'ignorais ce que j'avais fait de mal. J'ai compris ce que ressentent les mouches quand on leur file des coups de tapette alors qu'elles volettent innocemment dans une pièce.

— Oui, M. Thompson est tellement attentionné, ai-je répondu.

En lui serrant la main, j'ai remarqué l'énorme bague qui étincelait à l'un de ses doigts.

Lauren et moi n'étions pas à notre place dans cet endroit. Nous étions trop jeunes, nos vêtements trop miteux, et nos accents trop différents des intonations sudistes marquées des autres invités. En revanche, Dotty était parfaitement à son aise. La salle était remplie de gens comme elle, riches et blancs. Au bout de quelques minutes seulement, elle était déjà au milieu d'un groupe de femmes qui lui donnaient les adresses de leurs clubs de sport et de leurs salons de coiffure préférés.

Après avoir commandé un verre au bar, je suis restée près du buffet pour regarder Mark. Au début, j'avais cru que sa sociabilité était en contradiction avec l'homme cruel que William décrivait. Plus je l'observais, plus son amabilité me semblait être un trait caractéristique de sa psychopathie. Son fils était en prison, pendant que lui organisait un cocktail et incitait les gens à se servir à boire et à manger.

— Salut, vous.

Un type d'un certain âge s'est glissé à côté de moi. Il avait l'air riche et ivre, comme toutes les personnes présentes ce soir-là.

— Salut, ai-je poliment répondu.

Il me bloquait la vue sur Mark. Sous prétexte de dire bonjour, les hommes interrompaient constamment les femmes quand elles étaient occupées par des choses autrement plus importantes.

— Comment connaissez-vous les Thompson ? m'a-t-il demandé.

— C'est une longue histoire. Et vous ?

— Oh, ça fait un bail. J'étais au lycée avec Mark et Cindy. C'est malheureux, ce qui se passe. Ils sont tellement sympas. Ils ne méritent pas ça.

Tout comme les victimes ne méritaient pas de mourir, ai-je pensé.

— Dites donc, j'adore votre robe, a-t-il poursuivi.

J'ai touché le tissu en coton du bout des doigts. Je l'avais achetée en solde chez Target, des années plus tôt, un jour que je faisais du shopping avec Meghan. Elle ne m'était jamais parfaitement allée, mais je l'avais gardée pour son adaptabilité au fil de mes prises ou de mes pertes de poids.

— Merci.

— Vous êtes venue avec votre mari ? Votre petit ami ?

Il a jeté un coup d'œil à ma main gauche.

— Je suis ici avec des amies.

Il s'est approché davantage, et j'ai pris conscience, trop tard, que j'aurais dû mentir, m'inventer un Brad ou un John qui m'accompagnait partout où j'allais.

Je cherchais une échappatoire quand quelqu'un a dit :

— Vous êtes Hannah, c'est bien ça ?

Je me suis tournée. Bentley Thompson se tenait près de moi.

— Oui. Et vous êtes Bentley, ai-je dit, reconnaissante.

L'autre type m'a lancé un dernier regard.

— Tiens, il y a quelqu'un que je dois saluer, a-t-il annoncé. Content de vous avoir rencontrée.

— De même, ai-je menti.

— C'était Verne, m'a appris Bentley dès que l'homme s'est éloigné. Il vous draguait, n'est-ce pas ? Il se comporte ainsi avec toutes les jolies femmes.

À ces mots, j'ai rougi. Je me suis retenue de répliquer que non, je n'étais pas réellement « jolie ». J'étais juste encore assez jeune et je portais du maquillage.

— Vous m'avez carrément secourue, me suis-je contentée de dire.

Il m'a adressé un beau sourire qui m'a rendue hyper-consciente de mon physique banal.

— Content d'avoir pu vous être utile.

Nous nous étions rarement croisés, Bentley et moi. Il était presque toujours avec sa femme, Virginia, et n'assistait pas au procès aussi assidûment que ses parents. D'après les lettres de William, je savais que son frère travaillait pour le cabinet de Mark, ainsi que William lui-même l'aurait dû. Bentley avait rencontré Virginia dans un bar à l'époque où il étudiait le droit ; elle était en deuxième année de fac et utilisait une fausse carte d'identité. Toujours selon William, elle s'était inscrite à l'université dans le seul but de se trouver un mari – j'ignorais que des femmes se comportaient encore de la sorte. Dès son plus jeune âge, elle avait compris qu'elle aimait les jolies choses, que travailler lui déplaisait et que les hommes pouvaient l'entretenir. En échange, ça plaisait à Bentley de subvenir à ses besoins.

Virginia laisse volontiers Bentley prendre toutes les décisions, et lui les prend volontiers, avait écrit William.

Virginia m'intimidait. Elle était aussi belle qu'un mannequin et si bien coiffée qu'elle donnait l'impression d'aller tous les jours chez le coiffeur. Comme le reste des Thompson, elle était sympathique en surface, mais sa méchanceté se détectait plus facilement, peut-être à cause de tous les soins cosmétiques qui avaient aminci la peau de son visage. Son existence me rendait parano : et si c'était le genre de femme avec lequel William était censé être en réalité, le genre de femme qu'il jurait ne pas apprécier ?

Je ne veux pas épouser une autre version de ma mère, affirmait-il.

Virginia n'était pourtant nulle part en vue.

— Où est votre femme, ce soir ? ai-je demandé.

— Elle est rentrée chez nous pour voir les enfants. Je l'aurais bien accompagnée, mais je devais faire acte de présence. Je connais tous ces gens depuis que je suis petit. Sauf vous et vos amies, évidemment.

J'ai observé Dotty et son groupe de copines. Je savais qu'elle avait été majorette au lycée et à l'université, et je la voyais ici à l'œuvre, dirigeant ces femmes avec la même adresse qu'elle avait dû déployer pour faire tournoyer son bâton. Elles ont choisi ce moment pour toutes éclater de rire, comme obéissant à un scénario bien rodé.

Lauren était accaparée par quelques hommes âgés qui ressemblaient à des avocats. Elle était peut-être suffisamment jeune pour qu'ils s'abstiennent de la draguer, comme Verne l'avait tenté avec moi, même si cette supposition était probablement infondée. Je me serais bien jointe à elle, mais je n'avais pas envie de sacrifier cet instant avec Bentley.

— D'où venez-vous, Hannah ?

Nous nous sommes installés à une table.

— Du Minnesota. Les villes jumelles[1].

— Vous êtes si loin de chez vous, a-t-il commenté avant de prendre une gorgée de sa boisson.

— Oui, autant dire que cette affaire m'a captivée.

Je me suis applaudie d'avoir trouvé une si jolie formule exprimant mon obsession pour son frère.

— Mon père l'a mentionné.

— Oh.

J'étais à la fois troublée et ravie d'apprendre que j'étais un sujet de conversation pour les Thompson. S'ils étaient au courant de ma véritable relation avec William, ils me considéreraient peut-être comme l'une des leurs. Je pourrais alors dîner à leur table dans un grill au lieu de les espionner de loin.

— Parlez-moi un peu de vous, a repris Bentley.

Au début, je me suis montrée réservée. Je n'avais pas envie de trop en dévoiler. C'était moi qui étais censée enquêter sur leur famille, pas l'inverse ; mais Bentley était un brillant causeur, et je me suis bientôt surprise à lui parler de mon ancien boulot, de mon licenciement et de ma décision soudaine de venir assister au procès. De son côté, il m'a parlé de ses enfants, de la vie singulière qu'on menait dans une petite ville où tout le monde se connaissait, et du cyclisme, son dernier hobby en date.

1. On désigne ainsi Minneapolis et Saint Paul, qui forment de nos jours un vaste ensemble urbain, la première sur la rive droite du Mississippi, la seconde sur la rive gauche.

— Vous n'avez pas envie d'aller ailleurs ? a-t-il proposé au bout d'un moment.

Je me suis alors aperçue qu'il était tard. Lauren n'était visiblement plus là, et Dotty s'emportait au téléphone, peut-être contre son mari.

— Si, ai-je acquiescé.

Nous avons atterri dans un bar sombre, à l'ambiance plus intime que le précédent. Ce n'était pas le type d'endroit que Virginia devait fréquenter. Ça me faisait bizarre d'être là avec Bentley, non seulement parce que son frère, le tueur en série, était mon petit ami, mais aussi parce que nous incarnions des archétypes apparemment incompatibles. J'avais toujours été trop bobo, trop progressiste, trop méfiante à l'égard des hommes beaux et riches pour passer du temps avec des types comme Bentley, et même si ce n'était pas le cas, j'étais beaucoup trop différente de lui pour qu'il ait envie de me consacrer du temps. Non que je ne me croie pas attirante ; en fait, je ne correspondais pas aux femmes que des types comme Bentley jugeaient attirantes.

— Comment se fait-il que vous ayez atterri là ? m'a-t-il demandé tout en buvant un Old fashioned. Moi, j'y suis obligé. C'est mon devoir, en tant que frère. Alors que vous pourriez être n'importe où ailleurs, vous choisissez d'assister jour après jour au procès de mon frère. Qu'est-ce qui vous fascine autant, exactement ?

— Je ne pourrais pas être n'importe où ailleurs, ai-je répliqué.

Je sirotais une bière, une boisson que je ne commandais généralement pas car ça me ballonnait, mais je préférais y aller un peu mollo sur l'alcool.

— Je n'en ai pas les moyens, ai-je continué. Pas comme vous. De plus, j'ai envie d'être ici. Je tiens à être présente pour

William, évidemment. Et puis il y a autre chose. J'en avais assez de ma vie. Ça vous arrive, de ressentir ça ? Le besoin d'échapper à vous-même et de devenir quelqu'un d'autre ?

— Tout le temps, a affirmé Bentley avec le plus grand sérieux.

J'ai ri.

— Qu'est-ce que vous voudriez fuir ? Votre vie est parfaite. Vous avez un boulot génial, une femme superbe, vous êtes beau. Qu'est-ce qui vous manque ?

— Vous me trouvez beau ? a-t-il relevé.

Il m'a fait un clin d'œil, ce qui m'a déstabilisée. Si j'avais eu affaire à quelqu'un d'autre, j'aurais compris qu'il flirtait avec moi, mais, par chance, je savais qui il était. Les hommes dans son genre n'étaient pas séduits par des femmes dans mon genre.

— Enfin, objectivement, ouais.

— Eh bien, merci, a-t-il répondu, comme si personne ne lui avait jamais fait ce compliment. Mais ma vie n'est pas parfaite. D'une part, mon frère est jugé pour meurtre.

J'ai lâché un rire gêné.

— Une importante omission de ma part.

— D'autre part, mon mariage bat un peu de l'aile, a confessé Bentley. Virginia veut que je coupe complètement les ponts avec William, et j'en suis incapable. Je sais qu'il a commis des actes épouvantables, mais c'est mon frère, vous voyez ? Je ferais n'importe quoi pour lui.

J'ai hoché la tête. J'étais une enfant unique, et j'avais toujours eu l'impression que l'amour de mes parents dépendait de ma réussite ; je comprenais pourtant qu'on puisse faire des choix irrationnels pour William.

— Je peux vous confier quelque chose d'amusant ? a demandé Bentley.

— Bien sûr.

— Ma mère se figure que vous essayez de faire du gringue à mon père. Elle vous appelle « cette fille qui rôde toujours dans les parages ».

— Oh, c'est pas croyable, non !

J'ai plaqué la main sur ma bouche. Ça expliquait l'aversion palpable de Cindy quand nous nous étions rencontrées, plus tôt dans la soirée. Elle s'imaginait que son mari m'attirait, alors que c'était en réalité son fils qui m'intéressait. J'ai repensé à toutes les fois où, au palais de justice, j'avais cherché à croiser Mark pour lui dire bonjour. À la façon dont je m'étais attardée plus qu'il ne le fallait. Même si Cindy se trompait, son raisonnement n'était pas entièrement illogique.

— Ne vous en faites pas trop. Mon père est du genre loquace. Ce n'est pas la première fois que ça se produit. Ma mère est jalouse de toutes les jolies femmes qui essaient de lui parler.

Il venait d'employer de nouveau « jolie ». William me complimentait dans ses lettres, mais c'était forcément limité, puisqu'il ne m'avait vue que de loin. C'était agréable de me dire que j'étais jolie aussi de près.

— Je ne le drague absolument pas, en réalité…

En réalité, je soupçonnais de plus en plus Mark Thompson d'avoir un lien avec les meurtres, ainsi que le suggéraient ses déplacements dans divers lieux de la ville.

— En réalité, je suis amoureuse de William, ai-je finalement déclaré.

Contre toute attente, Bentley s'est esclaffé.

— Je m'en étais douté.

— Ah bon ?

— Eh bien, vous êtes venue jusqu'ici, pas vrai ?

Ça y est, on me cataloguait de nouveau. Encore une fois, j'étais l'« une de ces femmes ». Mais Bentley, au moins, ne semblait pas me juger. Même si les sentiments que nous éprouvions pour William étaient différents, nous l'aimions sans doute tous les deux. À part Dotty et Lauren, Bentley était la première personne à laquelle je pouvais réellement confier ce que je ressentais.

— Nous correspondons, ai-je avoué en sortant de mon sac à main la pochette qui contenait les lettres de son frère.

Bentley a haussé les sourcils.

— Waouh, c'est donc du sérieux, pour vous ?

J'ai hésité, ne sachant si j'avais envie de trop lui en dire.

— Nous sommes ensemble, ai-je fini par admettre.

— Ensemble ? Même si vous ne vous êtes jamais rencontrés ?

— Oui, ensemble. C'est moins étrange qu'il n'y paraît. Nous nous sommes écrit pendant des mois avant qu'il me demande d'être sa petite amie. C'est comme quand on fait la connaissance de quelqu'un en ligne, sauf que, cette fois, c'est par lettres.

— Et il est en prison, a ajouté Bentley sur un ton qui en disait long.

— Oui, il est en prison. Mais ça n'a aucun rapport. Je ne suis pas l'une de ces femmes, obsédées par les tueurs en série, les faits divers et ce genre de choses. Ça, c'est Lauren. Moi, j'aime William. Voilà tout.

Bentley tripotait son alliance.

— Et qu'est-ce que vous vous racontez, dans ces lettres ?

— Oh, rien de spécial. Nos espoirs et nos rêves, ai-je blagué.

Je ne pouvais pas lui dévoiler la vérité : nous parlions effectivement de nos espoirs et de nos rêves, mais ça se transformait en discussions sur la façon dont nos parents nous avaient foutus en l'air. Sur Bentley, une source de consternation pour William. Je connaissais à peine Bentley, et je n'avais pas envie de le blesser en insinuant qu'il avait contribué au développement d'un penchant meurtrier chez William.

Malgré mes omissions, son expression s'est faite grave. C'était le genre d'homme qui plaisantait toujours de manière presque aguicheuse, jusqu'au moment où il se rembrunissait soudain, et la différence était alors palpable.

— Soyez prudente, Hannah, s'il vous plaît.

— Je le suis.

— William est quelqu'un de compliqué. Il peut être dangereux.

— Je crois que je le sais déjà. Il est accusé d'avoir commis plusieurs meurtres.

Bentley a secoué la tête.

— Ça va plus loin que ça.

— Tout va bien, ai-je répliqué en le regardant dans les yeux. Il est en prison. Ce n'est pas comme s'il pouvait me tuer ou me faire du mal.

J'ai été heureuse de le voir rire, ce qui a détendu l'atmosphère.

— Vous avez raison. Ce n'est pas comme s'il pouvait vous tuer ou vous faire du mal.

Il a consulté sa montre, apparemment hors de prix.

— Il faut que j'y aille, a-t-il annoncé.

Je n'avais pas envie qu'il parte. Nous avions tant d'autres confidences à échanger à propos de William ; de plus, me trouver dans un bar avec Bentley avait quelque chose d'extrêmement normal. Ça me donnait l'impression d'être celle que j'étais autrefois, une Hannah qui avait des amis, qui sortait régulièrement et qui ne passait pas tout son temps libre enfermée dans une chambre d'hôtel, à écrire à un tueur en série.

Bentley a payé l'addition, et je lui en ai été reconnaissante.

— Ça m'a vraiment fait plaisir de vous rencontrer, Hannah. Je suis sûr que nous aurons l'occasion de nous revoir.

Une fois à l'extérieur du bar, nous nous sommes étreints.

Bentley n'est pas comme je l'imaginais, ai-je écrit dans mon carnet une fois de retour.

Je crois qu'il sait quelque chose qu'il ne peut (ou ne veut) pas me dire. Ce serait bien que je puisse discuter plus souvent avec lui, vu que Cindy Thompson s'imagine que je cours après son mari.

Même si elle n'avait rien à craindre de moi, j'apprendrais bientôt qu'elle avait raison de se méfier de Mark.

25

Les arguments de la défense reposaient sur trois suppositions élémentaires.

Premièrement, il n'existait aucune preuve matérielle qui associait William aux corps des quatre femmes, même s'il avait pu être en contact avec chacune d'elles.

— Mesdames et messieurs, je ne sais pas ce que vous en pensez, mais, dans ce tribunal, nous aimons nous fonder sur des faits ; or, il est clair que rien ne prouve que William Thompson s'en soit pris à l'une des victimes, a déclaré l'un des avocats.

Deuxièmement, des indices suggéraient que les victimes avaient eu affaire à une autre personne, dont on ne connaissait pour l'heure pas l'identité. Il s'agissait de menus détails. Les fibres bleues trouvées sur les corps d'Annaleigh et d'Emma ne correspondaient à aucun des vêtements appartenant à l'accusé. Les poils d'un même chat avaient été prélevés sur Emma et Kimberly, alors que William était allergique à ces animaux. On n'avait découvert aucune corde chez William, dans sa voiture ou dans son bureau, et sa voiture n'avait jamais été aperçue dans les parages du ravin.

— Il est facile d'émettre des hypothèses, affirmèrent les avocats, s'adressant aux jurés. Il est commode de pointer du doigt le premier venu et de dire : « L'affaire est close ! Notre enquête est terminée ! » La solution la plus facile n'est pas toujours juste sur le plan éthique. Il est de notre responsabilité morale d'examiner chaque petite preuve et de nous demander : « Celle-ci indique-t-elle la culpabilité ? Ou l'innocence ? Ou bien l'ignorons-nous ? » Et lorsque nous l'ignorons, n'est-ce pas un impératif moral de présumer que l'accusé est innocent ?

La troisième supposition reposait sur William lui-même : à savoir que c'était un type bien. Il était difficile de déterminer le degré de bonté d'une personne. Contrairement à l'intelligence, il n'existait aucun test susceptible de le mesurer, et même s'il y en avait eu, le fait d'être incriminé pour des meurtres en série vous disqualifiait d'emblée. Malgré tout, la défense a tâché d'établir des preuves en présentant plusieurs témoins de moralité.

En arrivant au palais de justice pour assister à la seconde partie du procès, j'étais impatiente d'y revoir Bentley après notre soirée amicale. Il n'était cependant pas là quand les avocats ont commencé à présenter leurs arguments. Je ne l'avais pas vu dans la file devant le portique de sécurité et, une fois assise, j'ai parcouru la salle du regard.

— Tu cherches quelqu'un ? a voulu savoir Lauren.

— Non, personne.

Bentley était bel et bien absent.

J'ai essayé de surmonter ma déception. Après tout, je n'avais aucune raison d'être déçue. Nous nous connaissions à peine, et mon envie de m'en faire un ami proche n'était apparemment pas réciproque.

Le premier témoin avait été la nourrice de William, une femme noire d'un certain âge. Il ne m'avait jamais dit son nom, même s'il avait souvent fait allusion au fait qu'elle l'avait élevé, plutôt que sa mère.

— De combien d'enfants vous êtes-vous occupée au cours de votre carrière ? lui a demandé l'un des avocats de la défense.

— De dizaines.

Elle dégageait la douceur de quelqu'un qui, justement, a pris soin d'enfants pendant des années.

— Pouvez-vous nous dire à quoi ressemblait William ?

— C'était un gentil petit. Très vif d'esprit. Il faisait toujours des choses pour les autres.

— Pouvez-vous nous donner des exemples ?

— Oh oui. Il savait que j'aimais les fleurs et, un jour, il est allé me cueillir un bouquet dans le jardin. Je crois que les jardiniers étaient plutôt mécontents.

— Avez-vous jamais remarqué des comportements violents de sa part ?

— Je crois que tous les petits garçons peuvent parfois l'être. Quand ils se bagarrent, vous savez, ce genre de choses.

— Et avec les animaux ? a poursuivi l'avocat. Comment William se comportait-il avec eux ?

— Sa mère a toujours interdit qu'il y en ait chez eux. Les seules fois où j'ai vu William avec des animaux, c'était quand on allait au parc. Il adorait les chiens.

Le témoin suivant était sa maîtresse de CM1, qui a demandé qu'on l'appelle « mademoiselle B. », ainsi que ses élèves le faisaient. Elle était à la retraite depuis longtemps et paraissait bien frêle.

— Pouvez-vous nous parler de William à l'époque ?

— C'était il y a de nombreuses années, mais je me souviens encore de lui. Il était toujours très sensible. Il adorait lire. J'ai consulté mes anciens dossiers, et j'ai trouvé une note qui disait : « Une joie à avoir en classe. » C'est ainsi que je le décrirais, comme une joie.

— S'entendait-il bien avec les autres ?

— Si ma mémoire est bonne, William était très populaire.

— Se battait-il ? S'attirait-il des ennuis ?

— Non, absolument pas. C'était un bon garçon. Ce n'est pas le cas de tous les enfants. J'ai certainement connu de nombreux perturbateurs, mais il n'était pas ainsi. Je ne peux imaginer qu'il ait pu…

L'avocat a interrompu Mlle B. avant qu'elle puisse continuer. Chaque témoin était censé suivre un scénario précis. Ensemble, ils permettaient de façonner le portrait d'un homme d'argile.

*

L'audience a été suspendue à l'heure du déjeuner ; j'ai sombrement examiné le sandwich au beurre de cacahuète et à la confiture écrasé au fond de mon sac à main, avant d'aller faire la queue devant le foodtruck à tacos. Les propriétaires connaissaient maintenant mon nom et mes préférences, et ils me saluaient amicalement. Cette familiarité me donnait presque l'impression d'être ici à ma place.

Je me suis assise à une table de pique-nique avec Dotty et Lauren. Comme d'habitude, la première s'est contentée d'une bouteille de Coca light, tandis que la seconde avait pris un burrito végétarien. Elle avait arrêté de manger de la viande enfant, car la souffrance animale lui était insupportable.

— J'ai quelque chose à vous dire, leur ai-je annoncé après avoir enfourné un premier taco, dont le jus a coulé sur mon menton. Hier soir, après le cocktail, je suis sortie avec Bentley Thompson.

— Je le croyais marié, a répondu Dotty en buvant une gorgée.

— Ce n'était pas un rendez-vous amoureux. On a juste pris quelques verres. Et, tenez-vous bien, il m'a conseillé d'être prudente avec William. D'après lui, son frère serait dangereux.

— Évidemment, il est dangereux, a répliqué Dotty. C'est ce qui le rend sexy.

Sa nonchalance m'a déçue. Je m'étais attendue à une séance de commérages enthousiastes pendant laquelle nous aurions toutes les trois analysé chacune des paroles de Bentley. Mais Dotty a seulement bâillé, la main devant la bouche. Meghan me manquait terriblement, ou du moins celle qu'elle était avant de se fiancer, quand elle était toujours prête à échanger des potins avec moi.

— M. Thompson et moi, on va prendre un café en fin de journée, a déclaré Lauren comme si de rien n'était.

Je l'ai regardée fixement.

— Mark et toi ?

Vu que Bentley m'avait parlé des soupçons de Cindy à mon égard, j'avais résolu de faire mon possible pour éviter son mari en essayant de l'observer de loin, à une distance où il n'était que sourires et poignées de main. Mark Thompson avait l'art de dissimuler ses émotions.

— Nous avons discuté pendant le cocktail, et je lui ai dit que j'envisageais de m'inscrire en fac de droit. Il m'a proposé d'aller prendre un café, histoire que je fasse appel à ses lumières.

— Tu ne trouves pas ça bizarre ? ai-je demandé.

— Non, c'est sympa de sa part. C'est un excellent avocat, tu sais.

J'ai repensé aux visites que Mark avait effectuées sur les lieux où les victimes avaient été vues pour la dernière fois.

— Écoute, ai-je repris. Je ne sais pas si c'est une bonne idée. Je ne dis pas qu'il a forcément de mauvaises intentions, mais, à mon avis, il n'est pas net.

— Tu as pourtant pris un verre avec Bentley : ce n'est pas pareil, peut-être ?

— Bentley et moi, nous avons à peu près le même âge, et il était entendu que c'était une rencontre platonique. Je n'ai pas envie que tu t'imagines une chose et que la situation prenne finalement un autre tour.

Lauren a levé les yeux au ciel.

— C'est tout aussi platonique entre M. Thompson et moi. Il est marié et il a genre quarante ans de plus que moi. Je crois qu'il veut sincèrement m'aider.

Elle me trouvait stupide et trop circonspecte. Je le savais, car j'avais eu dix-neuf ans, et, à l'époque, j'étais convaincue que je ne mourrais jamais. Vu son obsession pour les tueurs en série, Lauren avait une assurance particulièrement démesurée.

— Envoie-nous des textos, à Dotty ou à moi, s'il te plaît, et fais-nous savoir que tu es rentrée saine et sauve, d'accord ? On n'est jamais trop prudente.

— Ouais, c'est ça, a-t-elle répondu sur le même ton que j'employais autrefois avec ma mère, et puis elle a terminé son burrito.

Après le déjeuner, la défense a appelé à la barre un professeur qui avait enseigné l'écriture créative à William. Depuis, il avait quitté le monde universitaire pour rejoindre le secteur privé, mais il se rappelait bien William : « L'un de mes étudiants préférés », a-t-il affirmé. Il avait encore l'allure d'un prof, avec sa veste en tweed malgré la température extérieure. Il avait des mèches blanches et un ventre bedonnant sous sa chemise au col boutonné, même s'il avait dû être jeune et beau un jour – le genre de type qui m'attirait dans les ateliers d'écriture que j'avais suivis à la fac.

— En quelle année était William quand il s'est inscrit à votre cours ? a demandé l'avocat de la défense.

— Je crois qu'il était en deuxième année. L'écriture créative n'était pas sa matière principale, il l'avait juste choisie en option.

— Pouvez-vous nous parler des sujets que William abordait ?

— Ce semestre-là, il a eu l'ambitieux projet d'écrire une nouvelle dont le personnage principal travaillait dans une usine dont le propriétaire était son père ; il n'arrêtait pas de casser des pièces de machines de sorte qu'elles ne pouvaient plus rien produire. William s'était inspiré de *Bartleby*[1].

— Tenait-il des propos misogynes dans ses textes ?

— Non. Au contraire, il s'entendait bien avec les étudiantes qui suivaient elles aussi ce cours. L'écriture créative attire surtout les filles. Un cadre qui peut s'avérer difficile pour un garçon, mais William y était parfaitement à sa place.

— Y avait-il des éléments violents dans ce qu'il écrivait ?

— Non. Du moins, en tant que personne issue de la classe ouvrière, j'ai trouvé un peu irréaliste sa nouvelle se déroulant dans une usine, mais il n'y avait aucune violence entre les personnages.

Plus tard, j'ai fait une recherche en ligne sur ce professeur. Il était assez calé pour publier régulièrement sur Twitter ; cependant, il n'avait pas pris conscience que venir à la barre comme témoin de moralité de William suffirait à le démolir. Il n'avait pas encore mis son profil en mode privé, mais je

1. *Bartleby, the Scrivener : A Story of Wall Street* (1853) est une nouvelle de Herman Melville.

me doutais qu'il le ferait d'ici à la fin de la journée. *Seuls les monstres défendent les monstres*, avait écrit quelqu'un sous l'un de ses posts, un commentaire aimé par des centaines d'internautes.

Comme je l'avais déjà constaté à plusieurs reprises, l'idée que nous nous faisions du mot « victime » était extrêmement limitée.

26

Par prudence, j'ai décidé d'espionner Lauren et Mark pendant leur rendez-vous. Je ne faisais pas confiance à cet homme, mais je n'avais pas réussi à convaincre Lauren de lui faire faux bond. Je lui avais pourtant rappelé qu'il s'était rendu dans des endroits associés à chacune des victimes.

— Et alors ? C'est toi qui l'as suivi pendant qu'il se baladait.

Je n'avais pas su quoi lui répondre.

Ils se sont retrouvés dans un Starbucks proche du palais de justice. J'ai fait un détour jusqu'à ma voiture pour aller récupérer mes lunettes de soleil – le seul accessoire auquel j'avais pensé pour me déguiser. Prendre Mark en filature avait été beaucoup plus facile quand il ne me connaissait pas encore. J'avais eu envie d'être vue et, maintenant que j'étais enfin visible, l'anonymat me manquait. Quelle ironie ! Si Lauren ou lui me repérait, je pourrais faire mine d'être venue là pour prendre un café. Après tout, je dormais mal, et mes rêves étaient peuplés de femmes assassinées.

J'ai dû parcourir la salle des yeux à deux reprises avant de les apercevoir et, sur le moment, je me suis inquiétée : étais-je arrivée trop tard ? S'était-il déjà passé quelque chose ? Non, ils étaient bel et bien là, assis l'un à côté de l'autre à une table minuscule, et tout semblait bien aller.

Mark parlait en gesticulant. Lauren hochait la tête et prenait parfois quelques notes dans un carnet. Il y avait un point sur lequel elle n'avait pas tort : on aurait dit une rencontre entre un père et sa fille plutôt qu'un rendez-vous entre amoureux.

Je me suis installée avec un livre – celui que je lisais tout le temps et que je n'arrivais pas à finir par manque de concentration. J'avais très envie d'un *latte* – un truc avec du caramel et du chocolat –, mais je n'avais pas les moyens de commander autre chose qu'un simple café. Les gens laissent souvent entendre que si les jeunes ne s'offraient pas des boissons sophistiquées, ils pourraient peut-être mettre de l'argent de côté – une suggestion qui ne rendait mon café que plus amer. Je l'ai bu trop vite et, une fois que je l'ai terminé, je m'en suis voulu. J'ai jeté un coup d'œil envieux à la part de cake au citron qu'un type mangeait à la table voisine.

À cause de ma convoitise, j'ai manqué le moment précis où un changement s'est produit entre Mark et Lauren. Alors qu'il parlait fort, d'un ton exubérant, il s'était soudain mis à chuchoter, et Lauren a dû se pencher vers lui pour pouvoir l'entendre. Ça m'a contrariée qu'elle soit mise au courant de choses que j'ignorais. Après toutes les fois où j'avais salué Mark, échangé des banalités avec lui dans la file du portique de sécurité ou sur le trajet des toilettes, c'était Lauren qu'il avait invitée à prendre un café ; de mon côté, je n'avais récolté que des soupçons de la part de sa femme. Ça avait certainement un rapport avec sa jeunesse et sa beauté, mais aussi avec son potentiel. Lauren pouvait faire appel aux lumières de Mark parce qu'elle avait un avenir. Tout ce que j'avais, c'étaient le procès et William.

Mark a dit quelques mots, et elle a secoué la tête. Elle a répondu quelque chose, et j'ai regretté de ne pas savoir lire sur les lèvres. Quand elle s'est tue, elle a lancé un regard dans ma direction et, à son expression, j'ai compris qu'elle m'avait vue. Mes lunettes de soleil n'avaient pas suffi à me rendre méconnaissable.

Ils se sont levés. Lorsqu'ils se sont serrés dans les bras, j'ai écarquillé les yeux, mais c'était une étreinte chaste, et ils se sont écartés l'un de l'autre sans qu'il se passe quoi que ce soit. Mark a disparu dans les toilettes, et Lauren s'est dirigée vers moi.

— Quelle coïncidence.

— Je voulais être sûre qu'il ne t'arriverait rien.

— Qu'est-ce qui aurait pu m'arriver dans cet endroit ? a-t-elle demandé en indiquant les gens qui nous entouraient. Je sais me débrouiller.

— C'est ce que tout le monde croit, ai-je rétorqué.

— En tout cas, il n'a pas essayé de me draguer.

— Ah bon ? On aurait cru que vous étiez très proches, tous les deux.

— On a surtout discuté des facs de droit. Il a promis de m'aider à déposer un dossier dans son ancienne université.

— Quoi d'autre ?

Lauren a hésité.

— Bon, il m'a demandé si je savais certaines choses à propos des meurtres. Des informations qui n'ont peut-être pas été mentionnées pendant le procès.

— C'est louche, tout ça, je te l'avais bien dit. Tu penses qu'il est mêlé à cette affaire ?

— Il m'a plus donné l'impression d'enquêter. Il n'a pas arrêté de répéter que les avocats de William étaient extra, tout en expliquant que ça l'irritait de ne pas pouvoir le défendre lui-même.

Je comprenais ce sentiment. Pour ma part, ça m'irritait que Lauren ne l'ait pas interrogé davantage. Certaines personnes aiment les tueurs en série parce que leur violence les fascine, et d'autres, comme Lauren, sont obsédées par leur innocence. Elle ne pouvait imaginer qu'un homme, surtout aussi beau que William, ait pu commettre les actes dont on l'accusait. Contrairement à moi, elle n'avait pas besoin de concilier crime et morale, car elle était convaincue d'être amoureuse d'un individu accusé à tort, ce qui justifiait sa conduite. Le problème, c'est qu'elle ne pouvait pas poser trop de questions, sinon, le fragile édifice éthique qu'elle avait bâti risquait de se fissurer. Si Mark était mêlé aux meurtres, de quelque manière que ce soit, elle ne voulait pas le savoir.

— Je t'aime bien, Hannah, crois-moi, a-t-elle affirmé avant de partir. Mais c'est bizarre d'espionner les autres. La prochaine fois, envoie-moi un texto.

Je me suis retenue de répliquer qu'elle aurait été contente de me trouver là si on avait essayé de la tuer.

— Pas de problème, ai-je répondu.

Elle est sortie du café. Je m'apprêtais à l'imiter quand Mark est réapparu et s'est rassis à la même table. Il a chaussé des lunettes pour consulter son téléphone pendant deux ou trois minutes, puis une femme séduisante s'est approchée et lui a tapoté l'épaule. Il s'est levé et ils se sont étreints.

La nouvelle venue s'est installée en face de lui. Elle semblait plus proche de mon âge que Lauren, mais elle avait quand même des dizaines d'années de moins que Mark. J'étais trop loin pour voir si elle avait une alliance. Elle portait une robe droite et des chaussures à talons, une tenue plus adaptée pour le bureau que pour une liaison ; pourtant, leur conversation avait l'air suffisamment intime pour suggérer qu'ils se connaissaient bien. En comparaison, je me sentais repoussante autant physiquement que psychologiquement ; elle était plus jolie que moi, et ma jalousie me donnait l'impression d'être laide intérieurement aussi. Si c'était ce type de femme que Mark rencontrait en tête à tête, comment Cindy pouvait-elle croire que je représentais une menace pour elle ? C'était absurde.

Comme avec Lauren, Mark monopolisait la parole. C'était le genre d'homme qui s'imposait où qu'il soit et sans en avoir conscience, car cette domination lui paraissait normale. Tout à coup, il lui a pris la main et a frotté ses doigts entre les siens. Il ne l'avait pas embrassée à pleine bouche, mais ce geste n'était pas anodin. La façon dont ils se comportaient me gênait, comme si je regardais la sextape d'un couple ignorant qu'il était filmé. Même s'ils s'étaient retrouvés dans un lieu public, leurs chuchotements, têtes penchées l'une vers l'autre, indiquaient que c'était un rendez-vous intime.

La femme approuvait tout ce qu'il disait en opinant du chef et réussissait parfois à placer un mot ou deux. À un moment, elle a lancé un coup d'œil dans ma direction comme pour me montrer que ma curiosité n'était pas passée inaperçue, et je me suis aussitôt retournée. J'avais envie de lui dire de s'échapper, sans savoir au juste ce qu'elle aurait dû fuir. Elle devait certainement savoir qu'elle s'entretenait avec le père d'un tueur en série présumé.

Ils affichaient des mines graves. Était-ce la fin de leur aventure ? J'ai imaginé que Mark lui disait : *« Je ne peux plus te voir. Pour l'instant, mon fils a besoin de moi. »* C'était le type d'homme capable d'annoncer une mauvaise nouvelle dans un lieu public afin que la femme ne pleure pas. *« Tous les regards sont posés sur ma famille. Je ne veux pas te mêler à cette affaire »*, déclarerait-il d'un ton convaincant.

Une fois que Mark eut terminé son monologue, ils se sont levés et se sont de nouveau étreints. Ils sont sortis ensemble et, par la vitre, je les ai vus monter dans leurs voitures respectives. J'ignorais ce qui se passait, mais Mark ne couchait pas avec elle ni n'avait cherché à la tuer. Du moins pas à cet instant précis. J'ai dû ravaler ma déception. Il était injuste de souhaiter du mal à une autre femme simplement pour avoir une histoire palpitante à raconter à Dotty et à Lauren. Je n'avais en fait rien à leur apprendre, à part que Mark avait discuté avec une inconnue et que je ne savais pas quel sens donner à cette rencontre.

27

J'ai passé le reste de la soirée à faire des recherches effrénées sur les réseaux sociaux et sur le forum pour tâcher de découvrir qui était cette femme ; je me suis couchée à point d'heure et j'ai failli ne pas entendre mon réveil le lendemain matin. Finalement, son identité m'a été révélée dès qu'elle est venue à la barre. Elle s'appelait Alexis Hutchington, et c'était une amie de longue date de William et des Thompson.

Les lumières vives mettaient sa beauté en valeur. Elle avait une peau lisse, dépourvue des rides qui s'accumulaient déjà sur mon front. Je me suis demandé si elle se faisait injecter du Botox. Même si son amitié avec William signifiait probablement que j'avais fait erreur en la soupçonnant d'avoir une liaison avec Mark, je continuais de me méfier d'elle.

— Comment décririez-vous votre relation avec William ? a commencé l'un des avocats de la défense.

Alexis a tripoté son collier. Même de loin, je voyais que ses ongles étaient impeccablement manucurés.

— Nous sommes amis depuis l'âge de dix ou onze ans.

J'ai éprouvé une jalousie dévorante à l'idée qu'elle avait côtoyé des versions de William que je ne connaîtrais jamais.

Pour le meilleur ou pour le pire, le William que je connaissais serait toujours un homme accusé de meurtres en série, le genre d'étiquette à laquelle il était impossible d'échapper.

— Comment vous êtes-vous rencontrés ?

— Nos parents sont amis. Nos pères jouaient au golf ensemble. Lorsque nous assistions ensemble à une fête, nous nous esquivions toujours tous les deux.

Je les imaginais repérant des cachettes dans des demeures comme je n'en avais vu qu'à la télévision. Plus tard, adolescents, ils devaient s'éclipser avec une bouteille pour se soûler avant l'âge légal. Au lycée, mes amies et moi étions trop bien élevées pour nous comporter ainsi. À l'époque, même si je l'avais voulu, je n'aurais même pas su où me procurer de l'alcool. Pauvres gosses de riches, contraints de prendre du bon temps de leur côté pendant que leurs parents donnaient des fêtes !

— Parlez-nous de votre amitié actuelle.

— Nous nous retrouvons… retrouvions toutes les deux semaines environ. Il y a quelque temps, j'ai vécu une rupture difficile, et William m'a été d'un grand soutien.

Qu'entendait-elle par là ? L'avait-il consolée alors qu'elle était en larmes ? Lui avait-il apporté de la glace et avait-il regardé avec elle l'adaptation de 2005 d'*Orgueil et préjugés*[1], comme Meghan le faisait pour moi ? Ou bien lui avait-il proposé une autre forme de réconfort ? Ils avaient peut-être fait l'amour et décidé de s'épouser dans l'éventualité où ni l'un ni l'autre ne serait marié à quarante ans. J'aurais aimé que Bentley soit présent ce jour-là, afin de l'interroger. Il savait probablement sur cette amitié des choses qu'Alexis répugnait à avouer à la barre.

1. Film de Joe Wright, d'après le roman *Pride and Prejudice* (1813), de Jane Austen.

— L'avez-vous déjà entendu mentionner les noms d'Annaleigh, de Kimberly, de Jill ou d'Emma ? a demandé l'avocat.

Alexis a dégluti.

— Il m'a brièvement parlé d'Emma avant leur rendez-vous. Mais il n'a jamais parlé des autres.

— Que vous a-t-il dit plus précisément à propos d'Emma ?

— Qu'il avait hâte de la rencontrer. William s'est toujours beaucoup concentré sur sa carrière, et je crois que ça lui posait des difficultés pour sortir avec des femmes. Il m'a dit qu'Emma était intelligente. Qu'ils avaient eu des conversations passionnantes.

— Avez-vous eu l'impression qu'il avait l'intention de lui faire du mal ?

— Non, bien sûr que non. Je n'imaginais pas… je n'ai jamais imaginé que William puisse faire du mal à qui que ce soit. Il s'est toujours tellement soucié des autres.

J'ai observé la nuque de William, dont le visage était tourné vers son amie de longue date.

S'il avait assassiné Annaleigh, Kimberly, Jill et Emma, qu'est-ce qui avait pu l'empêcher de tuer Alexis ? Je n'étais pas une meurtrière, mais la personne qui se tenait à la barre me semblait être la victime idéale – elle était belle et d'abord facile. À ses yeux, elle comptait peut-être trop ou pas assez pour pouvoir être tuée. Devais-je être jalouse d'elle parce qu'elle était si proche de William, ou soulagée qu'elle soit encore en vie, preuve que William était en mesure de fréquenter une femme sans éprouver le besoin de la tuer ? J'avais du mal à trancher.

Je me suis consolée en me disant que j'étais celle à qui William écrivait, celle à qui il avait demandé d'être sa petite amie. Peu importait ce qu'Alexis savait ou avait vécu avec lui, je possédais quelque chose qu'elle n'avait pas, et ça me faisait plaisir. J'ai sorti la liasse de lettres de mon sac à main et l'ai tenue contre moi, comme une fille attrape le bras de son petit copain en public afin de bien montrer qu'il lui appartient.

28

BENTLEY EST REVENU ASSISTER AU PROCÈS à la fin de la semaine, sans Virginia. En l'apercevant dans la file du portique de sécurité, je lui ai fait de grands signes enthousiastes ; j'ai été blessée quand il a simplement levé la main en guise de réponse. Avais-je mal interprété l'intensité de notre amitié après la soirée que nous avions passée à discuter ? Il s'était montré si protecteur à mon égard, d'abord en venant à mon secours quand le dénommé Verne m'avait draguée, puis en me déconseillant de trop me rapprocher de William, et j'avais pris ça comme un signe d'intimité. J'avais pu me tromper. J'avais toujours eu du mal à cerner ce que les hommes attendaient de moi.

La défense a ensuite interrogé des témoins sur ce qu'ils avaient vu dans les heures ayant précédé la disparition de chacune des victimes. Ces témoignages, plutôt que de prouver de façon concluante que William n'était pas un tueur, suggéraient que nous étions entourés de meurtriers en puissance. Voici ce que j'ai noté dans mon carnet :

- Jill avait un client qui lui proposait sans arrêt de sortir avec lui.
- Une descente de police menant à une saisie de drogue a eu lieu dans la station-service peu de temps avant la mort de Kimberly.
- Vu que le nombre de caméras de surveillance est limité dans le parking de l'immeuble où travaillait Annaleigh, n'importe qui aurait pu se cacher dans un angle mort.

La défense s'efforçait de faire comprendre qu'il existait des tas de sales types partout.

J'avais des relations tendues avec Lauren depuis qu'elle m'avait surprise en train de les espionner, Mark et elle. Elle s'asseyait exprès à côté de Dotty plutôt qu'à côté de moi.

— Hannah a juste cherché à te protéger, mon chou, est intervenue Dotty en tentant de me défendre.

— C'était inutile. Je suis une adulte, a insisté Lauren.

Cette déclaration m'a rendue jalouse, ne serait-ce que parce que, à trente ans passés, j'avais moi-même tant de mal à me considérer comme une adulte. Chaque fois qu'un petit problème survenait, j'aurais aimé avoir auprès de moi quelqu'un de plus âgé, de plus sage et de plus riche pour tout arranger.

L'attitude méprisante de Lauren m'a vraiment piquée au vif, ce qui m'a étonnée. Nous avions toutes les trois rapidement sympathisé grâce à notre amour commun pour William, et je n'avais pas saisi que ce lien était si fragile ni que je comptais à ce point sur elles pour tenir jour après jour. À cette pensée, Meghan m'a manqué, et je me suis mise à lui écrire plusieurs textos avant de les effacer et de ranger mon téléphone dans mon sac pour ne plus être tentée de recommencer.

Bientôt, d'autres lettres de William sont arrivées. En me les remettant, la réceptionniste m'a dévisagée, à croire qu'elle attendait que je les ouvre devant elle. J'ai eu l'impression qu'elle me demandait de lui envoyer des photos de moi nue.

Je les ai lues dans ma chambre tout en mangeant des cuillerées de beurre de cacahuète. Chaque repas me rappelait l'état précaire de mes finances. J'avais toujours eu des soucis d'argent, mais, par le passé, je recevais un salaire, même insuffisant. J'étais dans une situation inextricable : j'avais envie d'acheter de la nourriture sans compter pour alléger mon angoisse tout en étant angoissée à l'idée de dépenser de l'argent en nourriture. La première lettre commençait ainsi :

Hannah chérie,

Le seul moyen de surmonter ces journées, c'est la dissociation. Physiquement, mon corps est dans la salle du tribunal. Mentalement, je suis loin, avec toi. Au début, ces rêves éveillés m'ont paru idiots, parce que je les savais irréalisables. Et puis j'ai pris conscience que c'étaient les seules choses qu'ils ne pouvaient pas m'enlever. Je crois que bien agir envers toi est en soi une façon d'obtenir justice.

Un jour, tu m'as dit que tu n'avais jamais pu prendre de vraies vacances. Pour tout dire, moi non plus. J'ai toujours eu envie de découvrir d'autres pays – le Japon, l'Islande, le Brésil –, mais mon travail était si prenant que je n'ai jamais trouvé le temps. J'avais l'intention de voyager plus tard, quand je deviendrais associé ou que je me marierais et aurais des enfants. L'idée que je n'avais peut-être pas d'avenir ne m'avait jamais effleuré. Maintenant, je rêve de t'emmener à la plage. J'ai beau adorer visiter des villes, l'océan a un attrait : il disparaît dans le néant. C'est à la fois apaisant et stimulant. Qui sait ce qui se cache au-delà de l'horizon ou dans ses profondeurs ?

Nous nous installerions dans une petite maison sur pilotis. La nuit, après avoir fait l'amour (j'espère que ce n'est pas trop effronté de ma part de l'écrire), nous serions bercés par le bruit des vagues. La journée, nous boirions ces cocktails ridicules qu'on sert aux vacanciers et nous mangerions tout ce qui nous ferait envie. Nous perdrions toute notion du temps.

Nous apprendrions à nous connaître, à vraiment nous connaître, ce qui est impossible par lettres. Je jetterais mon téléphone dans la mer afin de pouvoir me consacrer entièrement à toi, et toi à moi. Je veillerais à ce que tu aies tout ce que tu as toujours souhaité, peu importe le prix.

Les lèvres collantes, maculées de beurre de cacahuète, j'ai ouvert la lettre suivante. Dans aucun de ses fantasmes William ne mentionnait la possibilité de me tuer, mais l'océan était un endroit idéal pour commettre un crime pareil. Il pourrait louer un bateau et jeter mon corps à la mer. Personne ne le saurait tant qu'il ne serait pas rejeté sur le rivage. Il existait aussi des ravins marins, des endroits au fond de l'océan où vivaient les poissons les plus effrayants. Je complétais ses rêveries avec ce qu'il refusait de nommer, ce qu'il ne pouvait nommer.

Hannah chérie,

Certains jours, j'aimerais que le procès soit déjà fini ; au moins, je saurais ce que le sort me réserve. Avant cette épreuve, je crois que je n'avais jamais pleinement saisi ce que représentait le supplice du purgatoire. Je comprends pourquoi des accusés plaident coupables, ne serait-ce que pour mettre fin au plus vite à leurs souffrances.

Resteras-tu avec moi quand ils m'auront déclaré coupable ? Si tu préfères t'éloigner, je ne pourrai pas te le reprocher. Quand les autres m'appréciaient seulement pour mon argent et pas pour ce que j'avais à offrir, ça me rendait furieux ; maintenant, je me rends compte que je m'appréciais de la même manière. J'aimerais tant t'acheter des fleurs et des diamants. J'aimerais te prendre dans mes bras pendant que tu t'endors. J'aimerais pouvoir te faire des promesses que je serais capable de tenir.

William m'écrivait tout ce que j'avais voulu que les hommes me disent depuis des années ; ça me procurait la sensation que j'éprouvais quand j'achetais enfin un aliment dont j'avais une envie folle, avant de découvrir, finalement, que ce n'était pas ce que je voulais. J'attendais qu'il me parle de ce qu'il endurait, de sa violence, j'aurais voulu savoir qui lui avait fait du mal et à qui il avait fait du mal en retour.

J'avais conscience que William ne me dirait rien de tout ça, même s'il le souhaitait, du moins tant que le procès ne serait pas terminé. Il n'allait pas se compromettre pour satisfaire ma curiosité, et je n'allais pas le lui demander. Il fallait que je m'adresse à la personne qui avait les réponses que William taisait, la personne à même de connaître les traumatismes qu'il avait subis dans l'enfance et les ravages qu'il avait causés.

Il fallait que je parle à Bentley.

29

Alors que j'avais promis à Lauren d'arrêter mes filatures, j'ai malgré tout suivi Bentley jusqu'au bar où il m'avait invitée le soir du cocktail. Nos contacts étaient aussi limités que si nous avions une liaison. Cindy se méfiait déjà de moi, et je ne voulais pas que Virginia s'y mette, elle aussi. J'avais bien vu qu'elle se cramponnait au bras de Bentley comme à un ballon de baudruche qui s'envolerait si, par malheur, elle le lâchait. J'ai décidé que je pouvais quand même suivre quelqu'un si c'était pour une raison valable.

Les arguments de la défense tiraient à leur fin : le procès était presque terminé, et le temps m'était compté. Bientôt, je n'aurais plus accès à la famille Thompson et je deviendrais l'une de ces femmes obsédées par les demandes en appel d'un tueur en série. Il fallait que je parle à Bentley avant que ça n'arrive. J'ignorais au juste ce que je cherchais. Je savais simplement qu'il y avait un secret quelque part, prêt à faire surface.

Après l'audience, Bentley s'est immédiatement rendu au bar. Vu la façon dont le barman l'a accueilli, j'ai compris qu'ils se connaissaient, ce qui signifiait qu'il était habitué à venir prendre un verre dans cet établissement en fin de journée. Je l'ai regardé qui consultait son téléphone pendant quelques minutes avant de m'approcher.

— Salut.

Il a sursauté, puis s'est détendu en me voyant.

— Tiens donc, la petite amie de William.

Nous avons ri, comme si c'était une plaisanterie, et non la vérité.

— Je peux te payer un verre ? a-t-il repris, cette fois en me tutoyant.

Même si c'était moi qui l'avais abordé, il me semblait que c'était le contraire. Bentley dégageait le charme bien particulier des hommes qui contrôlaient toujours la situation.

— Tu veux faire une partie de billard ? ai-je proposé une fois qu'on nous a eu servi du bourbon.

Il a arboré un grand sourire.

— Je n'ai pas joué depuis un bout de temps. Tu vas probablement me battre.

En fait, il était vraiment meilleur que moi.

— Il y avait une table de billard dans le sous-sol de ma résidence universitaire, a-t-il expliqué. Nous jouions sans arrêt au bière-pong, au billard, à tous les jeux imaginables.

— À la fac, j'étais une fille sage, ai-je raconté en ratant un coup. J'avais presque tout le temps le nez dans les bouquins.

— Tu ne sortais jamais ? Tu donnes plutôt l'impression d'avoir été une fêtarde.

Il m'a fait un clin d'œil pendant qu'une des boules disparaissait dans un trou.

— Non, j'ai attendu d'avoir une vingtaine d'années. Je souffrais d'anxiété sociale, et puis j'ai découvert l'existence de l'alcool et ça m'a facilité les choses.

— Logique ! s'est esclaffé Bentley.

Après notre partie de billard, nous avons bu des shots et commandé une autre tournée. Mon corps était envahi par une sorte de tiédeur indéfinissable.

— Où est ta femme ?

Nous étions assis l'un en face de l'autre à une petite table.

— À la maison avec les enfants. Comme j'avais des affaires à régler en ville, j'ai décidé de rester.

— On dirait que vous n'êtes pas souvent ensemble.

Une expression de tristesse est passée sur son visage.

— Nous nous sommes éloignés ces derniers temps, c'est vrai. Elle affirme que c'est à cause du procès, mais il n'y a pas que ça. C'est un peu tout. Elle est dévouée aux enfants, ce qui est super, et c'est une mère extra. J'aimerais simplement que ça ne soit pas au détriment de notre couple. Il n'est pas facile de libérer du temps pour nous deux, et le peu que nous avions a été accaparé par ce procès. Elle croit que tout reviendra à la normale ensuite, mais je n'en suis pas si sûr.

— J'ai du mal à imaginer ce que vous devez endurer.

— C'est dur pour mon père aussi. Il refuse de le reconnaître, évidemment. Mark Thompson n'admettrait jamais qu'il rencontre la moindre difficulté. Il est persuadé que William sera innocenté et que la vie reprendra son cours. Il parle déjà d'intenter un procès aux autorités pour négligence.

J'ai affiché une mine compatissante – du moins je m'y suis efforcée.

— Je crois que les baby-boomers ont beaucoup de mal à exprimer leurs émotions, ai-je déclaré. J'arrive à savoir quand mon père traverse une mauvaise passe, car il se trouve généralement un hobby. Une année, il a consacré tout son temps libre à l'ornithologie. Une autre, il a acheté énormément de peinture à l'huile très coûteuse en affirmant qu'il allait « maîtriser l'art pictural », et puis il a renoncé au bout de deux mois.

Faire une thérapie lui reviendrait moins cher et lui prendrait moins de temps.

Bentley a ri en secouant la tête.

— Si seulement mon père pouvait exorciser ses démons grâce à l'ornithologie !

— Ses démons sont peut-être trop gros pour que des oiseaux puissent les chasser, ai-je répliqué.

Le silence est retombé entre nous, tandis que nous sirotions nos boissons et méditions sur nos pères respectifs. J'ai eu un serrement de cœur en repensant à mon chez-moi, une nostalgie dont j'avais jusqu'alors ignoré l'existence.

— Merci de m'avoir écouté, a fini par reprendre Bentley. Je saisis maintenant pourquoi William t'apprécie.

Je voulais qu'il me complimente davantage. Qu'il me dise que j'étais gentille, compréhensive et peut-être même jolie. Malheureusement, il y avait d'autres sujets plus importants à aborder.

— La dernière fois, tu as laissé entendre que j'ignorais certaines choses sur William. Je commence à croire que tu avais raison.

Bentley a paru alarmé.

— T'a-t-il dévoilé quoi que ce soit ?

— Non, pas exactement. Ça a plutôt à voir avec ce qu'il refuse de dévoiler. Je sais que ça peut sembler idiot, étant donné qu'on ne communique que par lettres, mais j'ai parfois l'impression que William et moi nous savons tout l'un de l'autre. Ça faisait un moment que je ne m'étais pas sentie aussi proche de quelqu'un. En même temps, il me cache des choses. Il ne parle jamais du procès de façon concrète. Il ne m'a même pas révélé s'il était coupable ou innocent, ce qui, en soi, ressemble à un aveu.

Bentley a pris une gorgée de bourbon et a soupiré.

— Je ne suis pas censé parler de quoi que ce soit. Je ne veux pas causer à mon frère plus d'ennuis qu'il n'en a déjà.

— S'il te plaît. Je ne dirai rien à personne. C'est promis.

Il m'a examiné de la tête aux pieds, comme s'il cherchait à deviner si j'avais un micro sur moi.

— Tu n'es pas une journaliste en herbe, j'espère ? Ou un de ces individus qui animent des podcasts de faits divers ? Certains ont essayé de nous contacter, ma famille et moi. Ils estiment désormais qu'ils sont un autre bras armé de la justice. Selon eux, il y aurait le juge, le jury et les animateurs de podcasts.

— Non, je te le promets.

Bentley a de nouveau poussé un soupir.

— J'ai toujours voulu avoir un frère. Je me souviens encore de m'être senti seul, même tout petit. Je pensais que si j'avais un frère, j'aurais toujours un compagnon de jeu. Mais ça ne s'est pas passé ainsi. Quand William est arrivé, j'ai cru qu'il se mettrait immédiatement à jouer avec moi, au lieu de quoi mes parents ont amené à la maison une minuscule créature qui braillait. William pleurait sans arrêt, nuit et jour. Lorsque j'ai eu des enfants, j'ai compris qu'il avait souffert de coliques ; à l'époque, je ne le savais pas. Il a fini par grandir, par prendre des forces et par moins brailler. Je ne pouvais toujours pas jouer avec lui. William avait déjà l'esprit de compétition, alors même qu'il marchait tout juste. Dès qu'il s'est mis à parler, il a affirmé que notre mère était la sienne et pas la mienne. Tout lui appartenait entièrement. Nous nous battions souvent – et ce n'étaient pas de simples bagarres, comme certains voudraient le faire croire. Un jour, je me rappelle, il m'a poursuivi avec un couteau, et j'ai dû m'enfermer à clé dans la chambre de nos parents parce que j'avais peur qu'il essaie de me tuer.

Bentley s'est interrompu pour boire un peu de bourbon.

— Personne ne m'a jamais cru. J'étais plus âgé que lui, comment aurait-il pu être une menace pour moi ? Quand je ripostais, je m'attirais des ennuis. On attendait toujours de moi que je sois le plus raisonnable des deux, même quand il me faisait très mal. En public, il changeait du tout au tout : il se montrait soudain charmant et s'exprimait très bien. Comme un petit adulte, disaient les gens. L'idée qu'un enfant n'était pas censé être un adulte, que ça indiquait peut-être que quelque chose clochait, ne les effleurait pas. Il ne me causait pas que des blessures. Il m'a fait souffrir autrement, en m'infligeant des choses pires qu'un bras fracturé.

Sur ces mots, il a terminé son verre d'un trait, comme s'il essayait d'évacuer ses souvenirs.

— Tu en veux un autre ? m'a-t-il proposé. Moi, j'en ai besoin.

— Oui, un gin tonic, ai-je acquiescé en lui tendant mon verre vide.

J'étais déjà éméchée, mais ça n'avait pas d'importance.

— Mon père encourageait la situation, a repris Bentley en revenant avec nos boissons. Il pense que la compétition incite les gens à accomplir de grandes choses. C'était comme s'il voulait que nous nous battions. Un jour, William m'a cassé le bras en deux. Je crois que mon père était presque fier de lui. Quand il m'a emmené aux urgences, il a menti en racontant que je m'étais fait mal en jouant au foot. Il y a eu d'autres incidents de ce genre : William me blessait et je devais inventer une histoire pour ne pas le dénoncer. Il aimait aussi me mettre ses méfaits sur le dos. Pour lui, c'était un jeu. Il cachait des bouteilles d'alcool vides, de l'herbe, des capotes dans ma chambre, et quand mes parents les trouvaient, ils se fâchaient. Un jour, ma chambre s'est mise à puer. Je ne parvenais pas à dire d'où venait cette odeur. Pendant quelque temps, j'ai cru que c'était moi qui empestais. Et puis j'ai découvert un lapin mort sous mon lit.

J'ai plaqué la main sur ma bouche.

— Pourquoi tu n'as rien dit ?

— Il a juré ses grands dieux qu'il ne savait pas de quoi je parlais. Il a suggéré que l'animal était entré dans la maison et qu'il était venu mourir dans ma chambre. Mes parents l'ont cru. William est très convaincant. C'était un excellent avocat. Dommage qu'il ait fini par se détruire ainsi. Mais il y a pire encore que cette histoire de lapin. Des choses que je ne peux pas dévoiler. Je n'en ai pas le droit. Même si je sais qu'il est en prison, je continue d'avoir peur de ce qu'il pourrait faire.

Bentley a terminé son verre. Je le regardais d'un air contrit.

— Désolée. Je sais que c'est une conversation bizarre.

— Je peux te poser une question ?

— Bien sûr.

— Que comptes-tu retirer de tout ça ? Dans le meilleur des cas ? Supposons que William soit innocent. Soit le jury le déclare coupable, et il passe le reste de ses jours en prison malgré son innocence ; soit il est acquitté, et ensuite ? Vous allez vous installer ensemble ? Vous marier ? Avoir des enfants ? Qu'attends-tu de mon frère ? Et s'il était coupable, hein ? As-tu envie de vivre avec un homme qui a tué quatre femmes ?

J'ai observé mes mains. Mes ongles étaient rongés presque jusqu'au sang.

— Je ne sais pas.

C'était vrai. L'avenir ressemblait à la passerelle de débarquement d'un navire arrivé au bout du monde.

Nos yeux se sont croisés.

— Si je comprends bien, tu le crois coupable.

— Si j'étais toi, Hannah, je m'en irais. Rentre chez toi et trouve-toi un petit ami sympa, normal. Quelqu'un d'assommant, un comptable, par exemple. Oublie mon frère.

J'ai terminé mon gin tonic et croqué les glaçons. Puis j'ai pris une inspiration.

— Je vais au petit coin, ai-je annoncé.

Entre un tabouret de bar et les toilettes, j'adoptais souvent une démarche pesante, associée à une certaine ébriété. Alors que je me sentais relativement sobre, j'ai soudain oublié comment mouvoir mes bras correctement. Comme je n'avais pas voulu interrompre Bentley dans son récit, ça faisait un moment que j'étais assise dans une position plutôt inconfortable et, pendant ce temps, j'étais devenue de plus en plus ivre.

Quelque chose m'empêchait d'atteindre la porte des toilettes pour femmes. On m'a tirée par le bras, et j'ai tressailli.

— Bentley, ai-je réussi à articuler avant qu'il me plaque contre le mur, ses lèvres sur les miennes.

C'est ainsi que je me suis retrouvée en train d'embrasser le frère du tueur en série qui était mon petit ami.

Si je n'avais pas autant bu, je l'aurais immédiatement repoussé – du moins j'ai essayé de m'en convaincre. Au lieu de quoi je lui ai rendu son baiser. C'était agréable d'être tout contre quelqu'un après des mois de solitude physique. J'aurais aussi pu soutenir qu'embrasser Bentley revenait presque à embrasser William. Ils avaient après tout une carrure, des yeux et des cheveux semblables. Pourtant, même à cet instant, j'étais consciente que les deux frères étaient différents. À savoir que l'un était mon petit copain et l'autre père de famille.

Ça s'est arrêté aussi vite que ça avait débuté.

Bentley s'est écarté de moi et, sans un mot, il a tourné les talons pour disparaître dans les toilettes pour hommes. Au bout d'un instant, le cœur battant, je suis entrée dans les toilettes pour femmes. J'avais la vessie si pleine que je me suis soulagée avec bonheur.

En tirant la chasse, je me suis tout à coup rendu compte de la gravité de ce qui venait de se produire. Bentley et moi, nous nous étions embrassés. Non, *il* m'avait embrassée. Le nœud de culpabilité au creux de mon ventre indiquait pourtant que ce n'était pas l'entière vérité, même s'il avait fait le premier pas.

Je me sentais tellement seule, ai-je tenté de me justifier.

Il me fournit des renseignements sur William, ai-je songé en me lavant les mains. *C'est pour nous que je fais tout ça.*

Tandis que mon cerveau rationalisait mes actes, je réfléchissais à la conduite à tenir. J'étais trop embarrassée pour ramener Bentley dans mon hôtel pourri, et il n'allait évidemment pas me proposer de l'accompagner jusqu'à l'appart où il logeait avec ses parents. J'imaginais la tête que ferait Cindy si j'en franchissais le seuil. Nous pourrions peut-être prendre une chambre ensemble dans un hôtel chic. Je me suis vue allongée près de lui pendant que je le questionnais sur William – une sorte d'espionnage sexuel.

À aucun moment il ne m'est venu à l'esprit de mettre un terme à cette situation, de me dire qu'il ne s'agissait que d'un baiser. Dans mes relations avec les hommes, par ma faute, les choses prenaient toujours des proportions démesurées, au-delà de ce qu'elles signifiaient vraiment, et je m'étonnais ensuite de ne jamais m'en tirer indemne.

En regagnant notre table, je m'attendais à y trouver Bentley. Il n'était pas encore revenu. Pour patienter, j'ai sorti mon téléphone pour consulter les réseaux sociaux. Sur le compte de Meghan, on la voyait goûter des gâteaux de mariage avec son fiancé, et Max avait posté plusieurs photos d'un concert de punk récent – sur la dernière, il passait un bras autour des épaules de Reese. Le bébé d'une amie faisait ses premiers pas.

Une fille que j'avais rencontrée des années auparavant était en vacances en Italie. Renfrognée, j'ai rangé mon téléphone dans mon sac. Bentley n'était toujours pas là.

Je suis allée commander un autre verre au bar.

— Vous voulez que je mette ça sur votre ardoise ? a demandé le barman.

— Je crois que nous en avons déjà une.

— C'est vrai, mais Thompson l'a réglée avant de partir.

— Il est parti ?

— Ouais, il y a un petit moment.

— Oh. Je ne prendrai rien, dans ce cas.

J'ai regardé autour de moi comme si Bentley allait réapparaître. C'était peine perdue.

Une fois dans un Uber qui se dirigeait vers l'hôtel – j'avais laissé ma voiture garée près du bar –, j'ai commencé à me sentir vexée par son départ. Dans une certaine mesure, il valait mieux que nous ne soyons pas sortis du bar en même temps ; il était marié, et son frère était mon petit ami. Pourtant, sur le moment, je n'ai pas pu m'empêcher de m'interroger : quelque chose en moi l'avait-il rebuté ? J'ai soufflé dans ma main pour vérifier si je n'avais pas mauvaise haleine, et puis j'ai ouvert mon poudrier pour examiner mon visage dans le miroir. J'avais la même tête que d'habitude, et c'était peut-être ça le problème. Quand je me suis mise à pleurer, le chauffeur de l'Uber n'a pas cherché à savoir ce qui n'allait pas.

En arrivant à l'hôtel, j'ai fouillé dans mon sac sans trouver de monnaie pour le distributeur. Ma faim était psychologique plus que physique, mais ça ne la rendait pas moins désagréable.

J'ai sorti mon carnet et un stylo.

~~*Ce soir, ton frère m'a embrassée*~~, ai-je écrit avant de barrer cette phrase.

Je me sens si seule sans toi. Je voudrais que tu sois là pour me tenir dans tes bras.

~~*Je voudrais que tu sois franc avec moi. Si tu l'étais, je ne serais jamais sortie avec lui.*~~

Moi aussi, j'aime bien imaginer notre futur ensemble. Nous pourrions partir à l'étranger. L'idée d'être expatriée m'a toujours plu. Nous pourrions nous installer dans un pays scandinave. Un endroit froid et douillet. Construire une maison pleine de recoins pour y lire. Ou bien nous pourrions aller au bord de la mer. Il paraît que la Thaïlande est un beau pays, un lieu d'évasion idéal, apparemment.

~~*J'ai peur que ce soit le mystère qui m'attire chez toi, et que quand je découvrirai la vérité (si je la découvre un jour), je me désintéresserai de toi, de la même manière que les hommes se désintéressent de moi quand ils s'aperçoivent que je suis une fille ordinaire, ennuyeuse.*~~

Je ne suis pas certaine de vouloir un jour des enfants. Un chien, oui, ce qui revient presque au même.

~~*Je crois que ça me plaît que tu sois violent. Il y a une partie de moi qui aime le suspense, l'idée d'être avec quelqu'un capable de me faire du mal à tout moment. J'ai toujours su que Max me briserait le cœur. Pas au sens propre - mais je joue sur les mots.*~~

J'aime les gros chiens qui ne savent pas qu'ils le sont. Le genre de chiens qui essaient quand même de s'asseoir sur les genoux des gens et qui prennent la moitié du lit.

~~*Un de mes fantasmes, c'est d'être ligotée, et j'ai toujours trop été gênée d'en parler à qui que ce soit. C'est un cliché de vouloir que quelqu'un d'autre prenne le contrôle parce que j'en ai assez de me contrôler tout le temps, mais le désir se fiche des lieux communs. Accepteras-tu de me ligoter, William ? De me faire craindre pour ma vie ?*~~

Peu importe ce qui arrivera dans les semaines à venir, un futur existe. Il y a toujours des moyens de trouver de la bonté, même dans les moments les plus sombres de notre existence.

~~Je pense parfois à ce qui se passerait si tu me tuais. Ce qui compterait, ce serait le deuil plutôt que la mort elle-même, comme si ma vie avait plus de sens rétrospectivement. Pense à tous les gens qui avoueraient leur amour pour moi si je n'étais plus là pour les mettre face à leurs responsabilités.~~

Tu m'as tant aidée, même de loin. Sans toi, j'aurais toujours un boulot idiot et je vivrais dans mon appart merdique. Après tout ça, j'ai l'intention d'accomplir des choses meilleures, plus importantes.

~~Au moins, si je meurs, on saura sans l'ombre d'un doute qui m'a tuée.~~

30

J'ai cru que Bentley m'éviterait après cette soirée. Notre baiser – même si c'était purement physique – reflétait tout de même notre proximité affective et, d'après mon expérience, les hommes évitaient les femmes dont ils se sentaient proches. C'était ainsi que je m'expliquais les actions de Bentley quand j'arrivais à être à peu près rationnelle. Il avait passé des mois à refouler ses sentiments tout en étant traqué par des journalistes et des fans de podcasts, avant de m'avouer les traumatismes qu'il avait subis enfant. Cette vulnérabilité s'était échappée de ses lèvres, d'abord au moyen de mots, puis d'un baiser ; il s'était ensuite souvenu de qui j'étais, de ce à quoi je ressemblais, de sa femme qui l'attendait chez eux, et il s'était enfui dans la nuit.

Dans mes moments les plus extravagants, j'imaginais Bentley assailli par le désir au point qu'il était incapable d'arrêter de m'embrasser et obligé de partir pour empêcher que les choses aillent plus loin. Sachant que sa femme était beaucoup plus séduisante que moi, ce scénario semblait peu probable.

Quoi qu'il en soit, je pensais qu'il serait aussi gêné que moi le lundi matin. Virginia était de retour, et leurs mains étaient enlacées comme celles d'un couple amoureux. Rien dans son attitude n'indiquait qu'elle se sentait menacée par ma présence. Contre toute attente, Bentley est ostensiblement venu nous saluer, mes amies et moi.

— Bonjour, mesdames. Comment ça va, aujourd'hui ?

— À merveille, a répondu Dotty en battant des (faux) cils.

J'ai à peine réussi à articuler un « bien », pendant que Lauren répliquait :

— Ça va, merci.

Je ne leur ai pas raconté ce qui s'était passé. Comment l'aurais-je pu ? Notre amitié était entièrement fondée sur nos sentiments pour William, or j'avais trahi ce dernier. Je revivais mentalement la soirée tout en écoutant la fin des débats. Tout le monde avait l'air fatigué. Les racines de la procureure étaient maintenant apparentes et j'ai découvert qu'elle n'était pas une vraie blonde, ce qui m'a un peu consolée.

— Ne pas condamner William Thompson serait un échec de la justice, a-t-elle affirmé. Cela reviendrait à remettre un monstre en liberté.

— Nous sommes tous en faveur de la justice, a réagi la défense. Mais celle-ci consiste à envoyer le véritable coupable en prison.

Une fois que le jury s'est retiré pour délibérer, Dotty, Lauren et moi avons dîné ensemble pour nous dire au revoir. Le malaise avec Lauren s'était apparemment dissipé, ne serait-ce qu'en raison de nos adieux imminents. Il est facile d'apprécier une personne quand on sait qu'on ne la reverra plus jamais.

Nous sommes allées dans un restaurant mexicain, où je n'ai pas arrêté de me bourrer de chips.

— Vous en voulez encore ? a proposé un serveur.

Dans un autre endroit et à un autre moment, j'aurais refusé. Les chips ne participent pas à une alimentation saine et j'avais mal au ventre dès que j'en mangeais trop. Mais cette période avait pris une tournure tellement irréelle que je ne réussissais plus à me préoccuper de ma santé. J'ai léché le sel qui saupoudrait le bord de mon verre de Margarita tout en plongeant la main dans le deuxième bol de chips.

— Vous allez me manquer, toutes les deux, a déclaré Dotty. C'est si bien d'avoir pu compter sur vous pour traverser tout ça.

Dans sa bouche, ce « tout ça » ne désignait qu'une chose informe.

— Qu'as-tu prévu de faire ensuite, Dotty ? a demandé Lauren.

— Nous avons récemment discuté de la situation, mon mari et moi. Je crois que nous allons essayer de repartir de zéro. Et puis les enfants ont besoin d'une mère. Je me suis absentée trop longtemps.

Je devinai que, plus ou moins inconsciemment, ça avait été son plan depuis le début. Elle s'était servie de William pour punir son mari, et ce dernier avait à présent purgé sa peine.

— Et toi, Lauren, que comptes-tu faire ? a voulu savoir Dotty.

— Le semestre démarre dans deux semaines. Je vais d'abord rentrer chez moi quelques jours avant de retourner à la fac. J'ai hâte de retrouver le campus. Après toutes les heures passées à assister au procès, les cours m'intéresseront peut-être pour de bon.

— J'ai oublié ta matière principale, ai-je dit.

— Le droit pénal.

Réponse évidente pour une fille obnubilée par des meurtriers.

— Et toi, Hannah ? Quels sont tes projets ?

J'ai gardé le silence un instant. J'avais la langue poisseuse, comme si j'avais avalé une cuillerée de beurre de cacahuète – une sensation que je ne connaissais que trop bien.

Plus tôt dans la semaine, j'avais appelé ma mère pour la première fois depuis plus d'un mois. Après un interrogatoire en long et en large (ponctué de « Pourquoi tu n'as pas téléphoné ? » et de « Je me suis inquiétée pour toi »), je lui ai avoué que j'avais perdu mon boulot et atteint les limites de mes cartes de crédit, et qu'il fallait que je revienne vivre chez eux pendant quelque temps. Je n'avais pas souvenir d'avoir été aussi franche avec elle que ce jour-là, même quand j'étais petite et que je la considérais encore comme une confidente potentielle. C'était pire que de se déshabiller pour la première fois devant un homme sous un éclairage peu flatteur. Dès que je me suis épanchée, j'ai eu envie de ravaler mes paroles pour les remplacer par des mensonges et raconter que tout était génial, que l'avenir me souriait.

Ma mère s'est tue pendant une minute, si complètement que j'ai d'abord cru que nous avions été coupées.

— Maman ? Tu es là ?

— Tu peux revenir à la maison, évidemment, a-t-elle fini par dire. Compte sur nous. Nous t'aiderons financièrement.

J'étais accablée à l'idée d'avoir fait voler en éclats la vision idyllique qu'elle avait eue de moi.

— Je retourne vivre chez mes parents dans le Minnesota, ai-je annoncé à Dotty et à Lauren.

Elles ont affiché une expression de pitié qui s'est heureusement dissipée au moment où le serveur nous a apporté nos entrées. J'ai arboré mon plus grand sourire, comme si ça m'était complètement égal, et commandé une autre Margarita.

— Vous croyez qu'il sera exécuté ? a demandé Lauren.

Aucune de nous n'imaginait que William puisse être acquitté, pas même Lauren, pourtant convaincue de son innocence. Restait à savoir s'il serait condamné à la réclusion à perpétuité ou à la peine capitale.

— Oui, je le crois, a affirmé Dotty.

Lauren a secoué la tête.

— C'est tellement dingue. Vous savez que ça coûte en réalité plus cher à un État de tuer quelqu'un que de l'emprisonner ? Bien sûr, je suis contre la peine de mort, mais ça n'est même pas logique d'un point de vue financier.

— Au moins, on n'utilise plus la chaise électrique, a commenté Dotty.

— En fait, l'injection létale est pire, a aussitôt répliqué Lauren. Il y a des gens qui n'en sont pas morts. Et puis les entreprises qui fabriquent les produits chimiques refusent de fournir les États, qui doivent alors les obtenir illégalement.

— Je continue de penser que c'est mieux qu'avant, a rétorqué Dotty.

Je comprenais ce qu'elle voulait dire. L'image de la chaise électrique dégageait quelque chose d'épouvantable qui la dérangeait. Du moment que ça ne troublait pas ses petites aises, elle se moquait de savoir ce que ressentait la personne mise à mort.

Si seulement les criminels pouvaient choisir d'être tués de la même manière qu'ils ont tué, ai-je songé. *William pourrait alors mourir étranglé avec une corde.*

— Finalement, ce n'est peut-être pas si mal d'être condamné à mort, a déclaré Dotty. Ça évite de croupir en prison.

— C'est toujours mieux d'être en vie, a objecté Lauren.

— Je veux juste dire que c'est affreux, la prison. Est-ce que William a envie d'y passer le restant de ses jours ?

— Il en profitera peut-être pour découvrir qui il est réellement.

— Je crois qu'il sait déjà qui il est, suis-je intervenue.

Bizarrement, et même si c'était complètement tordu de ma part, elles allaient me manquer. Dotty et Lauren étaient les seules à vraiment comprendre ce que j'éprouvais pour William. Leur existence sous-entendait que je n'étais peut-être pas aussi paumée que je le croyais, et tout le monde a besoin de gens comme ça dans la vie. Même les personnes ordinaires. Celles qui n'étaient pas amoureuses d'un tueur en série.

Quand j'ai vu mon addition, j'ai été prise de nausée – ou alors c'était parce que j'avais mangé trop de fromage avec les chips. Il fallait que je garde suffisamment d'argent sur mes cartes de crédit pour au moins rentrer dans le Minnesota et, au train où allaient les choses, je risquais de ne pas y parvenir. Ironie du sort, plus je m'angoissais à propos de mes finances, plus j'avais l'impression de dépenser. Je mangeais chaque repas comme si c'était le dernier que je pourrais m'offrir.

Dans le parking, Dotty m'a serrée dans ses bras.

— Tout ira bien pour toi, a-t-elle chuchoté à mon oreille.

Je lui en ai voulu d'insinuer que, pour l'instant, ça n'allait pas, que je devrais à l'avenir fournir des efforts pour tendre vers ce bien-être.

— Je te reverrai le jour du verdict, ai-je dit.

— Une simple formalité, a-t-elle assuré avant de tourner les talons.

Ce que j'admirais chez Dotty, c'était qu'elle aimait William quand bien même elle était convaincue de sa culpabilité. Lauren et moi envisagions encore l'éventualité de son innocence, même illusoirement : à croire que ça pouvait nous absoudre de toutes les fautes morales que nous avions peut-être commises en tombant amoureuses d'un homme pareil. Très franchement, ce soir-là, je croyais dur comme fer qu'il avait tué ces femmes. William était un assassin, et même si le système pénal cautionnait parfois des injustices, envoyer cet homme en prison n'en était pas une.

J'ai décidé de me rendre au ravin, non parce que je cherchais une preuve de dernière minute pour faire libérer William. Plutôt parce que j'étais passablement ivre et que je savais que repartir chez moi sans avoir visité ce lieu revenait à ne pas voir *La Joconde* lors d'un voyage à Paris. C'était ma façon de faire mes adieux à William, au procès, à celle que j'avais été durant ces semaines et à celle que je deviendrais une fois qu'il serait emprisonné indéfiniment.

*

Avant l'arrestation de William, le ravin avait été une destination populaire parmi les membres du forum, qui aimaient aller y prendre des photos sous couvert de mener l'enquête. Je me retenais d'appeler ça par son nom – une sorte de tourisme pour fans de tueurs en série. C'étaient ces mêmes individus qui n'hésitaient pas à dépenser de l'argent pour passer une nuit dans la maison de Lizzie Borden[1], devenue depuis un *bed and breakfast*.

J'ai roulé imprudemment, manquant de griller quelques feux rouges. C'était comme si le ravin était une boulangerie sur le point de fermer avant un ouragan et que j'avais à tout prix besoin d'une miche de pain.

Je m'étais toujours imaginé qu'il était situé en pleine campagne – le genre d'endroit où on pouvait tout juste survivre sans pourtant jamais réussir à regagner la civilisation.

1. Lizzie Andrew Borden (1860-1927), originaire de Fall River, dans le Massachusetts, fut accusée d'avoir tué son père et sa belle-mère, en 1892, avant d'être acquittée.

En réalité, le ravin se situait au beau milieu d'une banlieue typiquement américaine. Dans un petit centre commercial le long de la route, j'ai remarqué des restaurants franchisés passables ; des établissements où je n'avais jamais mangé mais que je reconnaissais pourtant. Comment se faisait-il que ces Outback Steakhouse[1] soient devenus partie intégrante de ma vie sans que j'y aie jamais mis les pieds ? Il y avait plusieurs hôtels, dont l'un appartenait à la même chaîne que le mien. Les parkings grouillaient d'activité, entre le flux des véhicules et ceux qui s'arrêtaient pour laisser passer les piétons qui rejoignaient les leurs.

Quand je suis sortie de ma voiture pour descendre la pente à flanc de colline, les dernières lueurs du soleil couchant étaient cachées par les arbres. J'ai allumé la lampe de poche de mon téléphone et m'en suis voulu de ne pas être mieux préparée. Le sol était jonché de paquets de chips vides, de bouteilles de soda à moitié terminées et de quelques préservatifs usagés. L'endroit n'avait rien d'une réserve naturelle.

En contrebas, les bruits de la circulation se sont dissipés. J'ai frissonné malgré la chaleur de ce mois de juillet et parcouru des yeux les épaisses broussailles, que les victimes elles-mêmes n'avaient pas pu voir car elles étaient déjà mortes en arrivant dans ce ravin.

J'ai imaginé William venant jusqu'ici. Il avait dû se montrer plus prudent que moi sur la route. Après tout, c'était à cause de sa conduite effrénée et d'une plaque d'immatriculation volée que Bundy s'était fait prendre. Pour renforcer la sécurité routière, pourquoi ne pas conseiller aux conducteurs de rouler comme s'ils avaient un cadavre dans leur coffre ?

1. Chaîne de grills américaine dont la thématique est inspirée par le désert australien.

William avait dû faire un repérage des lieux avant de tuer Annaleigh, c'était bien son genre.

Personne n'avait dû remarquer sa présence ici, ou bien, dans le cas contraire, personne ne s'en était soucié. Il avait l'air tellement inoffensif. Même moi je l'avais pensé la première fois où j'avais vu sa photo et que je l'avais écarté de la liste des tueurs éventuels. Cet homme était apprécié de tous, où qu'il soit, peu importait ce qu'il pouvait entreposer à l'arrière de sa voiture.

Il avait sorti du coffre chacune de ses victimes avec des gestes presque tendres, comme un mari porte sa nouvelle femme dans ses bras pour entrer dans la suite nuptiale. Un dernier instant de délicatesse avant qu'elles disparaissent à jamais.

Une fois qu'il les avait fait basculer par-dessus le bord du ravin, elles avaient roulé jusqu'en bas. C'était cette chute qui leur avait infligé la plupart des blessures subies après leur mort. La terre n'avait rien de doux.

Lorsqu'elles avaient atterri au fond, leur métamorphose était terminée : elles n'étaient plus des femmes, mais des corps. La vermine allait bientôt s'en repaître et les rendre méconnaissables. Dans le monde du dessus, la vie s'était poursuivie sans elles, tandis que leurs proches ne savaient encore rien de leur disparition.

Des fourmis de feu me piquaient les chevilles. J'aurais dû être contente d'être en vie et de découvrir ce ravin d'une manière telle que les quatre victimes ne le pourraient jamais, mais il m'apportait si peu de réponses que j'en éprouvais seulement de la déception.

Bentley avait probablement raison. La meilleure chose à faire, c'était de repartir pour le Minnesota et de me trouver un type gentil et assommant. Le genre d'homme qui buvait un café en se levant le matin, déblayait la neige devant sa maison l'hiver et dont le plus lourd secret consistait à regarder un film porno de temps à autre. Il y avait des tas de femmes vivant ainsi qui étaient manifestement heureuses. Elles ne ressentaient certes pas d'enivrants frissons chaque fois qu'elles pensaient à leur partenaire, mais avait-on besoin de ça quand ce dernier acceptait volontiers de programmer la mijoteuse électrique avant de partir au travail ?

Quand je suis ressortie des profondeurs du ravin, des phares m'ont éblouie dans le parking. J'ai regagné ma voiture à toute vitesse, soudain effrayée comme je pouvais parfois l'être quand je revenais des toilettes en pleine nuit, convaincue qu'un monstre était apparu sous mon lit pendant mon absence.

Une fois au volant, j'ai lâché un soupir en m'assurant d'avoir bien verrouillé les portières. Les phares dirigés vers moi ont pivoté dans une autre direction, et le véhicule s'est garé devant un des restaurants. Il n'y avait finalement aucun monstre sous le lit.

Ce ne serait qu'au matin que j'apprendrais à quel péril j'avais échappé cette nuit-là, et ma peur, prémonitoire, me paraîtrait alors précieuse. Il valait peut-être mieux que je n'ai rien su sur le moment, car alors je ne me serais pas enfuie. J'aurais saisi cette chance, laissé le ravin s'emparer de moi comme il s'était emparé des autres femmes, laissé la vermine et les ordures dévorer mon corps.

31

En me réveillant, j'ai découvert plusieurs textos et appels manqués de Carole.

La dernière fois qu'elle avait essayé de me joindre, c'était juste après mon licenciement, et je n'avais pas décroché.

— Les *millennials* ne parlent pas au téléphone, lui avais-je dit un jour, remarque qu'elle avait trouvée ridicule.

À l'époque, elle n'avait pas laissé de message sur mon répondeur, si bien que je n'avais jamais su ce qu'elle voulait et je n'avais pas pris la peine de la rappeler. J'imaginais que j'avais emporté un de ses mugs par erreur.

En fait, si Carole ou personne d'autre ne m'avait laissé de message, ce n'était pas parce que je n'avais pas d'amis, mais parce que ma boîte vocale était pleine, ce dont elle m'informait dans le premier texto d'une longue série.

Hannah, rappelle-moi.

Est-ce que ça va ?

Dis-moi que tu n'es pas le cadavre qu'on vient de trouver, s'il te plaît.

Mes doigts ont tapé l'adresse du forum avant même que mon cerveau ait enregistré le mot « cadavre ». C'était devenu un réflexe, comme respirer. Mon téléphone savait déjà où je voulais aller, ce qui m'agaçait parfois. Les algorithmes étaient la preuve que l'amour ne consistait pas seulement à prédire les désirs de quelqu'un.

Je n'ai pas eu besoin de faire défiler le contenu pour comprendre ce qui s'était passé. La nouvelle s'est imposée à moi d'emblée, aussi naturellement que des gouttes de pluie pendant une averse.

Un autre corps avait été découvert dans le ravin.

*

Dans les jours qui avaient suivi le 11 Septembre, une amie n'avait pas arrêté de me parler des vacances que sa famille et elle avaient prises à New York deux mois avant les attentats. « Nous étions là-bas, répétait-elle. Ça a failli nous arriver. » Je ne comprenais pas cette fixation. Elle était complètement indemne, à des centaines de kilomètres de New York, et acceptait qu'on la serre dans nos bras pour être réconfortée comme si elle avait subi ce traumatisme. Un nombre suffisant de personnes étaient mortes ou grièvement blessées, et des secouristes en payaient encore les conséquences des années plus tard : en quoi aurait-il été nécessaire d'alourdir le bilan des victimes ? C'était comme si cette fille avait eu besoin de préciser sa relation avec cet événement, histoire de lui donner un sens.

J'ai réellement compris ce qu'elle avait éprouvé quand j'ai lu le mot « ravin ». En portant la main à mes cheveux, j'y ai trouvé une feuille que j'ai émiettée entre mes doigts. J'avais le sentiment étrange d'être à la fois morte et vivante, à la manière d'un chat enfermé dans une boîte que personne n'a envie d'ouvrir.

J'étais allée là-bas. Ça avait failli m'arriver. J'ai éprouvé une brève déception, même si j'étais heureuse d'être en vie.

Sur le forum, j'ai découvert l'équivalent de hurlements virtuels.

Comment c'est possible ? William est en prison !

Il est peut-être innocent !

Ses meurtres ont probablement inspiré un autre tueur !

Qu'est-ce qui ne va pas avec ce ravin ? À croire qu'il attire la mort !

J'ai retrouvé des internautes que je n'avais pas vus depuis des mois, des gens qui s'étaient désintéressés de cette affaire depuis qu'aucun nouveau meurtre n'avait été commis.

Qu'est-ce que ça veut dire ? demandaient-ils. *Qu'est-ce qu'il faut faire, maintenant ?*

Ils étaient bouleversés, mais aussi excités – ou bien je projetais sur eux mes propres émotions. C'était ce que j'appréciais, avec les gens en ligne. Ils ressentaient tout ce que je voulais qu'ils ressentent ; leurs sentiments, par extension, étaient les miens.

Je suis allée dans la salle de bains pour m'asperger le visage. Avec un gant de toilette, j'ai essuyé une traînée sale sur mon front. J'attendais qu'il se produise quelque chose, qu'un éclair apparaisse soudain dans le ciel bleu par la fenêtre. Mais, autour de moi, la vie suivait son cours.

Je me suis souvenu des paroles de Bentley l'autre soir, dans le bar : il craignait que William puisse encore lui faire du mal tout en étant derrière les barreaux. Ce nouveau meurtre ne pouvait être une pure coïncidence. Il avait forcément un lien avec les autres. Une tentative de dernière minute de la part de William pour recouvrer sa liberté, comme s'il était doté d'un pouvoir immense qui lui permettait à présent de tuer des femmes par télépathie.

Je devais reconnaître que Carole avait bien agi, qu'elle était la seule à avoir pris de mes nouvelles après la découverte du corps. Elle s'était levée tôt, comme à son habitude, afin de profiter du calme matinal pour faire sa séance de méditation et, malgré tous ses efforts, elle n'avait pas pu résister à la tentation de consulter son téléphone avant de se plonger dans un état contemplatif. La nouvelle l'avait tellement ébranlée qu'elle avait renoncé à sa séance pour explorer mon profil Instagram ; en y voyant plusieurs publications postées depuis la région d'Atlanta, elle en avait déduit que c'était à cause de William que je m'y trouvais.

Le fait qu'elle ait été capable de découvrir où j'étais et ce que je faisais m'a touchée et impressionnée à la fois, surtout qu'elle n'était pas particulièrement douée sur ce réseau social. Son profil se composait entièrement de photos floues et mal cadrées de son chien, Trixie, adopté auprès d'une association de sauvetage d'animaux de son quartier.

Tu es partie là-bas pour le rencontrer, pas vrai ? m'a-t-elle demandé.

En définitive, Carole me connaissait mieux que je ne l'avais cru.

J'ai eu du mal à m'habiller tout en actualisant le profil du forum toutes les dix secondes pour voir si d'autres informations avaient été publiées. Avant de monter en voiture, j'ai envoyé un court texto à Dotty et Lauren : **À tout de suite au tribunal.** Une rumeur selon laquelle la police donnerait une conférence de presse en milieu de matinée courait sur le forum.

*

C'était la première fois depuis le début du procès que le chaos régnait sur les trottoirs bondés qui menaient au palais de justice. Comme la police avait installé des barrières pour empêcher les gens de marcher sur la pelouse, ceux-ci se massaient où ils le pouvaient, et certains tenaient des pancartes.

LES TUEURS INSPIRENT LES TUEURS, affirmait l'une.

RELÂCHEZ WILLIAM, exigeait une autre.

Je me suis demandé quand ils avaient eu le temps de les fabriquer. Lorsqu'une tragédie survient, il y a toujours des personnes pour s'adonner immédiatement à des travaux manuels.

Dotty est apparue près de moi.

— Quel coup de théâtre ! a-t-elle fait.

— Ouais, ai-je répondu.

Étais-je une spectatrice ou une actrice de ce drame ? Dotty ignorait tout de ma visite du ravin la veille au soir. Personne n'était au courant. J'étais la seule à savoir que j'avais frôlé la mort, et je refusais d'en parler à qui que ce soit par peur qu'on envisage mon éventuelle culpabilité.

Lauren nous a rejointes quelques minutes plus tard avec un gobelet Starbucks à la main. Elle avait l'air joyeuse.

— Je suis contente de savoir que William est vraiment innocent, a-t-elle déclaré.

— À ton avis, c'est ce que ça veut dire ? a répliqué Dotty.

— Bien sûr. Qu'est-ce que ça signifierait d'autre ? Une nouvelle femme est morte. Le tueur est encore en liberté, c'est clair.

— Ou bien ses meurtres ont inspiré quelqu'un d'autre, ai-je répondu en pensant à ce qui se racontait sur le forum.

— Ou alors William a un complice, a sombrement suggéré Dotty.

Lauren a eu un rire méprisant.

— Pourquoi vous refusez de voir ça positivement ?

— Je ne crois pas que la victime verrait les choses sous cet angle, ai-je rétorqué.

Après cette remarque, elle a longuement gardé le silence. Elle avait oublié qu'une femme avait perdu la vie, qu'il n'y avait pas que William qui comptait.

Les Thompson restaient invisibles. Ils étaient probablement enfermés quelque part avec William pour essayer de comprendre ce nouveau développement. Mark, qui avait toujours été convaincu que William serait innocenté, devait être ravi qu'on ait découvert un autre corps – preuve que son fils n'était pas le tueur que tout le monde voulait faire de lui.

Donne-moi de tes nouvelles s'il te plaît, m'a de nouveau suppliée Carole, et je me suis rendu compte que j'avais oublié de lui répondre. J'avais l'impression que c'était une amie surgie d'une vie antérieure – comme quand une ancienne copine de CM1 m'invitait à faire partie de ses contacts sur Facebook.

Je vais bien, me suis-je bornée à écrire sans entrer dans les détails.

À 10 heures, la police a publié un communiqué dont la teneur était comme toujours fragmentaire et peu satisfaisante. Le corps avait été trouvé à l'aube par l'employé d'un café voisin qui savourait une cigarette matinale avant de démarrer sa journée. Il avait été choqué d'apercevoir, parmi les feuillages, un corps à la peau pâle, qui n'avait pas roulé aussi loin que les précédents. J'ai deviné qu'il avait été déposé là après ma visite. Le tueur et moi, nous nous étions manqués de peu, pareils à des navires se croisant dans la nuit.

Le communiqué de la police répondait aussi à une liste de questions :

Non, on ne savait pas si ce meurtre avait un lien avec les autres.

Non, rien ne laissait présager que le procès serait annulé pour vice de forme.

Oui, le jury avait été isolé dès que possible.

Oui, le corps avait été identifié : c'était celui d'une femme qui s'appelait Kelsey Jenkins.

En quelques minutes, les membres du forum ont découvert tout ce qu'il y avait à savoir sur elle.

Avant d'être assassinée, Kelsey Jenkins était barmaid. Pourvue de gros seins et d'une taille de guêpe, elle avait le physique qu'il fallait pour ce métier. Elle dégageait quelque chose de rétro, avec une coupe de cheveux démodée et d'épaisses mèches blondes. Kelsey n'était pas allée à la fac. Elle reconnaissait qu'elle n'aimait pas l'école et qu'elle préférait préparer des boissons. Après le lycée, elle avait débuté comme serveuse avant de passer dès que possible derrière le bar.

Il était facile de deviner qui étaient ses clients réguliers. Les types ivres adorent prendre des photos. Ce qu'il y a de bien, avec ce genre de photos, c'est qu'il est facile de se sentir cool au moment où l'objectif est braqué sur vous, mais quand on les examine plus tard, on se rend compte que tout le monde a l'air épouvantable.

Il se disait que des tas de clients du bar étaient secrètement ou ouvertement amoureux de Kelsey. Je me suis demandé si elle appréciait tout cet amour. C'était un établissement destiné à des gens d'un certain âge, même si des jeunes le fréquentaient de temps à autre. L'existence de ces admirateurs compliquait l'enquête. Plus il y avait d'hommes qui aimaient une femme, plus il y avait de suspects quand celle-ci était tuée.

Il y avait un habitué que tout le monde surnommait Lizard, mais qui voulait qu'on l'appelle Gary maintenant qu'il était sobre. Il continuait de se rendre au bar l'après-midi pour y boire un Coca et fumer trop de cigarettes. Même sobre, Gary ne savait pas tenir sa langue et il était toujours disposé à raconter tout ce qu'il savait au premier venu. « Tout le monde aimait Kelsey. Comment on aurait pu faire autrement ? Elle était sexy et on était tous bourrés », avait-il dit, d'après un article.

Il y avait aussi un homme qui avait établi la liste des femmes qui fréquentaient le bar et avec lesquelles il avait envie de coucher – il n'avait pas réussi à en séduire une seule, même s'il n'arrêtait pas de montrer sa liste aux autres habitués comme une sorte de tableau d'objectifs complètement barré.

Il y avait le type divorcé depuis un bail, mais qui ne pouvait plus se débarrasser de cette étiquette. Il se faisait parfois virer du bar pendant quelque temps parce qu'il avait un problème d'agressivité qui expliquait probablement en partie son divorce. Il aurait fait un bon suspect s'il n'avait été en période de bannissement.

Il y avait le gamin qui avait récemment fêté ses vingt et un ans et qui n'avait pas beaucoup d'amis de sa génération, si bien qu'il fréquentait des types âgés de dix ans de plus que lui, qui confondaient ancienneté et sagesse.

Il y avait le type qui était ami avec Kelsey et qui s'attardait dans le bar longtemps après la fermeture. Ils étaient sans doute sortis ensemble à une époque.

Il y avait l'homme encore furieux qu'elle l'ait viré et à qui elle avait interdit de revenir.

Il y avait son ex-petit copain, qui passait encore de temps en temps. Il me rappelait Max, avec tous ses tatouages et son look stylé de punk. À cette pensée, ma mâchoire s'est crispée et je m'en suis voulu – ce chagrin d'amour était pareil à la cicatrice que j'avais au bras et qui continuait de me faire souffrir des années plus tard.

Avec tous ces nouveaux suspects, les membres du forum étaient aux anges. Personne ne le formulait ouvertement, mais je le savais parce que c'était ce que j'éprouvais. J'avais eu l'impression que ma vie touchait à sa fin : à présent, ce corps marquait un nouveau début.

Si Kelsey n'avait pas été jetée dans le ravin, sa mort n'aurait pas été associée aux meurtres des quatre autres femmes. Elle était entourée de si nombreux hommes imbibés d'alcool, qui tous avaient des mobiles. Le problème, c'était le ravin, le fait que ses blessures aient été semblables à celles des victimes précédentes ; de plus, certains détails n'avaient pas été divulgués au public et les enquêteurs entendaient les garder pour eux afin d'attraper le tueur. Ça revenait à traquer une souris alors qu'une de ses congénères était déjà prise au piège. Les choses étaient toujours plus compliquées qu'elles le paraissaient au premier abord.

J'étais aussi heureuse qu'atterrée par le moment que j'avais choisi pour visiter le ravin. Si j'étais restée plus longtemps, je connaîtrais maintenant l'identité de l'assassin. Pourtant, si je m'étais attardée, à l'heure qu'il était, je ne serais plus de ce monde, moi non plus. Les meurtres des cinq femmes continuaient de m'obnubiler. William était peut-être mon petit ami, mais j'avais avec les victimes une autre sorte de relation que la société était peu encline à définir. Qu'il était douloureux d'être si proche de la vérité et cependant de ne pas parvenir à une résolution !

~~*Je n'arrive pas à comprendre le rapport entre Kelsey et cette affaire. Parfois, j'ai l'impression que tu es deux personnes en une ; un amoureux et un tueur, un prisonnier et un homme traqué. Justement, comment peux-tu continuer de tuer tout en étant derrière les bar-*~~

~~reaux ? Par ailleurs, es-tu réellement un assassin ? Et moi, là-dedans, quel est mon rôle ?~~

J'ai pris une longue douche, profitant du grand chauffe-eau de l'hôtel pour me débarrasser des dernières traces que le ravin avait pu laisser sur moi.

Je resterai évidemment avec toi, quelle que soit l'issue du procès, ai-je écrit à William, tandis que, déjà, j'étais tenaillée par le doute.

32

C'EST EN ATTENDANT QUE LES JURÉS FINISSENT de délibérer que j'ai saisi ce que William entendait par le « supplice du purgatoire ». Ils ont poursuivi leurs discussions alors même que les médecins légistes disséquaient Kelsey et que la police interrogeait les suspects.

Je me suis mise à faire mes bagages, jetant des vêtements dans ma valise entre deux émissions de rénovation de maisons à la télé. Sans savoir comment, j'avais accumulé des tas d'affaires pendant mon séjour en Géorgie, même si je ne me rappelais pas avoir fait du shopping. C'était à ça que ressemblait ma vie : des trucs qui s'empilaient tout autour de moi, que je le veuille ou pas.

Quand je n'étais pas prise d'un accès de rangement, je suivais les vidéos de muscu de Jill et passais mon temps sous la douche. C'était comme quand j'attendais qu'un type me rappelle. Le téléphone ne sonnait jamais si je restais assise à le fixer. Mon désespoir était toujours trop palpable. Non, il fallait que je m'occupe autrement et que je prenne mon mal en patience. De la même manière, un jury ne parvient jamais à une décision s'il se sent bousculé.

Vêtue de mon tee-shirt des Screaming Seals, je mangeais des Cheetos en faisant paresseusement défiler les publications du forum quand on a annoncé que les jurés avaient terminé de délibérer. J'ai poussé un cri perçant et me suis levée d'un bond en éparpillant des miettes de chips sur le lit.

Je me suis habillée comme si William avait été condamné à mort et que j'étais son dernier repas. J'ai enfilé le soutien-gorge inconfortable qui mettait mes seins en valeur, une robe à peine convenable pour une salle d'audience et des talons si hauts que j'ai dû emporter une seconde paire de chaussures pour conduire. Que William soit déclaré coupable ou pas, ça n'avait absolument rien à voir avec moi. C'était l'affaire des avocats, du jury, de la juge et, avant toute chose, des victimes. J'avais pourtant du mal à me détacher du verdict. Bien que ma robe, mon fard à paupières, ma coiffure ne puissent rien changer à l'issue du procès, je me suis préparée comme si c'était le cas. Je refusais de jouer un rôle mineur dans la saga de William Thompson. Je voulais au moins qu'on me consacre un chapitre dans le récit scandaleux qui serait inévitablement divulgué au public.

*

La salle d'audience bourdonnait d'activité comme un chœur de cigales avant le coucher du soleil. La sœur de Jill était déjà en larmes. Ses yeux étaient rouges et ses joues creuses.

— Elle paraît presque trop maigre, m'a fait observer Dotty.

J'étais sûre qu'aucun verdict ne l'apaiserait. Quoi qu'il arrive, Jill ne reviendrait pas à la vie.

Les amies d'Annaleigh entouraient Tripp. J'avais entendu dire qu'il sortait maintenant avec la meilleure copine de sa femme, mais ces rumeurs étaient sans fondement. Que ce soit vrai ou pas, j'étais mal placée pour le juger.

Les parents d'Annaleigh priaient, têtes baissées, tandis que la mère d'Emma tenait un mouchoir des deux mains comme si elle cherchait à le déchirer en deux. La salle était pleine de gens – moi incluse – qui ne savaient pas comment être bien dans leur peau.

William avait la même apparence que d'habitude – il était beau et affichait une mine légèrement anxieuse. Je me suis souvenu des paroles de Bentley ; selon lui, son frère avait deux visages, celui d'un homme ordinaire et celui d'un monstre. J'ai observé sa nuque en sachant que ce serait la dernière fois que je le verrais sous cet angle. J'avais toujours du mal avec les dénouements, à accepter que quelque chose soit fini jusqu'à ce que ce soit réellement le cas, et cette occasion ne faisait pas exception. Je ne pouvais pas concevoir ma vie sans William ou, plus précisément, je ne pouvais peut-être pas concevoir ma vie sans ce procès, sans le forum, sans les lettres glissées dans ma boîte.

Je me suis imaginée aborder William. Je me lèverais nonchalamment de mon siège afin que personne ne se rende compte de mes intentions, et puis, une fois toute proche, je m'élancerais vers lui. William se redresserait pour m'étreindre, et son haleine serait douce et mentholée. Cet instant d'euphorie serait suivi par une douleur déchirante dans mon dos lorsque les agents de police postés dans le tribunal m'abattraient. Je m'écroulerais. William s'écrierait : « Hannah ! », et mon dernier souvenir serait mon nom sur ses lèvres. Les secouristes se précipiteraient vers moi, mais il serait trop tard. J'aurais déjà rendu l'âme.

C'était une vision romantique. De la même manière que Bella, dans *Twilight*, passe tout le deuxième tome à tenter de se jeter d'une falaise pour entrevoir Edward. Il était possible que je n'aie pas la moindre idée de ce qu'était l'amour.

— D'après toi, quelle est l'odeur de William ? ai-je demandé à Dotty.

— Quoi ?

— Je crois qu'il sent comme ces bougies masculines, qui ont un parfum de sapin et de cigare, a déclaré Lauren.

Je tapotais le sol du pied. C'était agaçant, je le savais, mais c'était plus fort que moi. Si j'avais ouvert la bouche, je n'aurais pas été étonnée qu'il en sorte des abeilles.

J'ai regardé Bentley. L'air décontracté, il tenait la main de Virginia. J'ai repensé à notre baiser, et puis je me suis obligée à le chasser de mon esprit. Bentley n'était rien, une parenthèse dans l'histoire d'amour qui nous unissait, William et moi.

Mark et Cindy semblaient tendus, comme s'ils rivalisaient pour savoir lequel des deux était capable de retenir son souffle le plus longtemps. Mark affichait une expression revêche qui indiquait peut-être qu'il n'était pas aussi confiant qu'il voulait le faire croire.

Aucun des amis qui soutenaient les Thompson à l'extérieur du palais de justice n'était présent. En privé, ils prenaient peut-être fait et cause pour la famille d'un tueur en série, mais ç'aurait été trop leur demander de le faire en public. Mon empressement à m'avilir pour William signifiait que je l'aimais davantage que ceux qui l'avaient toujours connu.

La juge a exigé que la salle se taise. Un silence complet indique soit qu'il ne se passe absolument rien, soit qu'il est chargé de sens ; c'est ce qui s'est produit dans le tribunal quand la juge a fait retomber son marteau, tandis que, bouche bée, j'ai eu l'impression de quitter mon corps.

Je vous en prie, murmurait une petite voix dans ma tête.

Je vous en prie, je vous en prie, je vous en prie, je vous en prie.

Je ne savais pas vraiment ce que j'espérais, si je voulais qu'il soit libéré ou simplement qu'il survive.

Il m'était difficile de décrypter les paroles de la juge, comme si je lisais un texte extrêmement théorique pour ensuite découvrir dans sa conclusion que je ne l'avais pas compris du tout. Le droit était une langue à part que je ne me voyais pas apprendre un jour.

Elle a fini par prononcer les mots que nous attendions tous.

Non coupable.

Je me les suis répétés.

Non coupable.

Non coupable.

Non coupable.

Des exclamations fusèrent parmi la foule. Quelqu'un sanglotait bruyamment. Était-ce moi ? William a serré ses avocats dans ses bras. Mark a levé les poings comme si son équipe de football américain préférée venait de marquer un essai. Un geste déplacé et pourtant adapté à la situation. Bentley et Virginia sont restés assis, parfaitement immobiles. J'ai regardé mes amies. Des larmes coulaient sur les joues de Lauren, et elle tenait la main de Dotty, qui pleurait elle aussi.

La sœur de Jill se contorsionnait de chagrin. Elle avait le dos courbé tandis que les amies d'Emma l'étreignaient. Des gens criaient. J'étais incapable de dire s'il s'agissait de syllabes incohérentes ou si je n'étais plus capable de comprendre quoi que ce soit.

Mon cœur battait si vite que mes doigts étaient engourdis. J'ai pris conscience que je n'avais jamais entièrement envisagé cette éventualité. Les événements étaient censés obéir à un scénario bien défini. William aurait dû être déclaré coupable et j'aurais pu reprendre ma vie normale. J'aurais continué de lui écrire pendant quelques semaines ou quelques mois avant de me trouver un nouveau hobby et un petit ami qui serait présent physiquement.

— Et maintenant, que va-t-il se passer ? a demandé Dotty.

— Aucune idée, ai-je répondu.

33

Dotty et moi sommes restées assises pendant que tout le monde quittait peu à peu la salle d'audience. C'était à celle qui tiendrait le plus longtemps, bien que ce soit davantage par apathie que je refusais de bouger.

Après avoir étreint ses avocats, William a aussitôt été escorté hors du tribunal pour des raisons de sécurité. Je l'ai regardé qui s'éloignait, suivi par Mark, Bentley, Cindy et Virginia. Aucun d'eux ne s'est retourné pour me dire au revoir.

Notre rêve me manquait. Celui dans lequel William voyait la liberté comme une cabane sur pilotis.

Les journalistes sont sortis pour transmettre leurs articles à leurs rédactions. Lauren s'est excusée à son tour en avançant qu'elle devait se mettre en route. Après ce rebondissement inattendu, je lui en ai voulu pour son pragmatisme – une aptitude qui venait avec l'âge, ai-je supposé, et que je n'avais apparemment jamais su acquérir.

— Trouve-toi peut-être un nouveau hobby, lui ai-je suggéré en la serrant brièvement dans mes bras.

Il n'y avait plus que Dotty et moi, ainsi que les amis et les familles des victimes. La situation paraissait tellement inouïe que nous étions clouées sur place. Par moments, la sœur de Jill laissait échapper des hurlements si perçants que les gardes ont dû lui demander de se calmer. Plus tard, elle a raconté aux caméras des journaux télévisés qui attendaient dehors qu'elle ne dormait plus depuis des mois.

— Je voulais juste pouvoir me coucher en sachant que William Thompson était derrière les barreaux ! s'est-elle écriée. Maintenant, je n'arriverai plus jamais à fermer l'œil.

— Ma femme méritait mieux, a déclaré Tripp. De la part de tout le monde, a-t-il ajouté avant de partir pour entamer une beuverie de plusieurs semaines.

Les amis et les familles des victimes se reverraient, liés pour toujours par le drame qui avait bouleversé leurs existences. Ils formaient une petite communauté pleine d'amertume, qu'ils auraient quittée sans une seconde d'hésitation s'ils avaient pu ressusciter les mortes. La police suivrait de nouvelles pistes, trouverait d'autres suspects, mais leur goût pour la justice serait à jamais altéré par ce qui était survenu pendant le procès de William, comme quand on mord dans une fraise moisie et qu'on jette le reste des fruits par peur qu'ils le soient aussi.

— Il ne va pas revenir, hein ? ai-je demandé.

— Non, je ne crois pas, a répondu Dotty.

Elle a pris son sac à main en cuir – un objet plus coûteux que n'importe quel objet que j'aie jamais possédé.

— Bonne chance, Hannah.

Nous nous sommes étreintes, et son parfum capiteux m'a un peu réconfortée.

Des agents se sont approchés de moi.

— Il est temps de partir.

J'ai récupéré mes affaires et je suis sortie du palais de justice, désorientée par le soleil éblouissant. Mes jambes ont flageolé sous moi, et je me suis assise sur les marches du bâtiment.

J'avais tellement de chagrin que j'ai cru que j'allais mourir sur-le-champ. Je connaissais bien ce sentiment. Je l'avais éprouvé quand Max avait commencé à sortir avec Reese, quand un homme ne répondait plus à mes messages après un premier rendez-vous fructueux, quand une possibilité se dissipait dans le néant. C'était une sorte de douleur irrationnelle, davantage fondée sur un attachement que j'avais construit dans ma tête que sur ce qui s'était produit dans la réalité. J'étais une veuve se lamentant d'avoir perdu un mari qui n'avait jamais existé et qui n'avait pas de tombe.

Après un moment interminable, j'ai lentement regagné ma voiture. Chaque pas me faisait souffrir. Mes jambes pleuraient William autant que le reste de mon corps. Il avait toujours été entendu que notre relation était conditionnelle et dépendait du fait qu'il serait emprisonné à perpétuité, que j'étais la femme pitoyable acceptant d'être sa compagne pendant tout ce temps. Dans cette situation, c'était moi qui avais le dessus, simplement parce que j'étais libre. Maintenant que William avait été relâché, cette situation s'inversait et, soudain, cette relation devenait semblable à toutes celles que j'avais eues.

*

J'ai tenu comme j'ai pu pendant le trajet jusqu'à l'hôtel. Dès que la porte de ma chambre s'est refermée derrière moi pour la dernière fois, des sanglots convulsifs m'ont secouée. Je me suis effondrée sur le lit, où j'ai pleuré sur William, mon licenciement et mes finances désastreuses, sur les victimes et leurs proches, qui n'obtiendraient jamais les réponses qu'ils cherchaient. J'ai pleuré sur Kelsey Jenkins, à la fois parce qu'elle était morte et parce qu'elle avait fichu ma vie en l'air. J'ai pleuré sur Max et Meghan, sur tous les gens que j'avais perdus de vue au fil du temps. J'ai pleuré sur Bentley, sur notre baiser qui était une trahison et sur la façon dont il s'était éclipsé ce soir-là – une autre preuve de sa traîtrise. Des larmes striaient mes joues et de la morve coulait de mon nez. Tout, vraiment tout, allait mal, et je ne savais pas comment faire pour que ça aille mieux.

Alors que je m'abandonnais davantage au désespoir, au point que je commençais à envisager des façons de me sacrifier au ravin d'une manière à la fois indolore et mémorable, on a frappé à ma porte. Quelqu'un avait apparemment deviné ma détresse.

Je n'ai pas vraiment envie de mourir, avais-je envie de préciser. *Seulement, je ne sais pas comment continuer à vivre.*

J'ai ouvert. William Thompson se tenait devant moi, un bouquet de fleurs à la main. Il portait le même costume qu'au tribunal. Il m'a semblé beau, irréel. Un mirage masculin dans le désert de ma vie amoureuse.

Je me suis tournée pour me regarder dans le miroir en pied placé près de la porte. J'avais le visage rouge et bouffi. Mes cheveux, que je faisais d'habitude mon possible pour lisser, frisottaient à cause de la chaleur estivale. Il n'était pas censé me voir ainsi. Je savais d'expérience qu'il est important de rester belle et aguichante aussi longtemps qu'on le peut. Les hommes n'aiment pas les femmes qui se mettent dans tous leurs états. Ils les veulent calmes et stoïques, même s'ils détruisent leur vie.

— William. Comment tu m'as retrouvée ?

Ça m'a paru si étrange de prendre conscience qu'il possédait un corps, une peau, et tout ce qui s'ensuit. Mes yeux se sont posés sur son visage pour y découvrir chaque tache de rousseur, les quelques poils qu'il avait manqués en se rasant. Malgré mon envie de le toucher, j'étais clouée sur le seuil.

— J'ai voulu te rejoindre tout de suite, mais ils m'en ont empêché.

J'avais tellement eu envie d'entendre ces mots qu'ils en étaient douloureux.

— Selon eux, il aurait été risqué de te parler dans la salle d'audience, et ensuite, je me suis rendu compte que je n'avais pas ton numéro. Nous avons seulement correspondu. Je suis donc venu ici.

— J'ai cru que tu m'avais oubliée.

— T'oublier ? Je ne serai jamais capable de t'oublier. Je pensais tout ce que je t'ai écrit, Hannah. Ce sont tes lettres qui m'ont aidé à traverser la pire épreuve de ma vie. Je ne sais pas comment je pourrai jamais te remercier.

Il a pris une profonde inspiration. Sa main tremblait. Qu'arrivait-il ? Il semblait peu probable qu'il me tue immédiatement, même s'il était peut-être impatient de commettre un meurtre après un si long séjour en prison.

— Je sais que c'est dingue, a-t-il poursuivi. Mais je me suis promis de faire des choses dingues si un jour j'étais de nouveau libre. Pendant des mois, j'ai regretté ma solitude. Je ne peux pas laisser passer cette occasion. Je ne peux pas renoncer à toi, Hannah.

Il a posé un genou à terre, et la tête m'a tourné. De la morve continuait de couler de mon nez.

— Hannah Wilson, veux-tu m'épouser ?

Sans savoir comment, je me retrouvais prise au piège d'un de mes propres fantasmes, sans que rien y corresponde tout à fait. Où était la plage ? Pourquoi ma robe était-elle aussi froissée ? William n'avait même pas apporté de bague.

J'ai plaqué un sourire sur mon visage.

J'avais si mal jugé les femmes qui participaient à des émissions de téléréalité où elles se fiançaient à des hommes et les épousaient alors qu'elles ne les avaient même jamais rencontrés. J'ai repensé aux heures passées dans mon studio à analyser la sincérité de ces relations. Ce que je n'avais pas compris à l'époque, c'est combien il est tentant d'être invitée à entrer dans l'orbite de quelqu'un d'autre. Tomber amoureuse comporte toujours un risque ; j'avais simplement choisi de placer la barre plus haut en tombant amoureuse d'un tueur en série présumé. Quand il avait frappé à ma porte, j'étais en train d'imaginer ma propre mort : quelle ironie !

— Oui, ai-je acquiescé. Oui.

Je me serais mise à pleurer si je n'avais pas déjà été en larmes. William m'a soulevée dans ses bras, et j'ai pris conscience d'une légère odeur qui montait de mes aisselles.

Alors, j'ai embrassé mon fiancé. Me laisserait-il assez longtemps en vie pour que je devienne sa femme ? Seul le temps le dirait.

TROISIÈME PARTIE

34

Lieu inconnu

— DIS-MOI POURQUOI tu les as tuées.

Si je dois mourir, autant connaître la vérité.

— Sais-tu pourquoi tu agis comme tu le fais, Hannah ? Ça m'intrigue. Tu fais des choix tellement bizarres. J'ai l'impression que tu ne sais pas vraiment ce que tu veux.

Il essaie de m'anéantir sur le plan émotionnel avant de me tuer, et ça me semble excessivement cruel. Je me console en me disant que, une fois morte, je n'aurai plus à m'en vouloir d'attacher de l'importance à ce qu'il pense.

— Je n'ai jamais tué personne.

— Mais la mort de ces femmes te procure du plaisir. Inutile de le nier. J'ai lu des tas de choses très intéressantes hier soir, Hannah.

— Tu as trouvé le forum.

Même s'il est public, c'est une intrusion.

Quand j'étais enfant, ma mère m'a offert un journal intime avec une petite serrure pour l'un de mes anniversaires. Cette serrure donnait de l'importance à cet objet et, chaque fois que je le glissais sous mes vêtements dans mon armoire, je veillais à ce qu'il soit bien fermé à clé. Au bout de quelques entrées, je me suis rendu compte que je n'avais rien de bien intéressant à raconter et assurément aucun secret. J'ai arrêté de tenir ce journal et je l'ai oublié, jusqu'au jour où, quelques années plus tard, ma mère a fait du rangement dans mes affaires et m'a demandé si elle pouvait le jeter.

Il n'y a pas de serrure sur Internet, là réside sa cruauté. On peut même retrouver les publications censées rester privées : il suffit que quelqu'un tienne vraiment à les lire. C'est un lieu où on dévoile son moi le plus secret, exposé aux yeux de tous.

— On essayait d'aider les victimes.

— Quelles conneries ! Vous vouliez la gloire.

Je ne cherche pas à le nier. J'insiste de nouveau :

— Tu n'as pas répondu à ma question.

— Oh, Hannah. Si seulement je t'appréciais moins !

Mon imbécile de cerveau est flatté par ce compliment. Il prend la mallette et la pose par terre afin de s'asseoir sur la chaise face à moi. Je respire un peu plus aisément. Au moins, j'ai droit à un répit de quelques minutes avant de mourir.

— Je sais ce qui te tracasse, continue-t-il. Tu te demandes si j'ai agi de la même façon avec les autres, si je les ai amenées ici pour gentiment bavarder. Tu veux savoir si tu es spéciale ou juste une fille parmi de nombreuses autres.

— Tu ne sais pas ce que je pense.

C'est pourtant faux. Comme je n'ai pas pu être spéciale de mon vivant, je veux l'être par ma mort. Je préférerais qu'il ne lise pas aussi facilement en moi. J'ai toujours été transparente aux yeux de ceux qui m'entourent. Les hommes remarquent sans difficulté l'exubérance de mes émotions même quand j'essaie de les enfouir.

— Si ça peut te faire plaisir, sache que nous avons très peu parlé, Annaleigh et moi.

— Vous aviez une liaison ?

Je regrette de ne pas pouvoir envoyer un texto à Dotty. Elle a toujours soupçonné une aventure de ce genre. C'est bien la première fois que j'ai droit à une info aussi croustillante, et je suis ligotée à une chaise, privée de mon téléphone. « Une jeune femme aussi mignonne est toujours mêlée à des histoires de coucherie », affirmait Dotty.

— Elle trouvait que Tripp était un imbécile, tu sais, m'explique-t-il. Ces filles épousent tout le temps des types qu'elles ne respectent pas.

— Pourquoi l'as-tu tuée ?

— J'ai seulement pris ce qui m'était dû. Ensuite, je me suis rendu compte que j'en voulais davantage.

Enfin, une confession. J'ai si souvent imaginé cet instant, et pourtant ce que je ressens n'est pas ce à quoi je m'attendais. J'étais censée éprouver du bien-être, me sentir victorieuse, alors que je suis plutôt envahie par une sensation croissante d'autoapitoiement, tandis que je prends conscience que cette information ne vaut finalement pas de perdre ma vie.

Il n'a pas l'air d'avoir de remords. À dire vrai, il a la même mine de jubilation que j'adoptais quand je racontais aux gens que je correspondais avec un tueur en série. Certaines personnes restent des années en thérapie pour essayer d'atteindre le niveau de confiance en soi qu'il affiche à présent.

— Est-ce que ça en a valu la peine ? ai-je un jour interrogé Lauren, à propos du temps qu'elle avait passé à assister au procès de Kris Cooper.

— Ça en vaut toujours la peine si tu penses qu'une personne est peut-être innocente, a-t-elle répondu.

J'aimerais qu'elle soit près de moi, ne serait-ce que pour lui demander : « Et si tu sais que cette personne est coupable ? »

35

Après le baiser, j'ai invité William à entrer dans ma chambre d'hôtel de la même manière qu'on accueillerait un vampire chez soi de son plein gré.

— Je n'ai pas grand-chose, désolée. Tu as soif ? Je peux te proposer un verre d'eau.

— Non.

Il m'a dévisagée, et je me suis lamentée sur mon apparence négligée. Il regrettait probablement déjà sa demande en mariage.

Il s'est approché de moi et je n'ai pas pu m'empêcher d'avoir un mouvement de recul. Chaque geste de sa part était un acte de violence potentiel.

Puis il s'est emparé de moi – pas pour m'étrangler mais pour m'embrasser de nouveau.

— Tu vas me tuer ? ai-je chuchoté entre deux baisers.

William a ri, comme si je plaisantais, et m'a attirée contre lui, sa main se dirigeant vers la fermeture Éclair de ma robe. J'ai frissonné pendant qu'il la baissait lentement, dévoilant mon dos. Malgré son impatience, il a marqué une pause et a arrêté de m'embrasser pour me regarder dans les yeux tandis qu'il m'ôtait ma robe, une épaule après l'autre ; elle s'est répandue à mes pieds. Il a facilement dégrafé mon soutien-gorge d'une seule main, d'un mouvement expert.

Je n'avais plus que ma petite culotte de coton rose. William m'a contemplée de haut en bas. J'étais embarrassée, même si je craignais d'être sur le point de mourir. Les femmes découvertes dans le ravin avaient toutes été nues. Les vêtements qu'elles portaient lors de leur disparition n'avaient pas été retrouvés. Était-ce ainsi qu'il s'y était pris ? En les déshabillant avec lenteur, comme on épluche un oignon avant de le faire cuire ?

On parle souvent du réflexe de lutte ou de fuite en cas de danger, mais plus rarement de la troisième réaction que le cerveau peut adopter : la sidération. Et c'est ce qui s'est produit, mon corps presque nu restant parfaitement immobile devant cet homme accusé d'avoir commis une série de meurtres. Il s'est approché de moi, m'a saisi les poignets et attirée contre lui. Ma respiration s'est accélérée. J'ai fermé les yeux. J'ai attendu la mort.

Ce n'est pas une corde que j'ai sentie sur mon cou mais les lèvres de William. Elles se sont déplacées sur ma peau pendant qu'il m'enlevait ma petite culotte afin de glisser sa langue entre mes cuisses. Je n'ai jamais joui aussi rapidement, mon corps sur le qui-vive tandis que je redoutais de mourir.

Il s'est déshabillé à son tour. Même s'il avait apparemment maigri en prison, il m'a soulevée sans effort et déposée sur le lit. Avait-il suivi les séances de muscu de Jill depuis sa cellule, tout comme je l'avais fait depuis ma chambre d'hôtel, effectuant des squats en mémoire d'une femme brutalement assassinée ?

« Est-il même envisageable qu'un homme ait pu déplacer ces corps sans l'aide de personne ? » avaient demandé les avocats de la défense au cours du procès. « Oui, avait répondu l'expert à la barre. Mais il faudrait qu'il soit extrêmement fort. »

Nous n'avons pas parlé de préservatifs, ni de contraception ni de rien de tout ça.

William s'est étendu sur moi.

La dernière fois que j'avais couché avec Max Yulipsky, nous étions allés dans son bar de quartier préféré, un endroit si sombre et si bruyant que j'avais passé la soirée à hocher la tête face à des gens qui remuaient les lèvres, sans qu'aucun s'aperçoive que je ne pouvais pas les entendre. C'était un soir de semaine, et, si j'avais été avec n'importe qui d'autre, je serais rentrée des heures plus tôt ; mais j'avais attendu que Max annonce enfin qu'il était fatigué pour que nous nous traînions jusqu'à la maison qu'il partageait avec ses colocs.

Comme toujours, il était épuisé ; il s'était déshabillé et, une fois en boxer, s'était mis au lit et avait fermé les yeux.

— Max, avais-je murmuré avant d'embrasser son oreille à l'endroit où je le savais le plus sensible.

J'avais placé sa main sur ma hanche pour qu'il se rende compte que j'étais nue. Il fallait que mon corps seul parvienne à le tirer de son demi-sommeil, c'était important pour moi.

— Mmm, avait-il marmonné.

Il s'était réveillé à contrecœur et avait tâché de me faire l'amour. Il avait eu du mal à avoir une érection et, au bout de quelques minutes, il m'avait dit :

— Je ne crois pas que ce soit possible ce soir, Hannah.

Il avait roulé sur le côté avant de se rendormir, tandis que je m'étais interrogée sur les raisons pour lesquelles je ne lui suffisais pas.

Avec le recul, vu ce qui s'était produit, j'aurais dû deviner qu'il était sur le point de rompre. À l'époque, j'ai interprété son attitude comme ça m'arrangeait, c'est-à-dire comme une petite anomalie passagère à mettre sur le compte de tous les whiskys qu'il avait bus.

William n'a eu aucun problème à avoir une érection ni à me baiser tout en plaquant mes mains en arrière contre le lit avec une telle force que je ne pouvais plus bouger. À chaque poussée j'attendais un soudain retournement de situation, le moment où cet homme se transformerait en meurtrier.

Ça ne s'est jamais produit.

William a joui en lâchant un grognement, puis s'est affalé sur moi. Il a levé la tête et m'a embrassé les joues, le front.

— C'était génial.

— Mmh mmh, ai-je acquiescé.

Il s'est écarté de moi et nous sommes restés allongés, nus sur la couette. Je me suis alors rappelé l'aspect minable de la chambre, les vêtements encore éparpillés qui attendaient d'être rangés dans les valises. Je n'étais pas parfaite, mais William avait pourtant envie de me donner du plaisir.

Il a roulé sur le côté et a fait courir ses doigts sur ma joue, m'obligeant à tourner la tête pour que je le regarde. Ses yeux étaient d'un bleu plus glacial que ceux de Bentley, et je me suis réprimandée de les comparer ainsi. Je me suis soudain sentie embarrassée par mon haleine.

— Je veux tout te donner, a dit William sans cesser de me caresser la joue.

— C'est déjà fait, ai-je répondu, même s'il s'était davantage agi de faire disparaître une à une toutes les différentes facettes de ma vie jusqu'à ce qu'il ne me reste plus que lui.

— Je suis sérieux.

Je lui ai tourné le dos et il s'est blotti contre moi. Pendant cinq minutes, j'ai pensé à la façon dont nos corps s'imbriquaient à la perfection, et puis mon bras s'est engourdi et je me suis tortillée. Je ne voulais pas interrompre cet instant parce que je ne savais pas vraiment ce qui m'attendait ensuite. William a fini par annoncer qu'il allait prendre une douche.

— Désolé, s'est-il excusé en se dégageant de notre étreinte.

— Pas de problème. Ta journée a été longue.

Pendant qu'il était sous la douche, j'aurais dû en profiter pour envoyer des textos et avertir quelques personnes de ma situation. Il ne fallait pas que je commette les mêmes erreurs qu'Emma dans les heures qui avaient précédé sa mort. Pourtant, j'ai préféré sortir mon carnet.

Dans la colonne « Coupable », j'ai écrit :

William baise comme un homme prêt à tuer, mais il ne m'a pas encore assassinée.

36

Nous ne pouvions pas aller au bord de la mer, m'a expliqué William, parce qu'il devait d'abord s'acquitter de certaines obligations auprès de sa famille. Ensuite, a-t-il assuré, nous accomplirions tout ce dont nous avions rêvé dans nos lettres.

On avait vraiment l'impression qu'il continuait de purger une peine, mais je ne le lui ai pas fait remarquer.

Nous avons passé la nuit dans ma chambre d'hôtel à commander toute une variété de plats livrés et à faire l'amour. Le lendemain matin, j'ai fourré le reste de mes affaires dans ma voiture et il m'a emmenée petit-déjeuner ; puis nous avons rejoint sa ville natale, où une maison l'attendait déjà.

— Ce n'est pas la mienne, m'a-t-il expliqué autour d'une assiette de pancakes. Mais la nôtre.

Je lui ai souri tout en mordant dans une tranche de bacon. J'espérais que je n'aurais pas à payer la moitié de son emprunt immobilier. Plus tard, j'apprendrais que les parents de William en étaient les propriétaires, lesquels étaient assez riches pour ne pas avoir à contracter de prêts immobiliers.

La maison était située dans le quartier historique de la petite ville où William avait grandi. Je me suis garée dans l'allée et j'ai contemplé la bâtisse blanche de plain-pied, dont la magnifique véranda, munie d'une balancelle, surplombait le trottoir. La porte était peinte en bleu vif pour apporter un peu d'originalité à l'ensemble, et une plaque indiquait qu'il s'agissait d'un bâtiment classé.

L'intérieur, modernisé, était doté de meubles blancs et d'un parquet de bois sombre rénové. Des canapés en parfait état encadraient un tapis, face à un écran de télévision mural au-dessus d'une cheminée. Au-delà du salon, j'ai découvert une salle à manger dont la table faisait toute la longueur de la pièce.

J'ai traîné ma valise derrière moi. Mes parents me l'avaient offerte quand j'étais à la fac, juste avant un court séjour à l'étranger. Depuis, une des fermetures Éclair avait lâché, et la poche avant commençait à se découdre. Je n'avais jamais eu assez d'argent pour beaucoup voyager – sans parler de m'acheter des bagages. Cette valise, le seul objet à ne pas avoir été choisi par des décorateurs d'intérieur, n'était pas à sa place dans cet endroit. Je me suis consolée en songeant qu'il n'y avait devant moi aucun miroir permettant de dire si mon allure était aussi peu présentable.

Nichée à l'arrière de la maison, la cuisine exiguë jouxtait un cellier. Les trois chambres à coucher s'alignaient sur le côté droit du bâtiment, la salle de bains d'origine étant placée entre les deux pièces plus petites ; afin de créer une suite parentale, on avait ajouté à la plus grande des chambres une seconde salle de bains plutôt vaste, qui empiétait principalement sur la chambre du milieu – à présent transformée en bureau. Elle était équipée d'une baignoire îlot ainsi que d'une douche. Il y avait deux lavabos, : un pour William, un pour moi.

Ses vêtements étaient déjà soigneusement rangés par coupe et par couleur dans la commode et la penderie.

— Voici tes tiroirs, m'a-t-il dit en indiquant le côté gauche de la commode.

C'était la première fois qu'un homme m'offrait un petit espace chez lui. Le fait que William me propose un peu de place dans ses tiroirs et son armoire me semblait être un acte de bonté extravagant que seuls des diamants auraient pu éclipser.

Mes affaires avaient l'air miteuses comparées à celles de William, la différence entre mes chemisiers à vingt dollars et ses costumes de marque sautant aux yeux.

— On ira faire du shopping, m'a-t-il proposé tandis que j'accrochais mes robes dans la penderie.

La perspective qu'un homme paie mes emplettes m'a réjouie, même si je lui en ai voulu de sous-entendre que ce que je possédais n'était pas assez bien.

Je pensais découvrir une sorte de salle de meurtre, pourvue de bâches en plastique et d'un mur couvert d'armes, mais je n'ai rien trouvé. Il n'y avait même pas de sous-sol ni d'abri de jardin. Je devrais attendre que William s'absente avant d'entreprendre une fouille complète des lieux. Une femme ne peut tout de même pas demander de but en blanc à son fiancé s'il est un meurtrier. Il fallait que mon enquête reste privée, de la même manière qu'il fallait que William soit à l'autre bout de la demeure pour que j'ose faire la grosse commission. Pour l'heure, j'étais pleine d'admiration pour mon nouveau cadre de vie. C'était la première fois que je logeais dans un endroit aussi agréable – même la maison de mon enfance ne l'était pas autant. Dire qu'il avait juste fallu que je sois fiancée à un tueur en série pour que ça m'arrive !

Non, me suis-je reprise. J'étais fiancée à un tueur *acquitté*, même si je n'étais pas encore convaincue que ça changeait quoi que ce soit.

Notre premier soir ensemble dans cette maison, William m'a fait à dîner.

— Ça m'a manqué, a-t-il expliqué.

Dans sa vie d'avant, quand il n'avait pas encore été arrêté, il avait aimé suivre des cours de gastronomie – concoctant des plats bien différents de ceux que je préparais sans enthousiasme dans mon studio de Minneapolis, simplement pour rester en vie et en bonne santé. Quand William cuisinait, il tenait à ce que ce soit une expérience fastueuse.

Je me suis assise sur un tabouret de cuisine – *notre* cuisine –, un miracle après m'être nourrie pendant des semaines au distributeur automatique de l'hôtel ; je l'ai observé qui ficelait habilement un rôti de porc épicé et coupait des tomates en cubes pour une bruschetta.

Pendant que le rôti cuisait, nous sommes allés nous installer sur la balancelle pour boire du vin rouge et déguster des morceaux de melon enroulés dans du jambon de Parme. Un couple qui passait avec ses chiens a agité la main dans notre direction, et nous leur avons rendu leur salut. Ils ignoraient qu'ils venaient de dire bonsoir à William Thompson, le tueur en série qui avait été acquitté, et je me suis demandé quel effet ça faisait de vivre en ayant aussi peu conscience du monde environnant.

Ensuite, William a mis la table et y a placé des bougeoirs avant de baisser les lumières de la salle à manger. Il a ouvert une autre bouteille, puis a coupé la viande juteuse.

— À la tienne, a-t-il dit.

Nous avons trinqué.

J'avais souvent affirmé que j'étais incapable de distinguer un vin bon marché d'un grand cru, mais le liquide contenu dans mon verre prouvait le contraire. Il était possible que je n'aie jamais bu un bon vin avant ce soir-là.

— Dis-moi, Hannah. Que ferais-tu dans la vie si tu n'avais pas de limites ?

J'ai pris une bouchée de salade et l'ai mâchée d'un air pensif. Par où commencer ? Il y avait toujours des limites. C'était une question absurde. Comme quand on vous demande quels livres vous emporteriez sur une île déserte, alors que ce qui vous préoccuperait avant tout, dans ce genre de circonstances, ce serait votre propre survie.

— J'ai toujours voulu écrire un roman. Un récit réellement épique, tu vois ? Quand j'étais plus jeune, j'adorais écrire, mais ça fait des années que je n'ai plus le temps.

William a souri à la lueur des bougies.

— Quoi d'autre ?

— Je crois que j'ai toujours eu envie de participer à un marathon. Ce n'est pas un peu trop banal ?

— Non. Rien n'est trop banal si tu le veux vraiment. Quoi d'autre ?

— Je ne sais pas. Voyager ? J'ai visité quelques pays européens, mais jamais d'autres continents. J'adorerais découvrir le Japon.

— Considère tes vœux comme exaucés.

— Quoi ?

— Je tiens à ce que tu prennes le temps de faire ce dont tu as envie. Tout ce qui te fait plaisir. Écris ton roman, participe à un marathon, va au Japon. Ne t'embête pas à chercher un travail.

Il s'est tu et a baissé les yeux vers son assiette ; une expression peinée est brièvement passée sur son visage.

— J'ai déçu d'autres gens que j'aimais, mais je ne veux pas te décevoir. Tu peux m'aider en m'autorisant à t'aider.

J'ai avalé la bouchée que j'avais gardée dans la bouche.

— Je ne sais pas quoi dire.

— Tu n'es pas obligée de dire quoi que ce soit.

La proposition de William me mettait légèrement mal à l'aise. J'étais tellement habituée à ce que les hommes ne m'offrent jamais rien que j'accueillais toutes les attentions avec méfiance. Plus tard, je prendrais conscience que c'était ainsi que les choses fonctionnaient chez les Thompson. Les hommes allaient au boulot pendant que les femmes se divertissaient avec leurs petits hobbies, et tout le monde se comportait comme si c'était là un bienfait.

Nous avons ensuite parlé des livres que William avait lus en prison.

— Je pensais que c'était le bon moment de lire des classiques, a-t-il dit avant de rire. Je me suis vite rendu compte que les machinations de *La Maison d'Âpre-Vent*[1] n'étaient pas ce qu'il me fallait. J'ai fini par surtout lire des thrillers commerciaux.

— Rien ne vaut un bon thriller. Ça fait parfois du bien d'être tenu en haleine.

— C'est on ne peut plus vrai, a acquiescé William avant de me resservir en vin.

Je terminais les carottes rôties qui accompagnaient la viande quand ma main a heurté mon verre, qui s'est renversé sur la table. Je suis restée paralysée.

William a pris l'une des serviettes blanches pour éponger le liquide écarlate, qui a aussitôt imbibé le tissu.

1. *Bleak House* (1853), roman de Charles Dickens, est un drame familial dont l'intrigue relate une interminable affaire de testaments contestés.

— Je suis désolée.

— Ce n'est pas grave. Ne t'en fais pas.

Je me suis rendu compte que j'étais encore dans l'expectative, m'attendant à ce que William enroule la ficelle du rôti autour de mon cou, verse du poison dans mon verre, m'attrape par les cheveux et me traîne à travers la pièce afin de me punir d'avoir souillé sa table si parfaitement dressée. Mais il ne s'était en définitive rien produit, à part que j'avais trop bu et que je m'étais montrée maladroite.

Tandis que je l'aidais à débarrasser, William s'est approché derrière moi. Je me suis tendue quand il m'a coincée près du plan de travail en plaquant son corps au mien. Puis il m'a fait pivoter et m'a soulevée ; je me suis retrouvée assise là, entourée des vestiges de ses préparations culinaires.

J'ai d'abord pensé qu'il allait peut-être tenter de me tuer, mais il a ouvert sa braguette, m'a enlevé ma petite culotte et m'a baisée à la manière d'un type normal – comme si nous étions un couple normal qui passait un bon moment ensemble le soir de son emménagement dans sa nouvelle maison.

Ensuite, je lui ai tendu les assiettes et nous les avons mises une à une dans le lave-vaisselle.

*

J'ai attendu que William s'endorme pour sortir mon carnet. J'y ai noté ce qu'il avait fait à manger et décrit le baiser mouillé qu'il avait déposé sur mon front après l'amour.

J'avais toujours rêvé de vivre une soirée pareille avec un homme. Max n'avait jamais cuisiné pour moi, sauf des pizzas roulées un jour où il était bourré. Pourtant, je continuais de sentir un vide douloureux au fond de moi, le besoin de quelque chose de plus. J'avais William l'amant, mais où était

William le tueur ? J'avais peut-être, tout du long, mal interprété mes fantasmes. Et si c'était de la violence que j'avais toujours désirée, pas de l'amour ? Ou bien j'avais si inextricablement entremêlé les deux qu'il était maintenant impossible de les séparer.

37

Il m'a fallu attendre quatre jours avant qu'il me laisse seule dans la maison.

Pendant ce temps, nous sommes allés dans une boutique de décoration où William a insisté pour que je choisisse un tableau.

— Je veux que tu t'appropries cette maison, a-t-il expliqué.

J'ai fini par choisir une peinture abstraite avec des tourbillons. Il l'a accrochée dans le salon, où ses couleurs vives tranchaient avec la blancheur ambiante.

J'ai découvert que William rebouchait le tube de dentifrice après s'en être servi, qu'il mettait ses vêtements sales dans le panier à linge dès qu'il les avait ôtés et qu'il faisait notre lit tous les matins. Il était interdit de laisser de la vaisselle sur le plan de travail ou à tremper dans l'évier ; quand nous enlevions les coussins décoratifs du canapé pour nous asseoir plus confortablement, il fallait les remettre à leur place dès que nous nous relevions.

— Désolé, s'est-il excusé. Je suis un peu maniaque de l'ordre.

— Non, ça me plaît. Ça ne me ferait pas de mal de l'être un peu plus.

J'ai aussi découvert à quel endroit sur son oreille je devais l'embrasser pour qu'il fonde. Il me faisait si bien jouir que j'ai découvert un nouvel univers en moi. Nous nous sommes inscrits au club de yoga situé à quelques rues de chez nous, et William m'a emmenée dans un magasin de sport pour m'acheter une paire de chaussures de course.

Il n'a pas essayé de me tuer, pas même une seule fois.

*

Le matin où William est retourné travailler, nous avons pris ensemble un petit déjeuner composé d'œufs brouillés et de tranches de pain tartinées d'une confiture locale. Des produits délicieux, bons pour la santé.

— Tu es mignonne, habillée pour aller courir, a fait remarquer William.

Il portait de nouveau un costume, une tenue que j'associais à son procès. C'était déstabilisant de le voir dans des vêtements ordinaires, même si chacun de ses survêtements coûtait plus cher que la plus sophistiquée de mes robes.

— Merci, ai-je répondu, souriante, en mordant dans une tartine.

Je n'avais aucune intention d'aller courir. J'avais prévu d'explorer la maison.

— Au revoir, mon ange, m'a-t-il dit avant de m'embrasser le front.

J'ai eu l'impression que ce terme d'affection était destiné à une autre, comme s'il avait momentanément oublié mon prénom.

— Tu vas me manquer, ai-je répliqué.

Dès qu'il a franchi le seuil, j'ai poussé un soupir de soulagement et regardé autour de moi. Il fallait que je fouille les lieux en veillant à ce que tout paraisse identique au retour de William. C'était l'inconvénient d'une maison où chaque chose avait une place bien définie : le moindre changement était susceptible de l'alarmer.

J'ai d'abord inspecté son tiroir à sous-vêtements. Simple projection de ma part. Adolescente, j'avais souvent caché des objets interdits au milieu de mes culottes. Des choses qui semblaient à l'époque si sérieuses et à présent si innocentes : des préservatifs, des messages entre copines et un livre sur la sexualité qu'on m'avait offert pour rire.

En ouvrant le tiroir du haut, j'ai découvert que William était du genre à plier ses slips.

J'ai sorti mon carnet.

Plie ses sous-vêtements, ai-je noté dans la colonne « Coupable ».

Le tiroir suivant, aussi bien organisé que le précédent, contenait un certain nombre de tee-shirts aux teintes neutres, et le dernier plusieurs survêtements. Sur la commode se trouvaient un mug dans lequel William laissait de la petite monnaie, un coffret pour sa collection de montres de luxe ainsi que plusieurs bouteilles de parfum que mon nez de roturière était incapable d'apprécier pleinement.

C'était pareil sur sa table de chevet. Tandis que sur la mienne traînaient un roman écorné et un verre d'eau où la poussière s'accumulait, seul un chargeur de téléphone était posé sur la sienne. Je me suis demandé s'il avait toujours été ainsi ou si c'était en prison qu'il l'était devenu, de la même façon qu'un ancien militaire continue de faire son lit comme s'il était encore en service actif.

D'une propreté méticuleuse, ai-je noté sous ma première remarque.

Être ordonné ne voulait pas forcément dire qu'on était un meurtrier par nature. Il y avait certainement des tas de tueurs qui, tout comme moi, laissaient leur linge sale par terre et de la vaisselle dans l'évier. Je ne pouvais cependant pas m'empêcher de repenser à l'expert qui, durant le procès, avait parlé à la barre de la propreté des assassins, qui n'abandonnaient derrière eux rien qui puisse leur appartenir.

En examinant la penderie de William avec ses rangées de chemises à col boutonné, j'ai songé qu'elle aurait pu appartenir à n'importe qui. Seule une boîte m'a intriguée. J'ai hésité à l'ouvrir par peur d'y trouver des dents, des cheveux ou toute autre relique de ce genre. Les tueurs en série aiment collectionner des souvenirs de leurs victimes pour se remémorer leurs crimes – c'était du moins ce que j'avais appris à la télévision.

Elle contenait justement des souvenirs, mais sans rapport avec les femmes assassinées. J'y ai découvert des cartes d'anniversaire envoyées par des personnes dont je ne connaissais pas le nom, des photos d'identité datant du lycée et une liasse de messages manuscrits retenus par un ruban élastique. Quand j'ai vu ma propre écriture, je me suis figée. William avait visiblement gardé les lettres qu'il avait reçues en prison, mais elles n'étaient pas toutes de moi. Je les ai parcourues au cas où je tomberais sur quelque chose d'intéressant. Elles avaient apparemment toutes été envoyées par des femmes. Si des hommes avaient correspondu avec lui, William n'avait pas gardé leurs courriers. *L'idée que tu sois enfermé m'est insupportable*, commençait l'une des lettres. Une autre débutait par : *Putain de psychopathe*. *J'ai besoin de te sentir entre mes jambes*, déclarait une troisième. Ça m'était pénible de lire ces mots rédigés par d'autres femmes. William leur avait-il répondu ? Sans doute, puisque quelques messages avaient des expéditrices semblables.

Correspond avec d'autres femmes, ai-je ajouté dans la colonne « Coupable ».

Je n'ai pas relu les lettres que je lui avais envoyées. Même si je les avais composées quelques semaines ou mois plus tôt, je considérais déjà cette version de moi-même comme naïve et incapable de s'exprimer correctement. Je n'avais pas envie de retrouver celle que j'étais alors, une personne qui désespérait d'être aimée.

Dans mon carnet, j'ai aussi noté les prénoms des autres correspondantes.

Lily, Cara, Jessie, Stacey, Allison.

Je voulais garder cette liste au cas où on apprendrait plus tard la disparition de l'une d'elles – mais aussi pour une raison moins affreuse, au cas où William serait encore en contact avec elles et commettrait une forme d'adultère épistolaire. Je ne pouvais pas l'interroger à ce sujet, car il aurait fallu admettre que j'avais fouillé dans ses affaires. En temps normal, il m'aurait été intolérable de garder pour moi de tels soupçons, mais puisque j'enquêtais déjà sur mon fiancé afin de savoir si oui ou non il était un tueur en série, ce n'étaient pas quelques lettres qui risquaient d'aggraver la situation.

Sous ces messages, j'ai découvert une clé. J'ai enregistré mentalement à quoi elle ressemblait avant de replacer tout dans la boîte dans l'ordre où je l'avais trouvé.

J'ai inspecté le placard de l'entrée, qui ne contenait que deux ou trois vestes et un parapluie, ainsi que celui de la salle de bains, rempli de serviettes et de draps de rechange. Le salon était trop impeccable pour receler le moindre secret, et bien que je doute qu'il ait caché quoi que ce soit dans la cuisine parmi les casseroles, j'ai vérifié malgré tout.

La chambre d'amis était aseptisée, comparable à une chambre d'hôtel ; le lit était fait et des serviettes étaient suspendues dans la salle de bains. Ma valise en piteux état était rangée dans le placard près des bagages flambant neufs de William et de deux tableaux qu'il ne voulait pas accrocher au mur, mais dont il ne pouvait « supporter de se séparer pour des raisons sentimentales ».

La manière dont les Thompson compartimentaient leurs émotions se reflétait littéralement dans leur décoration d'intérieur.

Pour finir, je suis entrée dans le bureau.

Même si je n'en avais jamais eu un chez moi – je n'avais même jamais eu d'appartement de plus d'une pièce –, il était clair que certains hommes considéraient cet endroit comme sacré. Dans les films, les pièces de ce type ont toujours des murs lambrissés en acajou et un chariot à boissons chargé de bouteilles de whisky. Il n'y en avait pas dans le bureau de William, peint en blanc, très lumineux.

L'ordinateur était en veille et, quand j'ai voulu l'allumer, on m'a demandé un mot de passe que je ne connaissais pas. Ni papier ni Post-it sur lesquels il aurait pu être noté ne traînaient sur la table, et j'ai jugé préférable de ne pas insister. Après tout, ce n'était pas comme si un tueur en série intelligent allait ouvrir un document Word pour y taper des aveux.

Le tiroir du haut renfermait des fournitures soigneusement organisées dans une boîte conçue à cet effet. À l'époque où j'avais encore un boulot – période qui commençait à me paraître incroyablement lointaine –, mon espace de travail croulait sous les documents et les stylos ; j'avais beau les ranger, c'était de nouveau la pagaille quelques heures plus tard.

Pour moi, ce désordre faisait partie intégrante de mon travail. En revanche, c'était son sens de l'ordre qui réussissait visiblement à William.

Dans le tiroir du bas, j'ai trouvé un coffret, cette fois muni d'une serrure. Je me suis rappelé la clé que j'avais vue dans la penderie de notre chambre et suis allée la chercher en toute hâte. Lorsque je l'ai fait glisser dans la serrure, j'en ai éprouvé une immense satisfaction.

À l'intérieur, il y avait un revolver.

Un revolver !! ai-je écrit dans mon carnet. Tout autre commentaire aurait été superflu.

Je l'ai regardé fixement. C'était la première fois que j'en voyais un pour de vrai. D'où je venais, on employait principalement des armes pour la chasse, activité qu'on ne pratiquait pas dans ma famille. Je n'avais encore jamais rencontré quelqu'un qui cachait un revolver dans son placard, du moins à ma connaissance. J'ai tendu la main vers l'objet, qui m'attirait presque comme un aimant, puis j'ai hésité, mes doigts à quelques millimètres seulement. Il s'y trouvait peut-être des empreintes digitales susceptibles de prouver un crime ; ou, pire encore, mes propres empreintes pourraient s'y déposer et servir à m'incriminer. Bien qu'aucune des femmes découvertes dans le ravin n'ait été tuée par balle, je ne pouvais pas courir ce risque.

J'avais pourtant un désir irrationnel de tenir cette arme. Je suis donc allée chercher un tee-shirt que j'ai enroulé autour de ma main. Le revolver était lourd, davantage que ce à quoi je m'étais attendue. J'ignorais s'il était chargé et ne savais pas comment le vérifier. Je l'ai pointé devant moi, comme si je m'apprêtais à tirer, puis, sentant un frisson désagréable me parcourir le dos, j'ai compris qu'il valait mieux le reposer.

Il m'avait tellement accaparée que je n'avais pas prêté attention aux autres objets rangés dans le coffret. Au premier abord, ils m'ont paru insignifiants, notamment à proximité d'un revolver : une carte de club de sport, un élastique à cheveux, un paquet de cigarettes à moitié vide et écrasé sous le poids de l'arme, et un vieux marque-page en papier.

En l'examinant plus attentivement, je me suis rendu compte que la carte arborait le même logo que le pass temporaire qu'on m'avait remis au club de sport de Jill. Ça ne m'a pas surprise, vu que tout le monde savait que Jill avait été la coach personnelle de William. Il était donc normal qu'il ait sa carte. Mais l'incongruité de l'endroit choisi pour la ranger donnait à réfléchir. Et que penser des cigarettes et du marque-page ? William n'avait jamais fumé, du moins d'après ce que je savais. Il était du genre à prendre soin de lui sans céder à des plaisirs fugaces, ce qu'il avait parfois regretté quand il était derrière les barreaux. J'ai ouvert le paquet et, près des cigarettes, trouvé une pochette d'allumettes ornée d'un logo celtique.

J'ai ensuite étudié le marque-page, qui provenait visiblement d'une librairie indépendante d'Atlanta. Ça n'avait rien d'insolite, car William aimait lire et j'avais remarqué, au cours des quelques courtes journées en sa compagnie, qu'il avait une certaine propension à fréquenter des commerces de proximité.

Pour finir, je me suis penchée sur le dernier objet. Je me servais si souvent d'élastiques que je les remarquais à peine. J'en avais toujours au moins deux autour du poignet pour attacher mes cheveux si nécessaire. C'était aussi le type d'accessoire qu'on se passait entre femmes dans des toilettes publiques, comme des tampons en cas de saignement imprévu. Plus d'une fois, j'avais offert mes élastiques à des inconnues désespérées, et leur gratitude m'avait ensuite fait rayonner de plaisir pendant un nombre d'heures déraisonnable.

William, cependant, n'avait pas besoin de ce genre d'accessoire. Il n'était pas homme à se relever les cheveux, et le fait que cet objet ait été soigneusement placé sous le revolver prouvait qu'il ne s'agissait pas d'une babiole laissée là par erreur. Non, cet élastique avait de l'importance. En l'étudiant de plus près, j'ai découvert un cheveu blond enroulé autour. Ça m'a soulevé l'estomac – exactement la même sensation que sur des montagnes russes pendant un plongeon.

Ce cheveu pouvait-il appartenir à Annaleigh ? Je l'ai effleuré avec soin, craignant de corrompre son ADN, et l'ai reniflé, déçue qu'il ne sente rien.

J'ai alors disposé les différents objets sur la table pour les prendre en photo un à un. Le bureau de William était temporairement devenu ma propre salle de scellés. J'ai aussi ajouté des commentaires dans mon carnet. Sous *Un revolver !!*, j'ai noté : *Carte de club de sport, cigarettes, pochette d'allumettes, marque-page, élastique (cheveu d'Annaleigh ???)*. Puis je les ai replacés en tâchant de conserver l'ordre dans lequel ils avaient été rangés.

Alors que j'étais sur le point de refermer le coffret à clé, j'ai hésité. Puisque je ne possédais rien de valeur, je n'avais jamais eu peur d'être cambriolée, et je ne comprenais donc pas pourquoi les gens ressentaient le besoin d'avoir chez eux une arme à portée de main. Évidemment, c'était avant d'emménager avec un homme acquitté de meurtres en série et qui conservait un élastique auquel était emmêlé un cheveu blond. J'ai remis le coffret dans le tiroir sans le verrouiller avant d'aller reposer la clé dans la penderie.

Une fois ma fouille terminée, j'ai fait le tour de la maison en veillant à ce que tout soit bien à sa place, sans cesser de penser à ce que j'avais découvert dans le bureau. Il était possible que ces objets hétéroclites n'aient aucune signification ; ils s'étaient peut-être retrouvés là par hasard dans la hâte du déménagement. Mais j'en doutais. William avait un tel sens de l'ordre qu'il n'aurait pas gardé des trucs bons pour la poubelle ; c'étaient des souvenirs de ses meurtres, les preuves matérielles que les enquêteurs avaient vainement cherchées.

En songeant à la façon dont nous avions fait l'amour la veille au soir, j'en ai eu la chair de poule. William avait été si impatient que nous avions gardé la plupart de nos vêtements, et il m'avait prise par-derrière tout en gémissant qu'il trouvait mon corps délicieux. Quels souvenirs de moi allait-il collectionner et ranger dans son coffret horrifique ?

38

QUAND NOUS AVONS FAIT NOS SALUTATIONS AU SOLEIL, les autres participants du cours de yoga nous ont regardés fixement. William n'a pas semblé s'en rendre compte, à moins qu'il y ait trouvé du plaisir, plaçant exprès son tapis au centre de la salle afin que tous puissent le voir.

— C'est agréable de se sentir de nouveau normal, m'avait-il dit un soir au dîner. Je n'ai jamais aimé être le centre d'attention.

Malgré ce qu'il affirmait, j'imaginais qu'il n'était pas facile d'être soudain traité comme une personne ordinaire – ou presque –, après des semaines durant lesquelles tout le monde s'était intéressé aux détails les plus banals de sa vie.

Les femmes chuchotaient entre elles.

— C'est lui. C'est William Thompson.

Après le cours, elles raconteraient cette anecdote à leur mari, à leurs collègues, à leurs copines ; je le savais car j'avais été comme elles, jubilant de trimballer partout avec moi ma petite liasse de lettres.

J'avais envie que ces femmes s'intéressent aussi à moi – du moins c'est ce que je croyais, jusqu'au moment où elles ont posé les yeux sur moi. Mon pantalon de yoga neuf était raide et moulant. Contrairement à William, qui passait aisément d'une posture à l'autre, j'avais du mal à garder l'équilibre et j'ai dû m'interrompre plus d'une fois. Je craignais qu'elles ne me trouvent pas assez belle pour être avec lui. Je les imaginais qui disaient : « Je sais qu'on le soupçonne d'être un tueur en série, mais il pourrait tout de même sortir avec une fille plus sexy. »

En fin de séance, après avoir vainement tenté d'atteindre un état d'esprit zen, j'avais les bras et les fessiers en compote à force de repousser mes limites, afin d'être celle que ces femmes voulaient que je sois.

Une fois que William partait travailler, je n'avais pas grand-chose à faire. Des employées de maison venaient un jour par semaine, et il n'attendait pas de moi que je devienne une femme d'intérieur.

— Je veux que tu poursuives tes rêves, m'a-t-il assuré.

William ignorait que ceux-ci tournaient autour d'un fantasme précis, dans lequel il essayait de me tuer. Un fantasme que je justifiais en me disant que, s'il se réalisait, je pourrais enfin connaître la vérité sur ce qui était arrivé aux victimes.

Un matin, je suis allée dans un café situé dans la même rue que le club de yoga afin de commencer à écrire mon roman. J'ai pris un latte et une pâtisserie avec l'argent que William m'avait donné.

— Ça ne t'oblige à rien, m'avait-il dit en me tendant la liasse de billets.

C'était un vrai luxe de commander ce dont j'avais envie sans me soucier de mon compte en banque.

J'ai choisi une table près de la fenêtre et branché mon ordinateur portable. Près de moi, un groupe d'étudiants faisaient une lecture commentée de la Bible. Comment pouvait-on être ainsi préoccupé par la notion de bien à leur âge ? Quand j'étais à la fac, je cherchais juste à mal tourner. J'aurais aimé leur dire qu'ils étaient installés à côté de la fiancée de William Thompson.

J'avais sincèrement l'intention d'écrire un livre. J'ai ouvert un document Word et attendu que l'inspiration vienne. J'avais toujours supposé que c'était le manque de temps qui contre-carrait ma créativité. Si on m'avait accordé la liberté financière dont j'avais besoin, j'étais certaine qu'un flot de mots aurait jailli de moi.

Adolescente, j'avais commencé un roman à propos d'un vampire amoureux d'une humaine et qui se désespérait parce qu'il pouvait soit la métamorphoser et par conséquent la priver de son âme, soit la regarder prendre de l'âge, devenir laide et mourir. Je n'étais pas allée bien loin, car il était difficile d'écrire des scènes de baiser alors que je n'avais encore aucune expérience en la matière. De plus, la majeure partie de cette histoire était un plagiat de *Twilight*, que je prétendais ne pas aimer mais que je lisais en cachette sous ma couette.

Adulte, j'avais eu envie d'écrire un livre de fiction portant sur trois générations d'une même famille, parce que c'était le sujet de la plupart des romans sérieux que je connaissais.

J'ai contemplé mon document et tapé une phrase ; je l'ai effacée avant d'en noter une autre. De quelle manière débutait-on ? J'ai fini ma tasse de café et en ai commandé une deuxième.

Je ne saurais pas dire comment c'est arrivé, mais je me suis tout à coup retrouvée sur le forum. Je ne me souvenais pas d'avoir entré l'adresse du site ou de m'être connectée à mon compte. J'avais l'impression d'être possédée. En vérité, il n'y avait que sur William que j'étais capable d'écrire. Les tueurs en série m'inspiraient beaucoup plus que les traumatismes intergénérationnels.

Je mourais d'envie de dévoiler aux autres internautes ce que j'avais découvert dans le bureau de William. Le problème, c'était qu'il me faudrait raconter comment j'avais pu avoir accès à la maison de William, ce qui signifiait que je devrais aussi expliquer que nous étions fiancés et que nous vivions ensemble. Plusieurs raisons m'en empêchaient.

Premièrement, mes parents n'étaient pas au courant de nos fiançailles, et l'idée que des inconnus en ligne puissent l'apprendre avant les gens qui m'avaient élevée – même si nous n'étions plus aussi proches – me déplaisait.

Deuxièmement, avouer sur le forum que j'avais fouillé dans les affaires de William laisserait entendre que j'étais fiancée pour un motif stratégique, afin de me permettre de mener l'enquête et non parce que j'avais des sentiments pour lui. Oui, en effet, je voulais connaître la vérité sur William, mais il n'y avait pas que ça. Je pensais à lui sans arrêt, en tant qu'amant, fiancé et meurtrier en puissance, et si je parlais de nous aux autres internautes, ceux-ci auraient alors de l'emprise sur notre relation, chose qui me paraissait inacceptable.

Pour finir, je craignais que des membres du forum se montrent vindicatifs. Pendant le procès, j'avais été témoin de la façon dont certaines personnes se comportaient envers ceux qui avaient de la sympathie pour William, sans même qu'elles soient informées de notre liaison amoureuse. Si quelqu'un devait menacer ma vie, autant que ce soit William.

Par conséquent, j'ai gardé pour moi mes récentes découvertes et fait défiler les publications de ces internautes qui en savaient moins que moi.

Puisque William avait été acquitté, la police cherchait d'autres suspects susceptibles d'avoir commis les cinq meurtres.

Sans grand succès. Ils avaient retrouvé un type qui avait été en fac de droit avec Annaleigh et qui connaissait Emma par des amis communs, mais pas moyen de l'associer à Kimberly, Jill et Kelsey. Et si ces crimes n'étaient pas liés ? C'étaient peut-être juste cinq femmes malchanceuses qui avaient fini dans un ravin.

Certains membres du forum continuaient de traiter William comme un suspect bien que le jury l'ait innocenté. Ils ont découvert qu'il travaillait pour son père et ont même divulgué l'adresse du cabinet d'avocats, ce qui m'a alarmée.

Je comprends qu'il défende son fils, mais si un membre de ma famille agissait ainsi je le renierais sans hésiter, avait publié un internaute.

Un autre avait envoyé un e-mail au cabinet pour exprimer sa désapprobation. Il avait reçu en réponse une lettre type : on « tenait compte de ces inquiétudes », mais on « avait pleine confiance dans la justice rendue » et on « espérait que le véritable criminel serait bientôt appréhendé ».

Dieu merci, personne sur le forum n'avait encore découvert l'adresse personnelle de William, mais certains la cherchaient activement. L'idée que je détenais des informations qu'ils auraient aimé obtenir me donnait le vertige.

D'autres utilisateurs se penchaient sur le meurtre de Kelsey Jenkins car, selon eux, l'enquête n'avait pas été assez approfondie à cause du chaos qui avait marqué la fin du procès de William.

Il a forcément été commis par quelqu'un qui connaît William, raisonnait l'un d'eux.

Si le meurtrier n'est pas un imitateur, alors c'est William qui l'a payé pour tuer Kelsey. Histoire de détourner les soupçons.

Malgré tous leurs efforts, ils n'avaient pas encore été capables de trouver un lien entre William, son entourage et le bar où Kelsey travaillait.

J'étais moi aussi obnubilée par cette fille, mais pour une tout autre raison. Des cinq meurtres, c'était le seul dont j'avais été aussi proche physiquement. Je repensais parfois aux instants passés dans le ravin, au ciel menaçant s'assombrissant au-dessus de moi, à la tension de la situation, accentuée par ma nostalgie. J'étais presque morte, de la même manière qu'on gagne *presque* au loto en ayant un chiffre manquant sur sa grille – ce qui revient à dire qu'on approche mentalement de ce résultat tout en en étant concrètement éloigné. Il y avait un fossé considérable entre le fait d'être assassinée et celui d'être en vie, fossé qu'on ne pouvait franchir qu'une unique fois. Pourtant, j'avais l'impression d'être proche de Kelsey, comme si nous nous étions connues, voire comme si nous avions été une seule et même personne.

J'ai entamé une nouvelle page de mon carnet que j'ai intitulée *Kelsey Jenkins* et décorée de griffonnages tout en scrollant sur le forum.

Rien n'indique que William et Kelsey se soient rencontrés un jour, ai-je noté.

Ma seconde tasse de café, à demi bue, était déjà froide, mais je n'avais écrit que deux phrases de mon roman : *La mère de Katie était ornithologue amatrice comme sa mère et sa grand-mère avant elle. Katie était issue d'une longue lignée de femmes qui aimaient observer les oiseaux.*

— Aujourd'hui, j'ai commencé mon roman, ai-je annoncé à William pendant le dîner.

J'ai senti qu'il me soutenait, assis face à moi.

— Je suis tellement fier de toi, Hannah.

Me tuerait-il s'il apprenait ce que je faisais réellement ? Ou bien se contenterait-il de rompre ? Quelle issue serait la pire ? Je ne parvenais pas à me décider. Le soir, je vérifiais à plusieurs reprises que mon carnet était en lieu sûr dans mon sac à main. J'avais pris des photos de trucs idiots afin que celles des objets découverts dans son bureau soient moins facilement accessibles sur mon téléphone. Je devais veiller à ce que mes activités restent secrètes tant que je voudrais les lui cacher. Je ne savais pas exactement comment je procéderais le jour où je déciderais de les lui révéler : irais-je d'abord trouver la police ? Ou lui dévoilerais-je tout en tête à tête, une chose qui nous unirait à la vie, à la mort ?

39

Les parents de William ont décidé d'organiser une soirée pour fêter sa libération. Pour l'occasion, il m'a acheté une robe plus coûteuse que celle que j'avais portée au bal du lycée.

Nous sommes allés déjeuner dans un restaurant chic du centre commercial.

— Ma famille est parfois intimidante, a-t-il dit.

— Je l'ai déjà rencontrée, ai-je avoué autour d'un plat de saumon grillé.

Il a froncé les sourcils.

— Au procès, ai-je continué. Ça n'a pas toujours été très agréable pour moi. À cause de certaines filles, tu vois.

Je me suis efforcée d'expliquer que j'avais été harcelée sans mentionner directement les victimes – dès qu'on prononçait leurs noms, William se fermait comme une huître.

— Ton père m'a abordée pour me dire qu'il appréciait mon soutien.

— Je suis désolée de ce qui t'est arrivé, a assuré William.

J'ignorais s'il faisait allusion aux filles ou à son père. Je ne lui ai pas raconté ce qui s'était produit avec Bentley. Un jour, j'ai lu que les gens qui trompent leur partenaire le leur avouent non parce qu'ils veulent bien agir mais parce que c'est un moyen d'apaiser leur sentiment de culpabilité. Même si je me sentais coupable, j'avais surtout peur de la réaction de William. Je n'ai pas non plus répété ce que Bentley m'avait dit de leur mère – comme quoi elle s'imaginait que j'avais des vues sur leur père. William n'avait pas besoin de savoir avec quel enthousiasme j'avais pris Mark Thompson en filature.

— Je ne leur ai pas encore parlé de nos fiançailles. J'ai prévu de les annoncer pendant cette soirée.

J'ai essayé de sourire avec les yeux.

— J'ai hâte d'y être, ai-je déclaré.

Je n'avais pas informé mes parents non plus. J'ai envoyé un texto à ma mère pour lui dire que j'avais décroché un « bon emploi » en Géorgie et que je lui donnerais des nouvelles dès que j'en aurais le temps. Sans savoir pourquoi, le moment opportun ne se présentait jamais. Avouer à mes parents que j'étais fiancée entraînerait forcément une discussion sur les tueurs en série acquittés et, pour l'instant, je n'avais pas envie de gâcher leur joie – ou du moins la vision que j'en avais.

La perspective de la fête me rendait nerveuse. J'avais déjà croisé Cindy Thompson et je me savais incapable de l'impressionner, peu importe ma tenue. Je ne ressemblais ni à Virginia ni à Annaleigh, des femmes élevées selon une tradition qui leur avait enseigné à adopter une certaine allure. En théorie, je pestais contre ces conventions. Les femmes devaient avoir le droit d'adopter l'apparence qu'elles souhaitaient tout en restant dignes d'êtres aimées. Ça ne m'empêchait pas de me juger, moi et mon incapacité à me conformer aux règles.

J'ai pris rendez-vous dans un salon de beauté pour une teinture et une manucure.

— Je veux épater ma future belle-mère, ai-je annoncé à la coiffeuse, sans préciser qu'il s'agissait de la mère de William Thompson.

Mes cheveux, naturellement châtains, grisonnaient par endroits à une vitesse incroyable. Je les ai fait teindre dans un blond de miel ; jamais je ne les avais eus aussi clairs.

— Je veux quelque chose dans ce genre, avais-je expliqué en montrant à la coiffeuse une photo d'Annaleigh en si gros plan qu'il était impossible de la reconnaître.

Il était bizarre d'adopter la couleur de cheveux d'une femme assassinée, je l'admettais. Non que je veuille être Annaleigh – même si je lui enviais son diplôme de droit, sa famille fortunée et sa fameuse beauté –, mais j'aimais sincèrement cette teinte. Après tout, j'avais passé des heures à scruter sa photo, au point que j'en oubliais parfois que nous ne nous étions jamais rencontrées de son vivant. C'était un peu comme si j'avais apporté la photo d'une célébrité vue des centaines de fois.

— J'adore tes cheveux, m'a félicité William. Tu as une allure fantastique.

Je n'étais pas aussi belle que je l'aurais voulu, mais j'étais présentable.

Il était nerveux, c'était évident. Il avait mis trop d'eau de toilette et n'arrêtait pas de s'excuser pour des choses qui n'étaient pas encore arrivées.

— Je suis désolé qu'ils soient ainsi, répétait-il.

Mark et Cindy Thompson n'habitaient pas une simple maison comme les autres mortels. Ils vivaient dans une propriété, un terme dont j'ai compris le sens quand William a momentanément ralenti devant un portail électrique avant de remonter une allée sinueuse bordée d'arbres. Géographiquement parlant, la propriété en question, située à un quart d'heure de route de chez nous, n'était pas isolée, mais c'était une forteresse sur le plan architectural. Tout en roulant, William a posé une main sur la mienne. Lequel de nous deux essayait-il de réconforter ?

Nous nous sommes arrêtés devant une bâtisse monstrueuse de couleur crème. La porte d'entrée, à double battant, était flanquée de spacieuses vérandas. Face à cette demeure fastueuse, j'ai éprouvé de la nostalgie pour la maison de mon enfance avec ses chambres minuscules et ses deux modestes salles de bains. Il arrive qu'on ait plus d'espace que nécessaire.

William a remis les clés à un valet qui faisait office de voiturier, comme devant un restaurant haut de gamme. J'ai baissé les yeux vers ma tenue en espérant qu'elle faisait assez habillée.

Les Thompson avaient peut-être perdu un peu de leur prestige depuis l'arrestation de William, mais le nombre d'invités indiquait le contraire. Je m'étais en tout cas attendue à ce qu'il y ait autant de monde que lors du cocktail auquel j'avais assisté à Atlanta, bien qu'il soit difficile de dire si les mêmes personnes étaient présentes.

Tout le monde était enchanté de retrouver William. Personne ne semblait se soucier de savoir qu'un meurtrier acquitté évoluait parmi eux.

— William ! s'exclamaient les gens. C'est formidable de vous revoir ! J'ai toujours su que vous étiez innocent.

L'intéressé se montrait aimable, même s'il serrait les dents. Il avait été si bien élevé que les mondanités étaient pour lui une seconde nature.

Nous avons circulé à travers la maison. Les parents de William avaient des goûts baroques en matière de décoration, et tout ce qui pouvait l'être était couvert de dorures. Les autres invités semblaient à peine me remarquer.

— Voici Hannah, me présentait William, sans en dire davantage, quand on me jetait un coup d'œil.

J'avais l'impression qu'il avait un peu honte de moi, même si je savais qu'il avait prévu d'annoncer nos fiançailles.

Mark et Cindy Thompson étaient entourés de leur cour dans un salon de réception. Le premier a lancé une plaisanterie que je n'ai pas entendue, déclenchant l'hilarité de tous les hommes présents. Cindy scintillait dans une robe bleue pailletée qu'elle réussissait, sans qu'on sache comment, à porter avec élégance. J'avais sous-estimé toute la mesure de leur pouvoir pendant le procès.

— William, l'a salué Cindy en embrassant son fils cadet sur la joue.

Elle m'a d'abord ignorée ; puis Mark s'est approché et m'a serrée dans ses bras – un geste inattendu.

— Pourquoi ne pas m'avoir dit que mon fils et vous étiez si proches ? Je regrette que nous n'ayons pas fait plus ample connaissance.

— Ravie de vous revoir, Hannah, a alors fait Cindy en me décochant un sourire comparable à un dégel printanier précoce dans le Minnesota.

Elle ne m'aimait pas, ce n'était pas nouveau ; mais, sous son mépris, j'ai perçu une curiosité prête à faire surface. Si William me permettait de vivre assez longtemps, il était possible qu'elle finisse par m'accepter dans son univers.

J'ai voulu répondre, mais Mark m'a interrompue pour accueillir William.

— Mon fils est enfin de retour parmi nous, s'est-il réjoui avant de reporter son attention sur moi. Vous ne buvez rien ? Il vous faut un verre.

Un garçon muni d'un plateau est apparu. C'était la première fois que j'assistais à une fête dans une maison si vaste qu'il était indispensable d'avoir des domestiques – rien à voir avec les bars minables, improvisés dans les cuisines de minuscules appartements.

— Un pinot grigio, s'il vous plaît.

Je devais avoir plus en commun avec les serveurs qui circulaient dans la pièce qu'avec aucun des autres invités. Les premiers avaient probablement hâte de rentrer chez eux pour raconter à leurs amis qu'ils avaient été embauchés pour une fête donnée en l'honneur de William Thompson.

J'ai parcouru les lieux du regard. Bentley et William m'avaient confié tant de choses sur leur enfance que ça me faisait bizarre de me retrouver dans l'endroit où tout s'était déroulé. On n'avait pas l'impression que des enfants avaient pu habiter cette maison, dont chaque pièce était plus imposante que la précédente. Comment pouvait-on grandir dans une demeure pareille et devenir un tueur ? Ou plutôt, comment grandissait-on dans une demeure pareille *sans* devenir un tueur ?

Je n'avais pas encore aperçu Bentley et Virginia. J'avais beau craindre que William apprenne ce qui s'était produit entre son frère et moi, j'aurais presque aimé qu'ils soient là, ne serait-ce que pour voir des visages familiers, réconfortants. William n'arrêtait pas d'être entraîné dans des conversations sur ce qu'il ressentait, maintenant qu'il était libre – des conversations émaillées de plaisanteries sur l'état lamentable du système carcéral.

— Ce n'était pas vraiment ainsi. J'étais souvent seul. J'écrivais beaucoup de lettres, a ajouté William en lançant un coup d'œil dans ma direction.

Je me suis excusée pour aller aux toilettes, m'emparant au passage de quelques canapés posés sur un plateau. Ça faisait des mois que les membres du forum mouraient d'envie d'explorer la propriété des Thompson, et je n'allais pas laisser filer cette occasion. Je voulais dénicher des preuves susceptibles d'établir un lien entre William et les victimes, autres que celles déjà trouvées dans son bureau. Même si Mark, à mon avis, n'était pas directement mêlé aux meurtres, il avait un comportement suspect. Je ne savais toujours pas pourquoi, le jour où je l'avais suivi, il s'était rendu dans les endroits fréquentés par les victimes. J'avais en tout cas appris une chose : la famille Thompson était plus compliquée qu'elle n'en avait l'air.

En parcourant cette maison, j'ai eu l'impression d'évoluer dans une partie de Cluedo. Je me suis perdue en essayant de regagner l'avant de la bâtisse et me suis brièvement égarée du côté de la cuisine, où une foule d'employés préparaient des plateaux.

Je me suis excusée, avant de remarquer un escalier au fond de la pièce. Il y en avait un autre qui donnait sur le hall d'entrée – le genre d'escalier d'honneur où les jeunes filles s'exhibent pour faire admirer leur robe le soir d'un bal de lycée. Celui de la cuisine, étroit et simple, permettait au personnel d'aller servir des plats aux étages supérieurs en toute discrétion. La propension des riches à dissimuler leurs domestiques allait m'être utile : je pourrais explorer le reste de la demeure sans me faire remarquer.

Au premier étage, je suis arrivée dans un long couloir aux portes fermées. Aux murs étaient accrochés des portraits de vieux types blancs – probablement des ancêtres des Thompson. Je ne savais pas trop ce que je cherchais. Une vraie salle de meurtre détonnerait avec le décor des autres pièces, mais c'était le genre d'endroit où on pouvait tomber sur un corps qui traînait ou sur un enfant malade qu'on avait cloîtré. C'était le problème des maisons anciennes : même splendides, elles étaient affreusement hantées.

J'ai hésité devant la porte la plus proche. J'ai tenté de me remémorer le conte de *Barbe-Bleue*. Une femme entrait dans une pièce interdite où étaient conservés les cadavres de celles qui l'avaient précédée, mais je ne me rappelais plus ce qui se passait ensuite.

J'ai poussé le battant et me suis retrouvée dans une banale chambre d'amis qui ressemblait assez à celle qu'il y avait chez William et moi, bien que le mobilier soit ici plus ornementé. Aucun corps en vue. La pièce suivante était une salle de bains munie d'un W.-C., et j'en ai profité pour vider ma vessie. Même la savonnette du lavabo m'a paru luxueuse.

Derrière la troisième porte, j'ai découvert une chambre d'adolescent. La seule similitude que j'avais jusqu'alors observée entre la résidence des Thompson et la maison de quatre pièces où j'avais grandi était cette chambre conservée telle quelle (il y avait encore des posters accrochés aux murs de la mienne). Dans la mesure où il ne pouvait y avoir là pour les Thompson un quelconque intérêt financier, je devinais que cette décision avait été dictée par un rare élan sentimental. Se débarrasser de la chambre d'un adolescent revenait à détruire la conception qu'on se faisait de son propre enfant, à reconnaître qu'il était désormais un adulte.

Je suis entrée et j'ai refermé la porte derrière moi. J'ignorais si cette chambre avait appartenu à William ou à Bentley. Il y avait le poster d'un joueur de foot américain et, sur le lit, un édredon de flanelle bleue. Un grand bureau était placé devant la fenêtre, qui donnait sur le devant de la demeure, où des flots d'invités continuaient d'arriver. Sur la table étaient posées une balle de base-ball signée à l'intérieur d'une boîte en verre et une photo dans un cadre. Je l'ai prise pour l'examiner de plus près.

J'ai retenu une exclamation. La photo représentait deux garçons – vraisemblablement William et Bentley –, aux visages maculés de sang. Je me suis alors aperçue qu'ils étaient campés près du corps d'une biche : il s'agissait là d'un souvenir de chasse. La présence de l'animal ne m'a que légèrement rassurée, même si je savais que Mark Thompson était un passionné de chasse.

J'ai ouvert les tiroirs du bureau. Contrairement à ce que j'avais pu observer chez William, ils contenaient pêle-mêle des stylos séchés depuis longtemps, de vieux carnets et des devoirs. Des objets éphémères, conservés sans aucune raison. En voyant un cahier rouge sur lequel était inscrit *William* et *Maths*, j'ai compris que j'étais dans sa chambre. Ça m'a un peu réconfortée de constater qu'il n'avait pas toujours été ordonné, que ce trait de caractère, acquis plus tard, n'indiquait pas une psychopathie innée.

J'ai rapidement feuilleté les carnets en quête d'un indice laissant entendre qu'il aurait pu être un « futur tueur ». Seule une série de messages manuscrits m'a intriguée. Ils ressemblaient tant aux lettres que William conservait dans son placard que j'ai dû y regarder à deux fois avant de me rendre compte que c'était le genre de petits mots que les élèves échangent en classe ou glissent dans les casiers de leurs camarades – et non des lettres qu'une femme enverrait à un homme emprisonné pour meurtre. Je les ai glissés dans ma pochette. Personne ne s'apercevrait de la disparition de ces messages, qui prenaient la poussière depuis des années.

Je m'étais absentée trop longtemps. Je suis discrètement sortie de la chambre pour regagner le rez-de-chaussée. La foule était maintenant rassemblée dans le salon de réception, où tous les regards étaient tournés vers Mark Thompson, qui levait une flûte de champagne. William, debout près de lui, paraissait beaucoup moins à l'aise. Je me suis empressée de prendre un verre sur un plateau avant de me joindre à l'assistance.

— Ce procès n'a pas seulement affecté William, disait Mark, mais chacun d'entre nous. Je ne sais comment remercier Dieu et tous ceux qui nous entourent. Sans vous, nous n'aurions pas pu traverser cette épreuve. Je bois à l'avenir !

Ces paroles ont été répétées d'un bout à l'autre de la pièce tandis que les flûtes s'entrechoquaient.

Mark a semblé surpris quand William a levé son verre à son tour.

— Je remercie les miens, famille et amis compris. Comme l'a dit mon père, nous avons tous vécu des moments difficiles. Il y avait cependant une lueur d'espoir dans l'obscurité.

Bon sang. Lorsque William m'avait dit avoir l'intention de parler de nos fiançailles à ses parents, j'avais cru qu'il le ferait en privé. Je prenais à présent conscience qu'il comptait le faire devant tous ces gens.

— C'est au cours de cette période traumatisante que j'ai rencontré Hannah, la femme de ma vie. C'est avec le plus grand bonheur que je vous l'annonce : à ma libération, je l'ai demandée en mariage.

William m'a cherchée du regard, et je l'ai rejoint sous les applaudissements et les acclamations des invités. Mark et Cindy battaient eux aussi des mains, mais leur enthousiasme sonnait faux. J'avais envie de retourner à l'étage en courant pour me cacher dans l'ancienne chambre de William.

— À la tienne, ma chérie, m'a-t-il dit, et nous avons trinqué.

Il ne m'avait jamais appelée comme ça – tout particulièrement en présence de dizaines de personnes. Ce terme m'a paru doucereux, gênant.

— À la tienne, ai-je répondu.

Je sentais les regards des invités braqués sur moi tandis qu'ils se demandaient quel genre de femme était capable de tomber amoureuse d'un tueur en série présumé – et, inversement, quel genre de femme pouvait inciter un tueur en série à tomber amoureux d'elle.

Était-ce un sourire ou une grimace que j'affichais ?

Bentley a été le premier des Thompson à nous féliciter. Il avait dû arriver pendant que j'explorais le premier étage.

— Bravo, William. Je suis impatient de mieux connaître ta fiancée, a-t-il ajouté en me décochant un clin d'œil.

J'ai pris ça comme un signe : il n'avait pas l'intention de raconter à William ce qui s'était produit entre nous pendant le procès.

— Je suis moi aussi impatiente de mieux vous connaître, ai-je répondu d'un ton un peu trop guindé.

— Ce sera bien d'avoir une autre femme dans la famille, a déclaré Virginia.

C'était la première fois qu'elle m'adressait la parole.

— J'aurais aimé que tu nous en parles avant, a dit Cindy à William.

Malgré tout le Botox, elle était encore capable de froncer les sourcils.

— Justement, je viens de le faire.

Sans prévenir, elle m'a pris la main gauche.

— Hannah n'a pas de bague, a-t-elle constaté en me dévisageant comme si c'était ma faute.

— Je n'ai pas encore eu le temps d'en acheter une, a répondu William. Jusqu'à récemment, j'avais d'autres préoccupations en tête.

— Eh bien, je suis enchanté, a assuré Mark. Qui aurait pu imaginer que William rencontrerait la femme de sa vie de cette façon ?

— J'aurais pu le deviner, a répliqué Bentley.

Et nous avons tous ri, comme si c'était là une bonne plaisanterie.

L'atmosphère qui régnait autour de nous m'a fait comprendre qu'aucun des Thompson n'était aussi ravi qu'il le prétendait.

*

Pendant le reste de la soirée, des invités m'ont abordée pour me féliciter, puis pour me poser des questions indiscrètes.

— D'où êtes-vous originaire ?

— Comment William et vous avez fait connaissance ?

— Quel est votre métier ?

J'ai répondu au mieux, même si je commençais à confondre tous ces visages et ces noms. Quand William m'a rejointe, je lui en ai été reconnaissante.

— Hannah est romancière, et elle écrit des lettres merveilleuses, a-t-il dit.

Les gens alentour semblaient considérer que c'était là une véritable carrière. La plupart ont gardé pour eux ce qu'ils pensaient de notre rencontre, et seules de rares personnes ont laissé échapper des commentaires.

— Vous devez écrire incroyablement bien si vous avez réussi à séduire cet homme avec quelques lettres. Au lycée, je m'en souviens, toutes les filles lui couraient après.

— Au moins, William sait que vous lui serez toujours loyale, puisque vous êtes restée à ses côtés de votre plein gré dans cette épreuve.

— Quand avez-vous su que vous l'aimiez ?

Je ne leur ai pas dévoilé que j'aimais William depuis le jour où j'avais vu le visage d'Annaleigh en photo.

J'avais très envie de lire les messages que j'avais trouvés dans sa chambre d'enfant, mais j'étais maintenant trop accaparée pour pouvoir m'éclipser. Tout le monde me parlait comme si nous étions les meilleurs amis du monde depuis des années. J'ai remarqué que la majeure partie des invités appartenaient à la génération de Mark et Cindy. Il y avait peu de gens en dessous de cinquante ans, et la plupart d'entre eux étaient apparemment les enfants des personnes plus âgées. J'ai seulement reconnu Alexis Hutchington, que j'avais vue prendre un café avec Mark avant qu'elle soit appelée à la barre comme témoin de moralité pendant le procès. Vu la façon dont elle passait d'un groupe à l'autre, il était évident qu'elle était à l'aise dans ce milieu. Je me suis dit que Cindy aurait été beaucoup plus heureuse que William se fiance avec une femme comme Alexis.

Bentley s'est approché alors que je savourais un rare moment de paix, en profitant pour engloutir autant de canapés que possible – j'avais bu des gorgées de vin toute la soirée pour meubler des silences gênés, et j'avais donc consommé trop d'alcool sur un estomac vide.

— Ça me fait plaisir de te revoir, Hannah.

Depuis notre baiser, nous n'avions pas eu de vraie conversation.

— Oui, moi aussi, ai-je répondu après avoir avalé, car j'avais la bouche pleine.

— Comment ça va ?

— À merveille. Je suis fiancée. J'écris un roman. Tout ça.

Mon assiette était vide et j'ai regardé autour de moi en quête d'un serveur, mais ils semblaient s'être tous volatilisés.

— Oui, mon frère me l'a expliqué. Félicitations. Nous allons faire partie de la même famille.

— Tu ne vas rien lui dire, j'espère ? À propos de ce qui s'est passé ?

Bentley m'a souri. C'était le sourire éblouissant d'un homme qui se sait irrésistible.

— Je ne sais même pas de quoi tu veux parler.

Il m'a fallu quelques secondes pour me rendre compte que nous étions sur la même longueur d'onde – et qu'il n'avait pas oublié notre baiser. *Pourvu qu'il aime ma robe*, ai-je songé.

— Parfait, ai-je approuvé, et j'ai été heureuse que William apparaisse à côté de moi.

— Les associés de mon père souhaitent te saluer, m'a-t-il dit en plaçant un bras autour de ma taille pour m'entraîner à l'écart de Bentley.

J'ai cru percevoir une tension étrange entre les deux frères – mais je me faisais peut-être des films.

*

Quand William a suivi son père dans une autre pièce pour rejoindre d'autres vieux types que je n'arrivais pas à distinguer les uns des autres, j'ai abordé Alexis Hutchington. Je voulais me faire une idée de ses intentions à l'égard de William. Même si elle avait affirmé que leur relation était platonique, je ne la croyais pas complètement. Je l'avais épiée toute la soirée. De loin, elle semblait aussi belle que d'habitude, mais, de plus près, elle m'a paru un peu crevée, et son maquillage avait bavé autour de ses yeux, donnant l'impression qu'elle avait pleuré. Son haleine empestait l'alcool, et j'ai deviné qu'elle était passablement ivre.

— Alexis ? Je suis Hannah.

— Ah, oui, la nouvelle fiancée ! a-t-elle répondu comme si j'étais la cible d'une blague qu'on ne m'avait pas encore racontée.

J'avais prévu d'engager la conversation par des civilités sur le buffet ou sur ses boucles d'oreilles apparemment coûteuses.

Au lieu de quoi je lui ai demandé si elle était amoureuse de William. Elle a éclaté de rire.

— Vous n'êtes pas la première personne à me poser la question. Nos parents ont essayé de nous marier pendant des années.

— Justement, êtes-vous déjà sortis ensemble ? ai-je insisté.

Alexis m'a scrutée comme si elle cherchait à jauger mon âme, puis elle a parcouru le salon des yeux à la manière de quelqu'un sur le point de dévoiler un secret.

— Au risque d'avoir commis un parjure, je reconnais que quelque chose a failli se produire entre nous il y a quelques années de ça. Nous nous sommes retrouvés pour deux ou trois rendez-vous amoureux, du moins je le croyais, a-t-elle expliqué d'un air réticent.

Hésitait-elle parce que ces propos contredisaient son témoignage ou simplement parce qu'elle était embarrassée d'avoir mal interprété la situation ?

— Il y a un soir où j'ai cru que nous allions passer la nuit ensemble. Mais, une fois chez lui, il s'est mis à pleurer. D'après lui, il n'était pas assez bien pour moi. Quand j'ai cherché à savoir ce qu'il entendait par là, il a répondu qu'il avait peur qu'il m'arrive quelque chose. Il ne pouvait pas être avec moi parce qu'il pensait que ça pourrait me faire du mal.

Elle a baissé sa jolie tête, incapable de croiser mon regard.

— Pourquoi n'avez-vous rien dit pendant le procès ?

Je voulais en apprendre davantage, je voulais qu'elle me décrive le visage de William en larmes.

— Je ne pensais pas que ça aurait de l'importance. Je croyais qu'il serait condamné. Les avocats m'ont préparée. Ils m'ont fait répéter ce qu'il fallait dire. Sur le moment, je n'ai pas eu l'impression de mentir. Si j'ai accepté de témoigner, c'est seulement parce que mes parents le souhaitaient.

Ils ignorent ce qui s'est passé entre William et moi. Pour eux, c'est le gentil garçon qu'ils ont vu grandir et qui s'est juste retrouvé au mauvais endroit au mauvais moment. Et puis Mark m'a quasiment suppliée. Je ne l'avais jamais vu ainsi.

Le rendez-vous dont j'avais été témoin m'est soudain apparu évident. Pendant des jours, je m'étais demandé ce que Mark avait pu raconter à Alexis. Je savais à présent. *J'ai besoin de toi. Notre famille a besoin de toi. Pense à tous les bons moments que nous avons vécus ensemble. Souhaites-tu vraiment que ça ne soit plus jamais ainsi ?* Savoir que j'avais vu Mark Thompson la supplier me procurait une certaine satisfaction.

Alexis s'est tue quand Mark et William sont revenus dans le salon. Plus tard, je me rendrais compte que la veste de mon fiancé empestait la fumée. Son père et lui étaient du genre à s'absenter entre hommes pour fumer des cigares importés hors de prix.

— Merci pour votre franchise, ai-je murmuré à Alexis en lui serrant la main.

Elle s'est éloignée avant que William puisse dire quoi que ce soit et s'est dirigée droit vers le bar aménagé dans un coin de la pièce.

Je n'avais rien appris qui prouve avec certitude la culpabilité de mon fiancé ; toutefois, même si les conversations avec les connaissances des Thompson m'avaient mise mal à l'aise, cette soirée m'avait donné l'occasion de discuter profitablement avec Alexis. William et elle formaient en apparence un couple idéal, et il avait mis un terme à leur histoire d'amour naissante car il redoutait ses propres actions. Quelque chose avait dû changer depuis, ce qui lui avait permis d'entamer une relation avec moi. Soit il se faisait davantage confiance, soit il avait décidé de s'abandonner à ses pulsions – celles contre lesquelles il avait mis Alexis en garde le soir où ils avaient failli coucher ensemble.

— Je vais t'acheter une bague, a chuchoté William à mon oreille quand enfin nous nous sommes mis au lit. Celle qui te plaira. Tu aimes les diamants ? Je t'en trouverai un gros.

J'ai fait mine de gémir en crispant les doigts tandis que ceux de William effleuraient mes mamelons.

Je ne lui ai pas avoué que ce que je désirais par-dessus tout était immatériel. Il pouvait m'offrir des bagues ornées de gemmes, mais aucune ne serait aussi précieuse que la vérité sur ce qui était arrivé aux femmes assassinées, et j'aurais préféré en cadeau une corde autour de mon cou plutôt qu'un joyau à mon doigt.

40

Le lundi, après notre habituelle séance de yoga matinale, je suis allée au café en emportant les messages trouvés dans la chambre de William. J'étais déjà plus forte, plus souple. J'avais acheté plusieurs tenues de muscu assorties semblables à celles que Jill portait dans ses publications sur Instagram ; maintenant que j'avais accès à la carte de crédit de William, j'avais de quoi me les offrir. J'avais l'air en forme, à la manière des gens qui fréquentent un club de fitness. Au yoga, les autres femmes continuaient de nous observer, William et moi, mais je commençais à apprécier leurs regards. J'espérais qu'à chaque posture mon corps affirmait : *Oui, je fais l'amour avec un tueur en série acquitté.*

— Je vais travailler sur mon roman, ai-je annoncé à William avant de partir.

Même si nous avions déjà petit-déjeuné ensemble, j'ai pris un croissant avec mon latte – mes angoisses financières se dissipaient déjà, comme un serpent qui se débarrasse de sa vieille peau. Je me suis installée à ma table habituelle près de la fenêtre et j'ai soigneusement sorti les messages de mon sac. Je regrettais de ne pas avoir de gants blancs d'archiviste.

Ce devoir de maths était trop dur, commençait le premier petit mot. *Je l'ai raté, c'est sûr, même après avoir autant révisé. M. Seager veut qu'on se plante, c'est évident. Ses questions n'avaient rien à voir avec celles du manuel.*

Il n'y avait pas de message en retour de William, probablement parce que ses réponses avaient été conservées par leur destinataire, ou se trouvaient peut-être même dans un autre bureau d'enfant. C'était comme quand on écoute un appel téléphonique et qu'on entend un seul interlocuteur. L'écriture, formée de jolies boucles, était visiblement féminine.

Tu savais que Samantha était amoureuse de Tommy ? Ne lui dis rien. Elle me tuerait si elle apprenait que je t'en ai parlé. Elle veut qu'il l'invite au bal. Tu crois qu'il va le faire ?

La teneur de ces messages était décevante, même pour l'ancienne lycéenne que j'étais. Ils me rappelaient à quel point les autres, au fond, étaient assommants. Je me fichais de savoir qui avait aimé qui des années plus tôt. Je voulais en apprendre davantage sur William et découvrir si, adolescent, il avait montré une propension à devenir un tueur en série un jour. Parfois, l'autrice de ces notes se lançait dans des confessions pleines d'émotion.

J'ai hâte de partir d'ici. Je veux aller à la fac en Californie. Aussi loin que possible, dans un endroit où je ne connais personne.

Cependant, la plupart du temps, elle parlait de ce qui se passait au lycée, des petites tragédies du quotidien, de ses devoirs qui l'angoissaient. Elle dramatisait constamment, affirmant qu'elle échouait presque partout, avant de raconter qu'elle avait finalement obtenu 20 sur 20. Rien n'indiquait que William et elle avaient une relation amoureuse, mais j'ai supposé que l'un d'eux au moins s'intéressait à l'autre, vu cette correspondance assidue. Je n'y ai trouvé qu'une allusion à un acte de violence.

J'ai appris, pour la bagarre. Tu n'aurais pas dû être exclu temporairement, c'est injuste. Tu ne pourras même pas lire ce mot avant ton retour.

Cette dernière remarque confirmait ce dont je m'étais doutée, à savoir que ces messages étaient échangés pendant les cours.

Sinon, je n'ai rien glané, à part le prénom de cette fille.

Parfois, je me dis bon Dieu, Gracie, tu es tellement bête.

J'ai réfléchi un instant, mais je n'avais jamais entendu William mentionner une Gracie. J'ai passé le reste de la matinée à rafraîchir le fil d'actualités du forum au point d'en connaître toutes les dernières publications par cœur. Je suis alors rentrée à la maison, où j'ai regardé la télévision tout l'après-midi ; j'ai pris soin de ranger le salon avant le retour de William – je ne voulais pas qu'il me surprenne affalée sur le canapé.

Les jours suivants, mon enquête a piétiné. J'attendais sans cesse qu'un événement se produise, mais il n'y avait rien de bien nouveau sur le forum et j'étais certaine d'avoir fouillé la maison de fond en comble. De temps à autre, j'allais dans le bureau de William pour jeter un coup d'œil au coffret, dont le contenu n'avait apparemment pas été dérangé. Si ces objets étaient réellement des souvenirs de ses crimes, il n'éprouvait visiblement pas le besoin de régulièrement les contempler. J'avais hâte de retourner chez ses parents, mais il me disait qu'il voyait suffisamment sa famille au travail et préférait passer son temps libre seul avec moi.

À défaut de preuves matérielles, j'espérais que ses faits et gestes me dévoileraient quelque chose.

Un jour, il est revenu de son jogging avec son survêtement couvert de sang.

— Tu n'as rien ? ai-je demandé, même si je savais déjà que ce n'était pas lui qui avait saigné comme ça.

— Non, t'inquiète, a-t-il répondu, hors d'haleine. Je suis tombé sur un chien blessé. Je suis resté auprès de lui en attendant que l'employé d'un refuge vienne le chercher. Par chance, ce n'est qu'une blessure superficielle et il va s'en sortir.

Son histoire était suspecte. Pourtant, la semaine suivante, la page d'adoption du refuge a posté la photo d'un chien correspondant à la description de l'animal secouru par William.

Un autre jour, en entrant dans la cuisine, j'ai trouvé plusieurs sacs remplis de bâches, de briques et de divers outils achetés dans un magasin de bricolage. William avait-il décidé de bâtir une sorte d'abri pour y commettre des meurtres ou de m'emmurer vivante, comme le criminel dans une nouvelle d'Edgar Allan Poe[1] ?

J'ai passé des heures à élaborer des stratégies sur la meilleure manière d'aborder le sujet avec lui ; puis, à son retour, il m'a annoncé tout excité qu'il avait prévu de construire un four à pizza dans le jardin. Plein d'enthousiasme, il a consacré tout un après-midi à ce projet avant d'abandonner le matériel dans l'herbe pour ne plus jamais y toucher.

1. Allusion à une nouvelle intitulée *Le Chat noir* (*The Black Cat*), publiée en 1843.

J'ai ensuite été convaincue que la face cachée de William allait m'être enfin révélée un soir où, pendant les préliminaires, il a sorti une paire de menottes. Je me suis préparée à mourir – une émotion que j'éprouvais si souvent qu'elle avait perdu de sa vigueur ; mon corps criait au loup, mais le loup en question n'était finalement qu'un homme adepte du cunnilingus. *Cette fois, c'est la bonne*, ai-je tâché de me persuader. *Cette fois, il va vraiment se transformer en bête sanguinaire.*

— Qu'est-ce que c'est ? ai-je demandé.

— J'ai envie d'innover, a-t-il répondu avant de me menotter au montant du lit. Je reviens tout de suite.

Il est sorti de la chambre et, pendant les quarante secondes durant lesquelles je l'ai attendu, j'ai envisagé de quelle façon il avait prévu de me tuer. Il y aurait probablement une strangulation, même si, d'après les médecins légistes qui avaient témoigné à la barre, l'assassin aimait prendre son temps. Avant que je parvienne à me dégager des menottes – il faut dire que je n'y mettais pas beaucoup d'entrain –, il est revenu avec une bombe de crème fouettée, un sourire malicieux aux lèvres.

— Et si on s'offrait une petite gâterie ? a-t-il proposé.

J'ai dissimulé ma déception au mieux.

D'autres jours, il était simplement de mauvaise humeur à cause de tensions avec les siens, me semblait-il.

— J'ai du mal à collaborer avec mon père et mon frère, m'a-t-il confié un soir au dîner. J'étais déterminé à ne plus jamais travailler pour ma famille. Je voulais tracer ma propre voie, et me voilà coincé dans ce cabinet.

Il ressassait régulièrement la remarque de sa mère sur ma bague de fiançailles. Il regardait fixement ma main.

— Un peu de patience, me disait-il.

Je n'avais pas le cœur de lui expliquer que nos fiançailles posaient à Cindy un problème autrement plus important qu'une simple histoire de bague. Elle avait flairé sur moi que j'étais l'« une de ces femmes », comme si je dégageais l'odeur d'un corps en décomposition, alors même que j'étais encore en vie.

— J'ai tellement hâte, répondais-je.

Tandis que j'attendais qu'il me tue, William et moi avons trouvé notre rythme.

Tous les matins, nous allions au yoga et, le soir, nous faisions des dîners équilibrés où tous les groupes d'aliments étaient représentés. Le samedi, nous allions au marché des producteurs et achetions des fleurs fraîchement coupées pour égayer notre intérieur. Nous prenions des selfies qu'il m'interdisait de publier en ligne pour des raisons de sécurité. William vivait en sachant qu'il y aurait toujours des gens qui continueraient de le croire coupable et souhaiteraient sa mort, et il ne voulait pas que je coure moi aussi ce risque. Je ne lui avais cependant pas avoué que le forum était désormais au courant de mon existence ; ses membres s'étaient activés pendant une journée entière, postant toutes les photos de moi qu'ils avaient pu dénicher, examinant toutes les facettes de ma personnalité et suggérant que c'était peut-être moi qui avais tué Kelsey Jenkins – avant de passer à un autre sujet de conversation. Ces internautes ignoraient que je lisais tout ce qu'ils racontaient sur moi et que j'avais moi-même suivi le mouvement en ajoutant quelques piques de mon cru sur mes dents du bas tordues et mes vêtements bon marché. Leurs insultes me blessaient, mais mon invisibilité me permettait de me sentir supérieure à eux ; évidemment, ai-je brièvement raisonné, je contribuais anonymement au forum et, de la même manière, j'ignorais tout de la véritable identité des autres membres. Au moins, dans cet espace, je pouvais parler publiquement des fiançailles de William, même si c'était une raison de plus pour que les utilisateurs me détestent.

Je brûlais de publier une photo de William et moi afin de capter leur attention. Je voulais que ceux qui ne le connaissaient pas voient à quel point il était beau. Je voulais que d'anciennes copines, en tapant mon nom dans un moteur de recherche, s'exclament « Oh, c'est pas croyable, Hannah sort avec le tueur en série qui a été acquitté ! », et qu'elles en parlent à tout le monde. Puisque je ne pouvais rien poster qui aurait dévoilé son identité, j'ai simplement publié une photo de nos doigts entrelacés de façon suggestive.

Meghan et Carole ont visiblement été les seules personnes à la remarquer.

Tu sors avec quelqu'un ??? J'ai hâte que tu me racontes tout ça à mon mariage !!! C'était le premier texto que Meghan m'envoyait depuis des semaines. Le fait que je sois en couple semblait rouvrir les perspectives d'amitié qui s'étaient fermées ces derniers temps.

Carole m'a laissé un message vocal : « Hannah, j'ai vu la photo que tu as publiée en ligne. Ne me dis pas que tu es avec cet homme, s'il te plaît. »

Oui !!! ai-je répondu à Meghan. Je nous ai imaginés, William et moi, partant en week-end à Minneapolis pour assister au mariage de Meghan. Nous réserverions une suite dans un hôtel au lieu de loger chez mes parents, et j'exhiberais mon fiancé devant toutes mes copines pendant qu'elles chuchoteraient entre elles en se demandant qui il était.

Je n'ai pas répondu à Carole. Je ne voulais pas de sa désapprobation. Je ne pouvais pas l'assurer de l'innocence de William, puisque je n'en étais moi-même pas convaincue.

Malgré l'absence de bague, William et moi avons commencé à préparer notre mariage en arrêtant notre choix sur une galerie d'art locale, un endroit idéal pour une cérémonie toute simple.

— Avec mes parents, tout peut devenir un vrai cirque, a déclaré William.

J'ai fait une liste des invités dans ma tête : mes parents, deux cousins, mes tantes et mes oncles, et plusieurs points d'interrogation à côté du nom de Meghan. J'ai envisagé d'y ajouter Dotty et Lauren avant de me raviser, car je n'arrivais pas à savoir si ça paraîtrait bizarre que d'autres femmes obsédées par mon futur époux assistent à notre mariage. À ma connaissance, aucune d'elles n'avait été informée de nos fiançailles. Chaque fois que j'étais tentée de leur envoyer un texto, j'éprouvais un sentiment de culpabilité et de satisfaction mêlées, car j'étais celle qui avait réussi à persuader William de se ranger ; j'ai fini par décider qu'il valait mieux les laisser dans l'ignorance.

Nous avons choisi de nous marier neuf mois plus tard, ce que William qualifiait de « bientôt » – preuve selon moi qu'il n'allait pas essayer de me tuer avant.

Nous avons fixé une date pour notre mariage, ai-je écrit dans la colonne « Innocent » de mon carnet.

Quand William était au boulot, je passais mon temps soit sur le canapé, à dévorer des émissions de téléréalité débiles, soit au café, où je consultais le forum et jouais au solitaire sur mon ordinateur.

— Comment avance ton roman ? me demandait-il parfois.

— Super bien, répondais-je invariablement, alors que je n'avais toujours rien écrit de plus que les deux phrases composées le jour où j'avais commencé.

— J'espère que tu me le feras lire un de ces jours.

— Oui, évidemment. Quand il sera terminé.

Sur le forum, les internautes se décourageaient. Non seulement il n'y avait aucune piste sur le meurtrier éventuel de Kelsey Jenkins, mais on ne savait toujours pas non plus ce qui était arrivé aux quatre premières victimes. Alors même qu'ils juraient s'être engagés à retrouver le tueur, les conversations glissaient sur les documentaires et les livres consacrés aux faits divers qu'ils préféreraient. Les affaires dont on avait déjà rendu compte étaient plus satisfaisantes que celles qui étaient encore en cours parce qu'elles avaient été élucidées – et, dans le cas contraire, elles faisaient désormais partie de la culture populaire, comme celle du Dahlia noir[1]. William se situait quant à lui dans une zone confusément trouble.

Si seulement il commettait un nouveau meurtre, nous aurions d'autres éléments sur lesquels nous appuyer, a plaisanté un internaute.

Il ne faut pas dire des choses pareilles, a répliqué un autre. *Ce sont des êtres humains qui sont concernés.*

Le jour où tout a changé, je mangeais un toast à l'avocat et buvais un latte au caramel tout en épiant le groupe qui étudiait la Bible à la table voisine.

— Ce passage me parle vraiment, disait une fille. Je me suis rendu compte d'une chose : si Brett a rompu avec moi, c'est parce qu'il a senti que nous n'étions pas faits l'un pour l'autre. Nous ne sommes pas des âmes sœurs.

J'ai paresseusement rafraîchi le profil du forum, plus par habitude qu'autre chose. Une utilisatrice avait posté une photo prise dans le bar où travaillait Kelsey, et je me suis mise à scroller quand j'ai remarqué, sur le comptoir derrière elle, un bol rempli de pochettes d'allumettes. J'ai zoomé et, même si

1. Surnom posthume donné à Elizabeth Short (1924-1947), une jeune Américaine de Los Angeles dont le meurtre ne fut jamais élucidé.

l'image était floue, un détail m'a paru familier. J'ai parcouru les photos sur mon téléphone – les repas gastronomiques préparés par William, un chien mignon croisé lors d'une promenade et un nombre embarrassant de selfies –, avant de retrouver celles que j'avais prises dans le bureau, la semaine de notre emménagement.

— Merde alors ! ai-je lancé d'une voix forte, et les étudiants attablés près de moi se sont retournés pour me dévisager.

La pochette d'allumettes était identique à celle que j'avais découverte dans le coffret de William.

J'ignorais ce qu'il fallait en déduire. Ce que je venais de découvrir semblait laisser entendre une chose impossible, une chose que certains contributeurs du forum affirmaient depuis le début : à savoir que William, depuis sa cellule, avait mystérieusement joué un rôle dans le meurtre de Kelsey Jenkins.

41

J'aurais voulu me rendre immédiatement dans le bar où Kelsey travaillait, mais c'était impossible, car William et moi avions été invités à dîner chez ses parents.

Je n'avais revu aucun des Thompson depuis la fête donnée pour la libération de William.

— Ils sont tous très enthousiastes à l'idée de notre mariage, m'avait-il assuré à plusieurs reprises, d'une façon insinuant qu'ils avaient en réalité des réserves.

La pochette d'allumettes attendrait. J'ai gardé pour moi cette découverte et suis rentrée à la maison pour me préparer. Après de longues recherches, j'avais réussi à trouver, sur un site de revente chic, une robe semblable à celle qu'Annaleigh avait portée à l'enterrement de vie de jeune fille d'une amie – une tenue parfaite pour une réunion de famille chez les Thompson. Je l'ai agrémentée de boucles d'oreilles qui ressemblaient à une paire ayant appartenu à Emma – William me les avait achetées sur un marché artisanal.

— Tu es splendide, m'a-t-il félicitée à son retour du travail.

De manière tout à fait déraisonnable, je mourais d'envie de lui parler de la pochette d'allumettes, non pas parce que je voulais me confronter à lui, mais parce que j'avais pris l'habitude de lui raconter les détails les plus banals de mes journées : ce que j'avais mangé, ma forme physique, mes mensonges sur mon roman qui n'avançait pas. Il était agréable d'avoir un compagnon, quelqu'un à qui confier des choses, même anodines ou idiotes. Il s'avérait incroyablement difficile de ne pas pouvoir parler de William à William.

Je l'ai regardé pendant qu'il se changeait et passait une chemise propre. *As-tu engagé quelqu'un pour tuer Kelsey Jenkins ?* voulais-je lui demander. *Pendant que tu correspondais avec moi, étais-tu aussi en communication avec un assassin à qui tu donnais des instructions ? A-t-elle été tuée simplement pour détourner l'attention, ou pour un tout autre motif ? À cause d'un verre mal servi, d'une addition erronée ou parce qu'elle avait repoussé tes avances ?*

William s'est aspergé de parfum et m'a souri.

— Tu es prête ?

Il était incapable de lire dans mes pensées, c'était l'évidence même.

Chez les Thompson, une bonne nous a ouvert et nous a conduits au salon de réception, où Mark, près d'un chariot à boissons, tenait un verre rempli d'un liquide ambré. Assise sur un canapé, Cindy buvait déjà un martini.

— Ma future belle-fille, a annoncé Mark quand nous sommes entrés.

Il m'a serrée dans ses bras avant d'échanger une poignée de main avec William – un geste guindé entre un père et un fils.

Cindy m'a scrutée un instant afin d'étudier mon allure avant de se lever pour nous accueillir.

— Heureuse de vous revoir, Hannah.

Chacune de ses paroles était à double sens. Alors même qu'elle proférait cette affirmation, son ton désapprobateur était chargé de répugnance. Sa grande froideur me blessait. Malgré moi, je désirais son approbation. Alors même que son fils avait sans doute tué plusieurs femmes, elle semblait insinuer que je n'étais pas assez bien pour lui.

— Que voulez-vous boire ? m'a demandé Mark.

— La même chose que Cindy, ai-je dit en indiquant son verre, dans l'espoir qu'elle prendrait ça comme un signe de bonne volonté de ma part.

Je n'étais d'ordinaire pas très martini, mais je n'avais pas non plus l'habitude de dîner dans des résidences pareilles.

Mark me tendait un verre quand Bentley est entré dans la pièce.

— Hannah, m'a-t-il saluée en m'embrassant sur la joue, y laissant la sensation de ses lèvres.

— Bentley, ai-je poliment répondu.

Virginia et leurs deux enfants le suivaient. Les garçons, soigneusement peignés, portaient des chemises à col boutonné et des nœuds papillons. Ils ont serré leur grand-père dans leurs bras, puis se sont assis bien sagement sur le canapé à côté de leur grand-mère.

— Je prendrai un verre de lait, s'il te plaît, a dit l'aîné.

— Moi aussi, a ajouté son frère.

C'étaient de curieux enfants, comparables à des adultes enfermés dans des corps minuscules ; ils n'avaient rien de commun avec les bébés indisciplinés que mes amies avaient commencé à pondre. D'après William, comme Bentley et lui par le passé, ils étaient élevés par des nourrices. Par la suite, ils fréquenteraient les mêmes écoles privées, où leur admission était déjà assurée parce qu'ils y seraient les fils d'un ancien élève.

Je me suis assise sur le canapé en face d'eux.

— Quel âge avez-vous ? ai-je demandé.

— J'ai cinq ans, a répondu le plus jeune.

— Et moi huit ans, a ajouté son frère après m'avoir observée d'un œil attentif, un peu à la manière de sa grand-mère.

Il ressemblait déjà à Bentley. Je voyais son avenir se dérouler comme un film. Il serait le garçon riche et populaire du lycée. Il serait pris dans la même université que son père et enrôlé dans la même association d'étudiants, dont il serait forcément élu président. Il rencontrerait une femme qui serait le portrait de Virginia et qu'il épouserait après un laps de temps convenable. Il rejoindrait le cabinet d'avocats de son grand-père, devenu celui de Bentley et de William – à moins que ce dernier ne me tue d'abord.

J'ai demandé qu'on me resserve un martini. William s'est installé à côté de moi et a glissé son bras autour de ma taille.

— Qu'est-ce vous apprenez à l'école ? les ai-je interrogés.

— J'apprends à lire, a dit le plus petit, soudain radieux.

Son grand frère a ricané, comme si j'avais posé une question idiote, et j'ai été soulagée quand la bonne est venue nous annoncer que le dîner était servi.

— Du vin ? a-t-elle proposé après que nous nous sommes assis.

J'ai accepté avec empressement tout en avalant d'un trait ce qui restait de mon martini.

Le repas a débuté par une salade servie sur de délicates assiettes blanches.

— Alors, Hannah, que font vos parents ? s'est enquis Mark alors que je croquais un croûton.

— Mon père est à la retraite et ma mère est enseignante.

— Elle a bien de la chance d'être en vacances tous les étés, a-t-il commenté en riant.

Je me suis mordu la langue en espérant dissimuler ma contrariété – je pensais à la façon dont ma mère aurait réagi à cette remarque. Elle n'était toujours pas au courant de mes fiançailles, mais savait que je voyais quelqu'un. Elle essayait d'appeler de temps à autre, et je répondais parfois, offrant de vagues réponses lorsqu'elle cherchait à savoir où j'habitais exactement. « Ne t'en fais pas, maman, je vais bien », affirmais-je. Même s'il était clair qu'elle ne me croyait pas, elle n'insistait pas. Je la soupçonnais de ne pas vouloir en apprendre davantage.

— Et quel métier votre père exerçait-il avant de prendre sa retraite ? a poursuivi Mark.

C'était manifestement le genre d'homme pour qui la vie professionnelle comptait par-dessus tout, et mes réponses ne pourraient que le décevoir.

— Il était dans la gestion de données. Je n'ai jamais vraiment compris en quoi ça consistait, ai-je ajouté d'un air contrit.

William a changé de sujet pour parler de football, ce dont je lui ai été reconnaissante. Je me suis excusée en prétextant un besoin pressant. Je n'avais pas menti – ma vessie était pleine au point que c'en était inconfortable, la bonne n'arrêtant pas de remplir nos verres d'eau et de vin.

Je n'avais pas l'intention de fouiner. Sincèrement. J'avais déjà une piste avec la pochette d'allumettes, et ma précédente expédition dans cette maison n'avait rien révélé d'intéressant. Sans savoir comment, j'ai dépassé la porte des toilettes que Cindy m'avait indiquées et me suis retrouvée en train d'explorer le reste du rez-de-chaussée.

Je me moquais du salon et du vestibule. La demeure familiale des Thompson contenait si peu d'effets personnels que c'en était déroutant. L'argent permettait apparemment, entre autres choses, d'effacer sa propre présence. Je me suis dirigée droit vers la pièce située à l'arrière de la maison, où j'avais vu Mark disparaître avec plusieurs de ses associés pendant la fête.

C'était un bureau lambrissé de bois sombre. Il y avait une cheminée qui m'a paru un peu trop grande vu le climat de la Géorgie. Elle était surmontée d'une tête de cerf empaillée, et j'ai repensé avec inquiétude à la photo montrant William et son frère à la chasse, leurs visages maculés de sang. Sur un autre mur, des étagères étaient remplies de beaux livres, forcément décoratifs. Le mur d'en face était couvert d'armes à feu.

Celles-ci étaient accrochées à la manière de précieux tableaux et non comme des objets ayant pour seule fonction de donner la mort. Il y en avait de toutes les tailles – la seule caractéristique qui, à mes yeux, les distinguait les unes des autres. Certaines devaient tuer vite et d'autres, plus anciennes, lentement. Pourquoi Mark avait-il besoin d'autant d'armes ?

— Ce ne sont pas les toilettes, a dit une voix derrière moi.

J'ai sursauté.

— Bentley ! Tu m'as fait peur.

J'étais heureuse de le voir lui, et pas son père. J'imaginais mal Mark me tirant dessus pour me punir de cette intrusion, mais ça ne me semblait pas complètement improbable.

Bentley a affiché un grand sourire.

— Tu t'es absentée un bon moment, et j'ai voulu m'assurer que tu ne t'étais pas perdue.

— J'ai trouvé les toilettes. Simplement…

— Tu as eu envie de visiter la maison ? C'est compréhensible. Elle est gigantesque. Virginia espère que nous en hériterons mais, en toute franchise, je préférerais la vendre.

— C'est drôle. Je croyais que ce genre d'endroit était bien ton style.

— Non, j'apprécie ce qui est un peu plus moderne.

Il s'est avancé dans la pièce et l'a parcourue du regard comme s'il la découvrait pour la première fois.

— Pourquoi ton père possède-t-il autant d'armes à feu ? ai-je demandé en indiquant le mur. Il aime chasser, peut-être, ou quelque chose dans ce goût-là ?

— Oui, quelque chose dans ce goût-là.

Je l'ai dévisagé d'un air intrigué, et il a haussé les épaules.

— Il aime les objets hors de prix, dangereux, et les armes remplissent ces critères. Quand nous étions gamins, il nous emmenait au club de tir, mais je ne sais pas si, de nos jours, il y retourne souvent.

J'ai observé le mur et me suis rembrunie. J'ai repensé au coffret dans le bureau de William, au poids du revolver dans ma main, à ce que j'avais trouvé en dessous : la carte du club de sport, l'élastique à cheveux, le marque-page et le paquet de cigarettes à l'intérieur duquel était glissée une pochette d'allumettes – une pochette qui venait du bar où Kelsey avait été employée. J'ignorais encore s'il y avait un lien avec la collection d'armes à feu de Mark, mais j'étais seule avec Bentley, une occasion à ne pas manquer.

Il savait des choses sur son frère, des choses que les autres refusaient d'admettre. « William est quelqu'un de compliqué. Il peut être dangereux », m'avait-il dit lors de notre première conversation. Il m'aiderait peut-être à comprendre comment ces allumettes étaient arrivées dans le tiroir de William, comment celui-ci était susceptible d'être impliqué dans le meurtre de la barmaid, bien qu'il fût en prison au moment de sa mort.

De toute façon, même si Bentley ne savait rien, je mourais d'envie de parler à quelqu'un de cette pochette d'allumettes. Il m'était impossible de le faire sur le forum : j'aurais alors été obligée de dévoiler que j'étais la fiancée de William, une femme que j'avais insultée en me cachant derrière un pseudonyme. Je ne pouvais rien dire non plus à William, car il aurait fallu que j'admette avoir fouillé dans ses affaires ; dans le meilleur des cas, cet aveu ternirait mon image de fiancée sympa et, dans le pire, William entrerait peut-être dans une rage meurtrière. Me confier à Bentley revenait presque à me confier à William. Dans la pénombre, ses traits étaient quasi identiques à ceux de son frère.

— J'ai trouvé quelque chose, ai-je dit.

— Quoi donc ?

— Une pochette d'allumettes dans le bureau de William. Elle vient du bar où travaillait Kelsey Jenkins.

Bentley a cessé de faire les cent pas pour me regarder, et son visage a momentanément perdu son apparence joviale.

— Ce nom m'est familier.

— C'est la femme qui a été tuée pendant le procès, ai-je précisé, incrédule.

Était-il réellement possible qu'il ne sache plus de qui il s'agissait ? J'avais parfois l'impression d'être la seule à me souvenir des victimes, dont les noms, contrairement aux actes infâmes de William, avaient déjà été oubliés.

Bentley a détourné les yeux pour contempler le mur couvert d'armes à feu.

— Tu espionnes mon frère ?

Il a pris un cigare posé sur la table et a examiné son étiquette.

— Je n'appellerais pas ça comme ça.

Il a levé un sourcil. Il y avait quelque chose d'espiègle dans ce mouvement, même s'il continuait d'afficher un air grave.

— Bon, d'accord, je l'espionne peut-être. En tout cas, j'ai besoin qu'on m'accompagne jusqu'à ce bar. Tu veux y aller avec moi ?

J'ai aussitôt regretté cette invitation. Quand on est fiancée à un tueur en série, s'il y a bien une chose à ne pas faire, c'est de se rendre dans un bar avec le frère du tueur en question afin d'enquêter sur un meurtre.

Il a reposé le cigare.

— Oui.

Nos yeux se sont croisés – un regard qui dénotait une certaine familiarité. J'avais conscience que ce que nous avions décidé d'entreprendre n'était pas anodin.

Nous n'avons pas eu le temps d'échanger davantage, car William est apparu sur le seuil.

— Que faites-vous ?

Il avait sur son visage l'expression qu'il affichait habituellement quand il était contrarié et qu'il essayait de le cacher.

— Rien. Je faisais juste visiter la maison à Hannah, s'est empressé d'expliquer Bentley.

— Le repas refroidit, a précisé William, comme s'il l'avait préparé lui-même.

Nous avons regagné la salle à manger, où le fils aîné de Bentley racontait qu'il avait été choisi pour jouer le rôle principal dans le spectacle de son école. J'ai observé Mark pendant que son petit-fils parlait. Je le considérais différemment maintenant que j'avais découvert sa collection d'armes à feu. Il a découpé un morceau de son steak et l'a trempé dans son jus avant de le mettre dans sa bouche et de le mâcher vigoureusement. J'ai repensé au jour de notre première rencontre : je l'avais pris pour un homme gentil parce qu'il semblait amical avec de nombreuses personnes et qu'il souriait souvent ; depuis, je m'étais rendu compte que les sourires pouvaient être employés comme des armes et la gentillesse servir à dissimuler une colère latente.

J'ai noté qu'il me faudrait ajouter *Son père collectionne les armes à feu* dans mon carnet dès que je me retrouverais seule.

Pendant le dessert, il s'est produit deux choses.

D'abord, William a posé un genou à terre et a ouvert une petite boîte. Celle-ci contenait le plus gros diamant que j'aie jamais vu – ce qui ne voulait finalement pas dire grand-chose étant donné que je ne passais pas ma vie à admirer des diamants.

— Je te propose de nouveau de m'épouser, a-t-il déclaré. En y mettant les formes, cette fois.

Tandis qu'il expliquait combien les moments où nous étions ensemble lui étaient précieux et qu'il m'aimait chaque jour davantage, j'ai (un peu) regretté de m'être interrogée toute la journée sur sa possible culpabilité.

Il a glissé la bague à mon doigt. J'espérais qu'il n'y avait aucun reste du soufflé au chocolat sur ma main. L'anneau était trop large, et le diamant a aussitôt glissé sur le côté.

William a froncé les sourcils.

— Nous la ferons mettre à ta taille.

Sa demande en mariage a été éclipsée par ce qui est ensuite arrivé.

— Ce n'est pas pour vous voler la vedette, a dit Bentley, mais Virginia et moi avons nous aussi une annonce à faire.

J'ai ouvert et fermé le poing en tripotant la bague à mon annulaire.

— Nous attendons un enfant, nous a appris Virginia.

Cindy a laissé échapper un cri de joie strident. L'aîné des petits garçons a levé les yeux au ciel.

— Félicitations, a fait William d'un air contraint.

— C'est exactement ce dont nous avions besoin après les épreuves de l'année écoulée, a déclaré Mark.

— Nous sommes enthousiastes à l'idée de donner la vie à un nouvel être, a assuré Virginia.

Dans la voiture, William était abattu.

— Je suis censé être heureux pour mon frère, je le sais. Et c'est le cas. Simplement, je voulais que ce soit un moment privilégié pour toi. Pour nous.

— Ça l'a été.

— Bentley a toujours besoin d'être au centre de l'attention. Au fait, qu'est-ce que vous racontiez, dans le bureau ?

— Rien, ai-je répondu en contemplant l'obscurité par la vitre.

— Rien ?

— Il me parlait de la maison.

— Ah, a-t-il fait d'un ton dubitatif.

Ce soir-là, William m'a baisée avec voracité, comme le jour où il était venu me retrouver dans ma chambre d'hôtel après une abstinence de plusieurs mois.

— Je veux te faire un enfant, a-t-il dit une fois qu'il eut terminé, son souffle chaud contre mon visage.

— Il faut qu'on en discute.

— Je suis sérieux. Je veux que nous ayons un bébé. Je veux qu'il ait la vie que je n'ai jamais eue.

J'ai pensé à la résidence des Thompson, à la bonne aux petits soins pour cette famille.

— D'accord, ai-je répondu, et je l'ai embrassé sur la joue.

Quand je me suis levée pour aller aux toilettes et que son sperme a coulé entre mes cuisses, j'en ai été gênée. La perspective d'un enfant avait quelque chose de contraignant, comme si on m'avait ligotée de manière incommode. J'ai pensé qu'il me faudrait constamment surveiller ma propre progéniture au cas où des penchants meurtriers se manifesteraient.

42

QUAND, UN APRÈS-MIDI, Bentley s'est pointé chez nous, je me suis soudain rappelé que je lui avais proposé de m'accompagner au bar. J'étais encore en tenue de yoga. À dire vrai, j'avais prévu de rester habillée comme ça jusqu'au soir. Lorsqu'on a sonné, j'ai cru que c'était un livreur.

— Bentley, l'ai-je salué en le découvrant sur le pas de la porte.

— Tu tiens toujours à aller dans ce bar ?

J'ai réfléchi un instant.

— Oui.

Je l'ai invité à entrer. Il s'est assis sur le canapé d'un blanc immaculé pendant que j'allais enfiler une robe et me maquiller. En appliquant de l'eye-liner, ma main a violemment tremblé, et j'ai dû recommencer.

— Prête, ai-je annoncé en revenant dans le salon.

— Tu es jolie.

— Merci.

Je n'aurais pas dû avoir l'impression que c'était un rendez-vous amoureux, je le savais, mais c'est ce que j'ai ressenti.

— Tu n'es pas censé être au boulot ? ai-je demandé tandis qu'il roulait vers la voie express.

— Je décide de mon emploi du temps, a-t-il répondu avant de me lancer un coup d'œil. Et toi ? Tu n'es pas censée écrire ton roman ?

La façon dont il a prononcé le mot « roman » m'a fait rougir, comme si je me contentais de colorier un livre pour enfants.

— J'ai le droit de faire des pauses, ai-je répliqué.

Un silence de plusieurs minutes s'est installé entre nous et j'aurais aimé que Bentley mette de la musique. J'étais trop nerveuse pour le faire moi-même, craignant qu'il se moque de mes choix.

— Dis-moi, Hannah, a-t-il fini par reprendre. Qu'as-tu appris sur mon frère ?

Je savais que William aurait eu horreur de ce genre de question, mais ça ne m'a pas empêchée de sortir mon carnet de mon sac.

— Pas mal de choses. Il prend soin de son corps. Il aime manger sain et rester en forme, même s'il se fait parfois plaisir en achetant un hamburger et un milk-shake dans un fast-food. Il parle plus de livres qu'il n'en lit vraiment – je crois qu'il manque de confiance en lui sur ce point –, et il aime regarder des drames à la télé. Il cuisine bien, mais seulement les plats qu'il a appris à préparer. Il aime s'en tenir aux choses pour lesquelles il est doué, ce qui est valable pour la plupart d'entre nous, je suppose. Il est très ordonné et ça l'énerve quand les choses ne sont pas à leur place. Il n'arrive pas à se concentrer si c'est la pagaille autour de lui. Il aime son métier, mais préférerait avoir son propre cabinet plutôt que de travailler pour votre père.

Je me suis tue un instant pour feuilleter mon carnet, ne sachant si j'avais envie d'en dévoiler davantage.

— Oh, et il a un revolver.

— Moi aussi. Ça fait de moi un meurtrier ? a rétorqué Bentley de son ton aguicheur habituel.

Il conduisait plus vite que moi et changeait sans arrêt de voie pour doubler les véhicules plus lents.

J'ai repensé à la collection de Mark. Chez les Thompson, tous les hommes avaient apparemment un penchant pour les armes à feu.

— Je ne sais pas, peut-être. As-tu déjà tué quelqu'un ? ai-je demandé sur le même ton.

Bentley a ri.

— Bon, allez, parle-moi un peu de cette pochette d'allumettes.

Je me suis mordillé la lèvre et, par la vitre, j'ai observé les bornes kilométriques que nous passions.

— Je t'interdis de raconter quoi que ce soit à William. Tu dois me le promettre. Je l'aime, tu sais.

Je m'inquiétais d'en avoir déjà trop dit. J'étais comme un type qui creuse une fosse et qui s'aperçoit qu'elle est déjà trop profonde pour pouvoir en ressortir.

— Vraiment ? a fait Bentley en me jetant un autre coup d'œil. On peut aimer quelqu'un tout en pensant que c'est un meurtrier ?

— Regarde la route, ai-je conseillé, refusant de répondre.

Il a souri.

— Détends-toi. J'ai fait ce trajet des centaines de fois.

J'ai pris une profonde inspiration.

— J'ai fouillé dans les placards de William quand nous avons emménagé. Il ne possède pas beaucoup d'affaires personnelles. Aucune babiole ni bric-à-brac, c'est un peu bizarre.

Il a l'esprit très utilitaire. Bref, dans son bureau, j'ai découvert un coffret qui contenait des tas de trucs. Dont cette pochette d'allumettes.

Je n'ai pas parlé des autres objets ni des messages trouvés dans son ancienne chambre.

— Sur le moment, je n'y ai pas attaché d'importance, mais je l'ai quand même prise en photo au cas où. Et puis, un jour, sur le forum…

— Quel forum ?

— Celui où des internautes enquêtent sur les meurtres que William a peut-être commis, ai-je expliqué à contrecœur.

Bentley a lâché un rire grave et guttural que je ne lui avais jamais entendu. Un rire sincère, impossible à feindre.

— Mettons les choses au clair : tu es fiancée à mon frère et, en même temps, tu es sur un forum en ligne où les gens le soupçonnent d'être un tueur en série ?

— Dit comme ça, ça paraît absurde.

— Comment veux-tu que je le dise autrement ?

J'ai éludé sa question en poursuivant :

— Bref, quelqu'un a posté une photo du bar où travaillait Kelsey, et j'ai reconnu la pochette d'allumettes.

— Waouh.

— Je sais. Waouh.

— Je croyais pourtant qu'elle était morte alors que William était encore en prison ?

— C'est ce que je ne réussis pas à comprendre. Quel rapport a-t-il avec ce meurtre, s'il n'a pas pu la tuer ?

— Là est toute la question, pas vrai ?

Il a trouvé une place de parking juste devant le bar. Un panneau indiquait qu'on ne pouvait pas rester garé là plus de deux heures et, pour une fois, c'était commode, car ça voulait dire que nous ne pourrions pas nous attarder.

Le bâtiment en brique avait un auvent vert. Les fenêtres étaient couvertes d'enseignes au néon qui faisaient de la publicité pour différentes marques de bière. C'était le genre d'endroit que Max aurait probablement fréquenté. À l'inverse, Bentley ne semblait pas à sa place ici. Sa chemise était trop habillée et il avait trop de cheveux en comparaison de la rangée de types chauves et bedonnants assis au bar.

Sans se démonter, il s'est dirigé vers la barmaid et a commandé deux whisky-Coca.

— Tu aimes bien le whisky, si ma mémoire est bonne, m'a-t-il dit.

L'allusion aux deux soirées alcoolisées que nous avions passées ensemble m'a mise mal à l'aise. Je devrais compter sur Bentley pour me ramener chez moi, et j'avais peut-être commis une erreur en me plaçant dans cette situation. J'ai repéré le bol rempli de pochettes d'allumettes et j'en ai pris une. Un souvenir concret de mes investigations.

Nous nous sommes installés à une petite table.

— Alors, que cherchons-nous ? a-t-il demandé.

Je me suis assombrie.

— Je ne sais pas.

— C'est à toi de mener l'enquête, inspecteur Hannah.

J'avais du mal à dire s'il prenait les choses au sérieux. Il ne se départait pas d'un grand sourire moqueur. J'ai décidé de changer de sujet.

— Comment va Virginia ?

— Ça peut aller. Ses nausées matinales sont plutôt pénibles.

— Ça ne doit pas être bien amusant.

Bentley a grimacé.

— Rien de tout ça n'est vraiment plaisant, il faut bien le dire.

— Tu n'as pas hâte d'être de nouveau père ?

— Je croyais qu'on allait pouvoir enfin souffler. Nos problèmes personnels se sont tassés et les garçons sont maintenant assez grands pour être un peu plus indépendants.

— Je dois admettre que j'ai été surprise quand Virginia a annoncé qu'elle était enceinte. J'avais cru comprendre que ça n'allait pas fort entre vous.

— Elle est convaincue que nous avons besoin de ce nouveau bébé pour que notre famille soit « accomplie », a-t-il expliqué d'un ton laissant clairement entendre qu'il était en désaccord avec elle.

— Tu veux un autre verre ? ai-je proposé.

Il n'avait pas terminé le sien, alors que le mien était déjà vide. Il a retrouvé le sourire.

— Tu bois décidément comme un trou, a-t-il fait observer. Ajoute-le à mon ardoise.

La barmaid était une femme d'une quarantaine d'années aux cheveux teints en rouge et aux gros seins. Elle donnait l'impression d'avoir toujours vécu derrière un bar, qu'elle était née pour exercer ce métier. Kelsey était encore jeune et belle quand elle avait été tuée mais, vingt ans plus tard, elle aurait probablement ressemblé à sa remplaçante.

— Un autre whisky-Coca.

Sur le mur derrière la barmaid, j'ai remarqué une petite photo encadrée de Kelsey. Il y avait une plaque sur laquelle on avait inscrit : **POUR TOUJOURS DANS NOS CŒURS.** J'ai apprécié ce mémorial, en hommage à une femme dont la mort avait profondément bouleversé ma vie.

Sur mon téléphone, j'ai affiché une photo de William et de moi qu'un serveur avait prise dans un restaurant japonais. Il était très beau, comme à son habitude ; malheureusement, j'avais cligné des yeux au mauvais moment.

— Avez-vous déjà vu cet homme ? ai-je demandé quand elle est revenue avec ma boisson.

Elle a scruté mon téléphone avant de hausser les épaules.

— Pas que je sache. Mais c'est difficile à dire. Il y a des tas de gens qui viennent ici. Pourquoi ? Il vous a trompée, peut-être ?

J'avais envie de hurler. Comment pouvait-elle ne pas reconnaître William Thompson, le tueur en série récemment acquitté ? Si la société tenait réellement à punir ceux qu'on accusait d'être des monstres, on les obligerait à défiler, affublés de masques d'Halloween incarnant les crimes qu'ils avaient commis.

— Oh non, ça n'a rien à voir. Merci.

J'ai rejoint Bentley, qui tapait un message sur son téléphone. En me voyant approcher, il l'a reposé en cachant l'écran.

— Tu as l'air en forme, Hannah.

Il m'a franchement dévisagée, et j'ai rougi.

— Merci.

— Non, je suis sincère. Je crois que ça te fait du bien que ce procès soit derrière nous. À vrai dire, ça nous fait du bien à tous. Personne n'est censé supporter trop longtemps une situation pareille.

En repensant à celle que j'avais été pendant le procès, je ne me représentais qu'une méduse flottant à la dérive dans l'océan. Décidément, j'avais été pitoyable.

— Ouais, tu as raison. C'est seulement quand ça s'est terminé que j'ai compris à quel point j'étais à cran.

— Comment avance ton roman ?

J'ai lâché un grognement.

— Il n'avance pas. Je n'ai que les deux premières phrases. J'ai toujours cru que je n'avais pas assez de temps pour écrire, tu vois. Et maintenant, j'ai l'impression d'en avoir trop. Pas moyen de me concentrer.

— William est au courant ? Il parle de toi comme si tu étais Charles Dickens.

— Non. Je ne veux pas le décevoir. Il m'encourage tellement.

— Et tu le lui rends bien, visiblement.

Je lui en ai voulu pour ce commentaire.

De plus en plus de clients arrivaient dans le bar à mesure que l'après-midi avançait. Il n'y avait plus seulement les habitués, mais des types en costume qui sortaient du travail. Bentley a commandé une autre tournée. Je sentais peu à peu la chaleur de l'alcool se répandre en moi.

— Pourquoi m'as-tu embrassée ? ai-je demandé.

C'était une question que j'avais envie de lui poser depuis notre baiser. Pour être franche, c'était sans doute pour cette raison que je lui avais proposé de m'accompagner ici. Je cherchais à en apprendre davantage sur la pochette d'allumettes, c'est vrai, mais j'avais aussi envie d'être seule avec Bentley dans un endroit où William ne pourrait pas nous surprendre. Ce qu'on oublie, quand on cherche à faire d'une pierre deux coups, c'est qu'on joue souvent un jeu risqué.

Je savais ce que je voulais entendre de sa bouche. Je voulais qu'il dise de moi que j'étais irrésistible. Qu'il n'avait jamais fait une chose pareille par le passé. Je voulais être exceptionnelle.

Il s'est contenté de hausser les épaules.

— Parfois, on a juste besoin d'un exutoire.

Sa réponse m'a piquée au vif.

— Ça t'arrive souvent d'embrasser des femmes autres que Virginia ?

— Dixit celle qui cherche à prouver que son fiancé est un meurtrier.

Je l'ai foudroyé du regard.

Par chance, nous avons été interrompus par un type qui portait le tee-shirt d'une brasserie locale. Il avait dans les mains trois verres à shot remplis d'un liquide translucide.

— Salut, mec, a-t-il dit à Bentley. Ça fait un bail. Où t'étais passé ? Tiens, c'est pour toi et ta copine.

Il a posé deux des verres sur la table.

J'ai pensé qu'il devait se tromper. À ma connaissance, Bentley n'avait jamais mis les pieds dans ce bar avant ce jour.

— Merci, mec, a répondu Bentley.

Il avait une mine agacée que je ne lui avais jamais vue auparavant. L'inconnu ne s'en est apparemment pas rendu compte. Nous avons trinqué en disant « À la tienne ». J'ai vidé mon verre d'un trait. La gorge en feu, j'ai toussé – passé trente ans, je n'étais plus capable d'avaler de l'alcool rapidement.

— Qui c'était ? ai-je demandé à Bentley quand l'inconnu est reparti vers le bar.

— Aucune idée.

— Tu es déjà venu ici ?

— Non. Pourquoi ?

— Apparemment, cet homme te connaît.

— Il a fait erreur. Ça m'arrive souvent. C'est parce que je ressemble à monsieur Tout-le-Monde.

J'ai scruté son visage. J'avais toujours pensé qu'il tenait de son père, mais il avait aussi hérité de quelques traits de sa mère. Comme elle, il avait tendance à dissimuler ses véritables sentiments, leur préférant un voile de mensonges. Il avait beau essayer de feindre l'indifférence, je voyais bien qu'il était perturbé par cet incident. J'ai alors pris conscience qu'il ne m'avait pas expliqué pourquoi il avait tenu à m'accompagner ici. C'était sans doute un instinct protecteur qui l'avait motivé – il voulait s'assurer qu'il ne m'arriverait rien pendant mon enquête. Il me semblait aussi possible qu'il ait envie de m'embrasser de nouveau. J'avais été tellement absorbée par les sentiments que Bentley éprouvait peut-être pour moi que je ne m'étais pas interrogée sur ce qui le poussait à enquêter sur son frère. Était-il aussi obsédé que moi par les victimes du tueur en série ? Était-il déjà venu dans ce bar pour mener sa propre enquête, raison pour laquelle ce type l'avait reconnu ?

— Qu'est-ce qu'on fait ici ? lui ai-je demandé.

Son expression s'est faite carrément déplaisante.

— C'est à moi que tu poses cette question, Hannah ? C'est toi qui as tenu à venir. Regarde les choses en face : tu es tombée amoureuse de mon frère simplement parce que tu t'imaginais avoir affaire à un tueur en série. Et maintenant qu'il n'en est peut-être pas un, tu es perdue.

— Ce n'est pas vrai.

— Si. C'est pour ça que tu lui as couru après. Ne le nie pas. C'est pour ça que tu as continué ton enquête même après son acquittement. Tu te fiches bien des victimes. Pour toi, elles sont complètement abstraites. Tu n'as pas la moindre idée de ce qu'on ressent quand on perd un être cher. As-tu réellement envie d'épouser William ou espères-tu simplement qu'il te tuera d'abord ?

Il était si proche de la vérité que j'en ai eu le souffle coupé.

— Je l'aime.

— Oh, arrête. Tu aimes les tueurs en série. Les femmes comme toi, on en trouve à la pelle.

— Mais William m'aime.

— Ouais, ce qu'il aime, c'est la façon dont tes allures de hippy font enrager notre mère. Ce qu'il aime, c'est que tu n'aies rien, ni argent ni carrière, et qu'il puisse subvenir à tous tes besoins. Il ne se rend pas compte que ça ne te suffira jamais, car ce n'est pas vraiment ce que tu attends de lui.

Bentley a ri en secouant la tête.

— Tu es exactement ce que mon frère mérite.

— Va te faire foutre, ai-je lâché en me levant.

Tout s'est mis à tourner autour de moi. *Merde*.

— Je m'en vais, ai-je annoncé.

La tirade de Bentley m'a rappelé pourquoi je ne sortais pas avec des hommes dans son genre. Ils pouvaient être beaux et charmants, mais ils faisaient toujours volte-face quand une femme ne se conduisait pas selon leurs attentes.

— Où vas-tu, Hannah ? C'est moi qui t'ai amenée ici en voiture.

— Je me débrouillerai, ai-je répliqué, furibarde, avant de m'éloigner.

*

La nuit était tombée. Je ne m'étais pas rendu compte qu'il était si tard. Une contravention était glissée sous l'un des essuie-glaces de Bentley, et je m'en suis réjouie. Ça ne compensait pas tout ce qu'il m'avait dit, mais c'était mieux que rien.

J'ai appelé William. Je n'avais personne d'autre. Dès que j'ai ouvert la bouche, je me suis mise à pleurer. Je n'avais pas eu l'intention de le manipuler avec mes larmes, n'empêche que c'était le cas.

— Tu veux bien venir me chercher ? ai-je dit en sanglotant bruyamment.

— Où es-tu ? a-t-il demandé d'une voix paniquée.

Jc lui ai donné le nom du bar. S'il le connaissait, il n'en a rien laissé paraître au téléphone.

— J'arrive tout de suite.

Malheureusement, « tout de suite » signifiait une attente d'une heure devant un bar où une femme assassinée avait été employée. Je pensais que Bentley sortirait à son tour pour s'excuser, mais il n'en a rien fait. J'ai essayé de comprendre ce qui s'était produit. Les choses s'étaient d'abord bien déroulées, il s'était même montré un peu enjôleur, et puis un revirement s'était opéré. Je n'avais rien appris de plus à propos de la pochette d'allumettes ni ne savais comment mon fiancé était entré en sa possession, mais j'avais eu un aperçu du Bentley que William décrivait dans ses lettres, un Bentley que je n'avais jamais pleinement vu avant ce jour.

Je me suis assise sur le trottoir sans me soucier de la saleté ou des passants qui me jetaient des coups d'œil. En cette fin septembre, la chaleur estivale s'était dissipée, et j'aurais probablement eu froid si je n'avais pas été aussi bourrée.

Quand William est arrivé, il m'a trouvée la tête posée sur mes genoux, prise de vertiges. Il a lancé un regard à la voiture de Bentley et, à son expression, j'ai compris qu'il l'avait reconnue.

Il a tendu les bras pour me relever.

— Je m'excuse, ai-je murmuré en fondant de nouveau en larmes.

— Je te ramène à la maison, a-t-il répondu d'une voix sombre, sans chaleur.

— Est-ce que tu vas me tuer, maintenant ?

J'avais voulu blaguer, mais il était évident que cette question n'amusait pas William. Il a soupiré et secoué la tête.

— Hannah…, a-t-il commencé sur un ton tendu.

Avant qu'il puisse poursuivre, j'ai dégueulé sur ses chaussures.

43

J'AI SANGLOTÉ PENDANT TOUT LE TRAJET.

— Je suis désolée, désolée, désolée, répétais-je comme un disque rayé.

— Arrête de t'excuser, soupirait William.

— Je n'avais pas l'intention de boire autant. Je suis désolée.

En rentrant à la maison, il m'a préparé un sandwich au fromage grillé, puis m'a mise au lit et a posé un verre d'eau sur la table de chevet. Je l'ai vu mettre ses chaussures dans un sac-poubelle, comme si elles étaient irrécupérables.

— Chut, a-t-il fait pendant que je continuais de bafouiller des excuses. On parlera de tout ça plus tard.

Le lendemain matin, il est allé au café et m'en a rapporté un latte et un breakfast sandwich pour m'aider à faire passer ma gueule de bois. Je sentais qu'il m'en voulait, mais il a refusé de le reconnaître même quand j'ai insisté.

— Je sais que tu es fâché.

— Il faut que j'aille travailler.

J'avais l'esprit embrumé et l'estomac barbouillé, mais j'avais terriblement envie que William se mette au lit et me baise

– une manière pour moi de m'excuser. Le fait qu'il s'y refuse ne faisait que décupler mon désir.

— Il faut que j'y aille, a-t-il répété pendant que je mastiquais mon sandwich en laissant des miettes sur les draps.

Quand il est parti, un silence pesant est retombé sur la maison.

Je me suis traînée jusqu'au canapé en prenant ma couette avec moi. J'avais découvert que les couvertures douillettes ne convenaient pas à l'esthétique dépouillée que William préférait, et je me gelais souvent au nom de ses goûts en matière de décoration. J'ai essayé de regarder la télévision allongée, mais j'ai eu peur d'attraper un torticolis à force de tourner le cou pour voir l'écran.

Même si les Thompson buvaient constamment, William inclus, je n'avais jamais vu l'un d'eux donner l'impression d'avoir une gueule de bois, ce qui se reflétait dans leur déco intérieure. Les pièces étaient conçues pour être du plus bel effet sur les photos et pour recevoir des invités, non pour supporter les différentes phases d'un lendemain de cuite.

J'ai appelé ma mère. De façon très illogique, le moment m'a paru bien choisi pour lui annoncer que j'avais emménagé avec un tueur en série acquitté et que nous étions fiancés. Je ne pouvais continuer de le lui cacher, je m'en rendais compte à présent. Surtout, j'avais besoin d'elle ce jour-là, étendue sur un canapé inconfortable, la bouche sèche. Je ne serais jamais la fille qu'elle croyait avoir, et elle n'était pas toujours la mère que j'aurais voulu avoir, n'empêche qu'elle était encore à même de me consoler.

Son téléphone a sonné dans le vide. Après être tombée sur sa boîte vocale, j'ai rappelé. Toujours rien. Finalement, les hommes qui m'intéressaient n'étaient pas les seuls à cesser de me donner signe de vie. J'ai laissé un message sur son répondeur : « Salut, maman. J'appelais juste pour prendre des nouvelles. J'espère que vous allez bien, papa et toi. Tout va bien de mon côté. Très bien, même. À bientôt au téléphone. Bisous. »

J'ai raccroché en regrettant de ne pas lui avoir avoué la vérité. Je mentais toujours inutilement à mes parents, embarrassée par la réalité de mon existence.

Je me suis levée tant bien que mal pour me traîner jusqu'à la cuisine afin de boire un verre d'eau et de fouiller dans les placards en quête de nourriture. Le sandwich, quoique délicieux, n'avait pas suffi à assouvir ma gueule de bois, qui exigerait plusieurs rations de calories avant de s'apaiser un peu.

La cuisine n'a pas tenu ses promesses. William ne faisait pas les courses de la même manière que moi. Quand je vivais seule, tous les dimanches, j'allais au supermarché à contrecœur et m'obligeais à choisir des produits nourrissants, ajoutant de temps à autre un sachet de chips et une barre chocolatée dans mon panier. Je devais me faire violence pour rentrer chez moi et cuisiner ce que j'avais acheté au lieu de commander des plats tout prêts.

Chez William, la nourriture apparaissait comme par enchantement. Bon, je savais qu'il se faisait livrer. Quand je lui disais ce que je voulais, ces aliments arrivaient la semaine suivante, exactement tels que je les avais demandés. Ils étaient toujours sains et frais. Des fruits, des légumes, des céréales complètes. Rien qui me fasse envie. J'avais l'impression de tricher, de chercher un moyen de céder aux tentations auxquelles tous les autres devaient résister au quotidien. Je m'y efforçais moi aussi jusqu'au moment où ça me devenait impossible. Jusqu'au moment où j'avais tellement besoin de chips que j'étais convaincue que je mourrais si j'en étais privée.

Je scrollais sur mon téléphone en regardant des photos de pizzas sur mon appli de livraison, quand j'ai entendu un bruit à la porte.

— Une seconde ! ai-je crié.

Comme je ne portais qu'un tee-shirt et une petite culotte, je me suis ruée dans ma chambre, si brusquement que la bile m'est montée à la gorge.

Il était courant que des gens entrent et sortent à leur guise. Des employées de maison et des réparateurs divers étaient chargés de l'entretien des lieux, de sorte que William n'avait pas à lever le petit doigt pour avoir une maison d'une propreté immaculée. Deux semaines plus tôt, une femme de ménage avait débarqué sans prévenir alors que je me prélassais en sous-vêtements – un incident extrêmement embarrassant autant pour elle que pour moi. Depuis, je mettais d'ordinaire un point d'honneur à être habillée, ne serait-ce que d'un pantalon de survêtement et d'un tee-shirt, ce que, vu mon état, je n'avais pas pris la peine de faire. Ça me manquait de ne plus pouvoir me balader nue, comme quand je vivais seule et que je me soulageais souvent en laissant les toilettes ouvertes, puisque personne ne pouvait me voir.

Tandis que je passais à toute allure un pantalon de yoga, j'ai entendu un cliquetis du côté de la porte d'entrée, ce qui signifiait que la personne qui cherchait à s'introduire chez nous avait une clé. Mes cheveux étaient en bataille et je ne m'étais pas lavé les dents, mais les femmes de ménage avaient déjà dû découvrir leurs employeurs dans des situations pires.

J'ai regagné le salon. J'appréhendais de devoir dire bonjour, mais je ne voulais pas donner l'impression d'être désagréable ou de prendre de haut des personnes au métier modeste.

Au début, j'ai cru que c'était William, revenu chercher quelque chose qu'il avait oublié ; quand j'ai compris de qui il s'agissait vraiment, j'ai lâché un glapissement.

— Bentley !

— Salut, Hannah.

Il tenait un sac en papier dans une main et un gobelet en carton dans l'autre. Une odeur de sel et de graisse a flotté jusqu'à mon cerveau embrouillé.

— Que fais-tu ici ?

À ma connaissance, il n'était venu chez nous qu'une fois : la veille, quand il était passé me prendre. La relation fraternelle particulière de Bentley et William ne les incitait pas à se rendre mutuellement visite à l'improviste.

— Je voulais te voir. Je n'ai pas apprécié la façon dont nous nous sommes quittés hier.

— Écoute, Bentley, je sais que tu es bien intentionné, mais je ne me sens pas du tout dans mon assiette. Et si on remettait ça à une autre fois ? Un jour où je serais mieux habillée, peut-être ?

J'étais furieuse qu'il me voie dans un état pareil. Généralement, j'attendais de connaître un type depuis plusieurs semaines avant de me montrer dans ce genre de tenue, quand j'étais certaine qu'il ne me quitterait pas simplement parce qu'il m'arrivait de porter des trucs informes ou de ne pas me brosser les cheveux. J'étais également furieuse de me soucier encore de mon apparence devant Bentley, même maintenant, après qu'il m'avait humiliée.

— S'il te plaît, Hannah. Je t'ai apporté un burger. Tu es la fiancée de mon frère. Il est important que nous nous entendions bien.

Bentley aurait pu dire n'importe quoi après avoir prononcé le mot « burger », et j'aurais été d'accord avec lui.

Malgré ma gueule de bois, j'ai pris soin de ne pas salir le canapé blanc. J'ai empilé quelques serviettes en papier les unes sur les autres pour en faire une petite couverture, puis j'ai sorti le burger du sac. Jamais je n'avais mangé un truc aussi bon. J'ai pris une gorgée de soda. Par le passé, j'en buvais rarement, et j'avais complètement arrêté depuis que j'étais avec William. Pourtant, c'était la première fois que je goûtais à du Coca aussi sirupeux, aussi sucré sur ma langue.

— Écoute, a repris Bentley tandis que je mangeais. Je sais que la situation est un peu bizarre entre nous depuis le procès. Ce qui s'est produit… C'était une erreur, OK ? Des fois, quand je bois trop, c'est plus fort que moi.

Il faisait référence à notre baiser sans prononcer ce mot, et ça m'a soulagée qu'il en parle enfin ouvertement.

— Et puis je n'aurais pas dû te dire tout ça hier. Je suis sûr que tu aimes sincèrement mon frère. Tu l'as soutenu à travers toutes ces épreuves, et je suis heureux qu'il puisse compter sur toi.

Les frites étaient salées et tièdes. D'habitude, je préférais le ketchup, mais j'avais tellement faim que je m'en fichais. La nourriture m'engourdissait peu à peu. Tout en avalant les dernières bouchées de mon burger, je n'enregistrais plus les paroles de Bentley. Mes yeux se sont lentement fermés. *Enfin, enfin*, se réjouissait mon corps tandis que je m'abandonnais au sommeil, sans prendre un instant conscience que j'avais été droguée.

44

J'aurais dû me douter que c'était Bentley. Après tant de mois passés à jouer les détectives, je n'ai pas réussi à voir ce qui se trouvait sous mes yeux.

Il est assis face à moi. Il est toujours aussi beau, encore maintenant. Il devrait me dégoûter, mais c'est plutôt moi qui me dégoûte – comment puis-je penser à sa beauté en un moment pareil ?

Les indices ne manquaient pas. Simplement, je n'ai pas été capable de les assembler. La façon dont les meurtres paraissaient poursuivre William comme si le sort s'acharnait sur lui. Le fait que Kelsey Jenkins était morte juste avant qu'il risque d'être condamné à perpétuité. William et Bentley se ressemblaient tant qu'il était presque impossible de les distinguer l'un de l'autre si on ne savait pas ce qu'on cherchait exactement.

Il reste pourtant des questions sans réponse.

— Tu as pris ce qui t'était dû ? Que veux-tu dire par là ?

— Annaleigh n'était pas aussi innocente qu'elle en donnait l'air. Je suis sûr que mon frère ne t'en a jamais parlé, mais ils avaient une petite liaison bien avant que je me retrouve mêlé à tout ça. Il ne devait pas la satisfaire, je suppose, ou bien comme toi, elle était du genre qu'on ne pouvait jamais satisfaire. Quoi qu'il en soit, un soir où j'étais passé prendre William pour dîner avec lui, elle m'a abordé franchement alors que j'attendais dans le hall de son cabinet d'avocats. Elle savait déjà qui j'étais. Elle m'a dit : « Vous devez être le frère de William. »

J'ironise :

— Quelle entrée en matière.

Annaleigh n'a pourtant pas eu à dire quoi que ce soit pour que je m'attache à elle, je dois bien l'admettre.

— Nous sommes allés prendre un verre car elle voulait « faire appel à mes lumières », pour reprendre ses paroles. Plus tard ce soir-là, nous nous sommes retrouvés dans un hôtel. Quand je lui ai demandé ce que son mari en penserait, elle a répondu qu'il ne s'apercevrait pas de son absence car il était sorti boire des verres avec ses amis, ce qui lui arrivait très souvent. Je ne peux franchement pas lui reprocher de l'avoir trompé. Au lit, Annaleigh aimait qu'on soit brutal avec elle. Son mari l'ennuyait, il était conventionnel. Il se contentait de lui grimper dessus et d'aller et venir. Ça ne lui suffisait pas. La cerise sur le gâteau, c'était qu'elle couchait aussi avec William.

Tout en parlant, Bentley ne détache pas son regard du mien. Je repense à la fois où il m'a plaquée contre un mur pour m'embrasser, un incident qui n'a pas arrêté de tourner en boucle dans ma tête. Qu'attend-il de moi, maintenant ? Veut-il m'exciter ou me dégoûter ? Je fais de mon mieux pour rester impassible, et j'insiste :

— Pourquoi fallait-il qu'elle meure ?

— Je n'avais pas l'intention de la tuer, pas au début. Je me disais que je n'étais pas un tueur, pas comme William.

— William n'est pas un tueur. La preuve, non ?

Bentley s'esclaffe.

— Vous ne vous connaissez décidément pas si bien que ça, William et toi. Il ne t'a jamais parlé de Gracie ?

Je fouille dans ma mémoire. Où ai-je déjà entendu ce nom ? J'ai beau affirmer que je me soucie des victimes, ma vie tourne autour des hommes qui leur ont fait du mal.

— Gracie, celle qui a écrit tous ces messages, dis-je à haute voix.

C'est au tour de Bentley d'avoir l'air perplexe.

— Quels messages ?

— Ceux qu'elle envoyait à William et que j'ai trouvés dans son ancien bureau, chez vos parents. J'ai cru qu'ils n'avaient aucun intérêt.

C'est la première fois que je vois Bentley furieux – c'est l'expression qu'on s'attend à voir sur le visage d'un tueur en série, du moins à mon avis. J'ai peur que ça l'incite à me tuer avant de m'avoir tout raconté. Aucun moment n'est idéal pour mourir, je le reconnais, alors je tiens à ce que certaines conditions soient respectées : je veux rester en vie tant que je ne saurai pas tout, tant que je n'aurai pas satisfait ma curiosité.

— Gracie était ma petite amie. William l'a tuée.

Cette affirmation ne devrait pas me choquer, puisque j'ai passé une année de ma vie à me demander si William était un meurtrier, mais c'est pourtant le cas. En vivant avec lui, je suis devenue trop confiante. C'est comme les gens qui cohabitent avec de grands chats et qui s'étonnent quand soudain l'un d'eux leur arrache un bras.

— Gracie était en première et moi en terminale. Elle ressemblait beaucoup à Annaleigh. Une fille très intelligente et mature pour son âge. Je l'ai rencontrée quand elle est venue chez nous pour travailler en binôme avec William. J'étais sorti avec d'autres filles avant elle, mais ç'a été ma première relation sérieuse. Nous parlions même de rester ensemble quand je partirais à l'université, ce que je n'avais jamais envisagé de faire avec mes petites amies précédentes.

— Comment est-elle morte ?

Bentley se lève et se met à marcher de long en large. Sa façon de me tourner autour, comme un homme sur le point de commettre un meurtre, me rend nerveuse.

— Pendant l'été, il y a eu une fête. Un truc de gamins. William s'est soûlé. Si on l'interrogeait, il affirmerait le contraire, mais c'est pourtant ce qui s'est passé. Il s'est soûlé et a eu la bonne idée d'acheter de la cocaïne. Gracie et lui se sont éclipsés dans les bois, c'est en tout cas ce que je sais. Gracie ne prenait pas de drogue. Elle buvait à peine. J'ignore ce qui est arrivé. On m'a simplement raconté que William avait appelé notre père à l'aide au milieu de la nuit. Le lendemain, Gracie a été retrouvée, apparemment morte d'une overdose, près de la maison où se déroulait la fête. Même si la police n'a jamais établi de lien entre William et ce qui s'est produit, je sais qu'il était impliqué. Il n'arrêtait pas de me répéter qu'il était *désolé*. Quel mot idiot. Il m'a proposé de le frapper, mais je lui ai dit que ce n'était pas ce que je voulais.

— Au lieu de le frapper, tu as donc tué cinq femmes ?

— Je les ai tuées parce que je devais faire quelque chose que mon père serait incapable d'effacer.

— Que veux-tu dire ? D'après toi, il a aidé William à étouffer ce qui s'était passé avec Gracie ?

— Évidemment, lâche Bentley avec mépris. C'est tout à fait son style. Il intervient ou bien il paie quelqu'un pour intervenir à sa place. Je crois que ça l'a vraiment déstabilisé quand William s'est retrouvé devant la justice. Il s'imagine qu'il bénéficie d'une sorte d'immunité, comme un président.

Je me souviens que Mark s'est rendu dans les différents endroits où les victimes ont été vues pour la dernière fois.

Lauren avait raison : il a mené l'enquête de son côté en essayant de comprendre comment les choses avaient pu échapper à son contrôle.

— Écoute, poursuit Bentley en se rasseyant. Au début, je n'avais pas l'intention de les tuer. Je me suis dit que j'allais coucher avec Annaleigh, gâcher sa liaison avec William, et qu'on serait quittes, lui et moi. Et puis j'ai enroulé une corde autour de son cou – on déconnait, rien d'autre, quand ça s'est passé –, et j'ai pu toucher du doigt la panique de William. La mort d'Annaleigh a ébranlé sa posture de féministe plein de sensibilité. Il n'est pas ainsi, tu sais. Même s'il essaie de le faire croire. Je n'avais jamais imaginé que je serais capable d'une chose pareille, mais il est facile de franchir le pas une fois qu'on s'est permis de petites entorses. Tu le sais déjà, pas vrai, Hannah ?

— Ne nous compare pas. Nous ne sommes pas pareils.

— Je crois que si. On s'ennuie tous les deux facilement et on cherche un sens à la vie. Ce qui t'excite, c'est de t'imaginer sur le point d'être tuée, et moi, ce qui m'excite, c'est de tuer. C'est presque la même chose.

— Qu'est-il arrivé, après Annaleigh ? Son meurtre ne t'a pas suffi ?

— Si Kimberly est morte, c'est sa faute, répond Bentley avant de me dévisager. Elle te ressemblait un peu. Elle n'arrêtait pas de parler, de poser des questions. Quelques jours après la disparition d'Annaleigh, mon frère était désemparé, et je suis allé chez lui pour le réconforter ; sur le chemin du retour, je me suis arrêté pour faire le plein. Kimberly m'a reconnu, car j'étais déjà venu dans cette station-service. « Rappelez-moi votre nom », m'a-t-elle dit, et je lui ai répondu. Et puis elle a insisté, a voulu savoir si je passais une bonne soirée, et je lui ai expliqué que je revenais de chez mon frère qui allait mal parce que sa maîtresse avait disparu. « J'espère qu'elle va revenir », a dit Kimberly, et j'ai alors laissé échapper que ça m'étonnerait, étant donné que je l'avais tuée. Ça m'a fait un bien fou de l'avouer, tu ne peux pas savoir. Mais alors, il a fallu que je la tue, elle aussi. Mon frère a vraiment paniqué – tu aurais dû le voir, bourré et en larmes, à se demander s'il commettait des meurtres dans son sommeil.

— Est-ce pour cette raison que tu as tué Jill et Emma ? Pour qu'il ait l'impression de devenir fou ?

— En partie. Je voyais bien à la façon qu'il avait de parler de Jill qu'elle lui plaisait. Il avait raison, elle était intéressante. Je l'ai découvert au cours de la soirée où je l'ai invitée à sortir. Elle était intéressante, mais elle manquait d'assurance. Quant à Emma, en fait, elle ne me branchait pas. Elle était plutôt du genre à plaire à mon frère. Je me suis dit que ça serait amusant de voir ce qui se produirait si je dirigeais l'attention sur lui.

— Tu as conduit exprès la police jusqu'à William.

Bentley hausse les épaules.

— Oui, en gros, c'est ça. On faisait des trucs comme ça, quand on était gosses. Chacun essayait d'attirer des ennuis à l'autre. Il aurait dû se douter dès le début que c'était moi.

— Et Kelsey Jenkins ? Tu savais qu'il serait impossible de mettre son meurtre sur le dos de William, il me semble ?

— Je cherchais juste à diriger l'attention sur William, pas qu'il soit emprisonné à perpétuité. Je me suis dit que si une autre femme mourait, ça influencerait peut-être le jury. Tu as de la chance d'y avoir échappé, Hannah. Je sais que tu étais dans le ravin ce soir-là. Quand un corps a été découvert juste après ta visite, tu n'as pas cru à une coïncidence, j'espère ? J'aurais pu facilement te tuer dans cet endroit, mais j'ai décidé de te laisser la vie sauve car j'appréciais nos petites conversations. Je pensais qu'une fois le procès terminé, nous ne nous reverrions plus jamais. Alors imagine ma surprise quand tu as refait surface. Je me suis d'abord dit que William te faisait marcher, et puis j'ai compris qu'il avait réellement des sentiments pour toi. Quel dommage, Hannah ! Tu as bien failli faire partie de notre famille. Si seulement tu avais arrêté de mener ton enquête, si tu t'étais satisfaite de ce que tu avais déjà. C'est ironique, pas vrai, que la pochette d'allumettes qui va te mener à ta mort ait appartenu à mon frère ? Comme si c'était lui qui allait te tuer. Lorsque je t'ai accompagnée jusqu'à ce bar, j'avais conscience que je prenais un risque, mais il fallait que je sache ce que tu avais découvert. Et puis cet imbécile de Ricky s'est pointé ; il se mêle toujours de ce qui ne le regarde pas. Quand il m'a reconnu, j'ai vu à ton expression que tu finirais par tout comprendre, que ce n'était qu'une question de temps. Malgré tout, il y a des points positifs. Au moins, tu auras pu vivre aux crochets de ma famille pendant quelque temps avant de mourir.

— Je n'ai jamais cherché à profiter de l'argent de ta famille.

— Tu n'en as pas eu besoin, hein ? William t'a donné tout ce que tu désirais parce qu'il s'imaginait qu'il deviendrait quelqu'un de meilleur en sortant avec une fille comme toi. Il ne s'est pas rendu compte que tu étais vraiment quelqu'un d'horrible.

— Je ne suis pas horrible.

J'ai aussitôt l'impression de proférer un mensonge.

Bentley se lève, s'approche et se penche vers moi. Le corps tendu, je me prépare à mourir.

— Tu te souviens de notre baiser, Hannah ? chuchote-t-il à mon oreille.

— C'est toi qui m'as embrassée.

J'ai peur d'empester, avec mon haleine chargée d'alcool et mon pantalon de yoga trempé d'urine.

— Seulement parce que tu en avais envie.
— J'aime William.
— Jusqu'à aujourd'hui, tu le prenais pour un meurtrier.
— Non, je le soupçonnais de l'être. Ce n'est pas pareil.
— Et ça ne te suffisait pas pour rompre ?

Bentley croise les bras sur sa poitrine. Il me toise avec l'air de quelqu'un qui est convaincu d'avoir raison.

— Et Virginia ? Est-elle au courant de ce que tu as fait ?
— Je n'ai pas envie de parler d'elle.

Ça me paraît injuste d'écarter ce sujet, mais je suis mal placée pour protester.

— Bon, très bien. Je pensais que William était peut-être coupable, j'ai peut-être apprécié que tu m'embrasses et j'ai peut-être profité de l'argent de ta famille. C'est ce que tu as envie d'entendre ?

Bentley sourit.

— Je savais que mon baiser t'avait plu. C'était réciproque.

Il est agréable de savoir, même maintenant, qu'un homme comme lui a pris du plaisir à m'embrasser. J'ai beau me donner des airs de féministe, je ne peux jamais complètement réprimer mon désir de plaire aux hommes. Je ne sais même pas quel effet ça ferait de me faire pleinement plaisir à moi seule. Chaque fois que je m'aime le plus, c'est toujours à travers le regard de quelqu'un d'autre.

Quand Bentley se penche vers moi, je ne résiste pas à son baiser.

— Ça t'a plu ? demande-t-il.

Oui, ça m'a plu, et je m'en veux, mais ça fait déjà des mois que je joue à ce petit jeu. Il n'y a pas de réelle différence entre embrasser un homme qu'on soupçonne d'être un meurtrier et un homme dont on sait qu'il en est un. Je me dis alors que c'est peut-être mon tout dernier baiser. Que Bentley sera le dernier à me toucher pendant que je suis encore en vie. J'ai tant de regrets – à quoi bon les énumérer ?

J'embrasse Bentley à mon tour. Je me rends compte que c'est ce que j'attendais, un dénouement à la suite de notre après-midi dans le bar. Simplement, je n'avais pas pris conscience que cette histoire s'achèverait vraisemblablement sur ma mort. Un jour, j'ai demandé à Meghan ce qu'elle ferait s'il lui restait vingt-quatre heures à vivre. « Je mangerais autant de crème glacée que possible », a-t-elle répondu, et nous avons toutes les deux éclaté de rire. Je n'ai pas de crème glacée. Tout ce que j'ai, c'est cet homme qui me fait face. Je lui chuchote :

— Si tu me laisses en vie, je coucherai avec toi.

Bentley s'esclaffe.

— Oh, Hannah, tu me plais tellement.

Nous nous regardons dans les yeux pendant qu'il me détache. Je fais mon possible pour tenter de m'enfuir, mais j'ai plutôt l'impression de jouer la comédie tandis qu'il s'empare de moi et m'empêche de bouger.

— Arrête, ordonne-t-il.

Nous nous embrassons de nouveau. L'espace d'un instant nous sommes tous les deux libres et nous nous allongeons par terre. Le sol est froid mais je m'en fiche. N'importe quelle sensation est la bienvenue car je sais qu'il m'en reste si peu à éprouver. Bentley m'attache de nouveau les mains au-dessus de la tête. Il est clair qu'il est expert en la matière. Quand j'essaie d'imaginer à quoi je ressemble, ainsi étendue, c'est le visage d'Annaleigh que je vois, pas le mien.

Il baisse lentement mon pantalon. Je suis d'abord gênée de porter quelque chose d'aussi peu affriolant, puis je chasse mon embarras. Je ne peux plus me permettre ce genre de sentiment.

Je pourrais feindre que je ne veux pas que Bentley me baise ou qu'il agit contre mon gré – je n'en ai pas le courage. Nous allons faire l'amour, il me tuera, et on se souviendra de moi comme de toutes les autres femmes qui m'ont précédée. Le caractère inévitable de la situation a quelque chose de si logique que c'en est presque réconfortant.

Il me touche le clitoris, et je suis étonnée que mon plaisir puisse lui sembler important alors même qu'il s'apprête à me tuer. Je gémis sans prendre la peine d'analyser ce qui distingue le plaisir de la douleur.

On s'imagine toujours que les hommes violents ont un petit pénis, mais ce n'est pas le cas de Bentley. À la vue du sien, je réprime une exclamation, ce qui le fait rire. Bentley me pénètre et je me dis : *Ah, voilà, c'est ce qu'on ressent vraiment quand un tueur en série s'introduit en vous.* C'est effrayant et palpitant à la fois, et je parviens à me consacrer entièrement à ce moment – ce dont je n'avais plus fait l'expérience depuis bien longtemps. Tandis que Bentley éjacule, je chuchote :

— Tu es sûr de vouloir me tuer ?

— Il le faut, répond-il sur le même ton.

Il dépose un baiser sur mon front. Ce geste plus paternel que sexy me rappelle William. Puis il se retire lentement.

Par la fenêtre, derrière nous, le ciel sans étoiles est d'un noir d'encre, comme si Bentley et moi étions les dernières créatures encore en vie dans l'univers. C'est le jeu de l'île déserte, dans lequel la race humaine ne peut pas survivre parce que l'un des deux rescapés est contraint de tuer l'autre.

Le savoir a quelque chose d'apaisant. Un jour, j'ai lu un article en ligne qui affirmait que la force revigorante des vacances ne consiste pas tant dans le voyage en soi que dans l'anticipation de cette période de repos. Le pouvoir de la mort réside dans son inéluctabilité, conjuguée à son imprévisibilité. Nous savons tous qu'elle approche ; simplement, nous ignorons quand elle surviendra, et c'est ce qui la rend terrifiante. Sauf dans mon cas. Je le sais, parce que je l'ai cherchée jusque dans le corps d'un homme.

45

Je me suis toujours demandé comment les gens sous le coup d'une sentence de mort, que ce soit en raison d'un cancer en phase terminale ou du verdict d'un tribunal, réussissent à aller de l'avant malgré le néant qui les attend. Maintenant que mon tour est venu, tout mon corps est gagné par un sentiment de calme que je n'ai jamais su atteindre grâce à la méditation. Ma mâchoire et mon cou se détendent. Mes muscles se soumettent à leur sort. J'éprouve presque du soulagement ; Dieu merci, je n'ai plus à m'inquiéter de rien.

Alors que je viens d'accepter pleinement ma mort imminente, la porte s'ouvre avec fracas. Bentley est encore à moitié nu, son slip autour des chevilles. J'ai déjà renoncé à mes attachements terrestres – mes rêves, mes relations affectives, mes projets pour les semaines et les mois à venir –, et ça m'est douloureux de les sentir affluer de nouveau dans mon esprit.

— William, dit Bentley.

Depuis ma position, allongée sur le sol, mon fiancé me paraît gigantesque. Son visage est rouge, comme s'il avait couru. Un revolver est rangé dans un étui accroché à sa taille. Mon pantalon de yoga et ma petite culotte gisent à côté de moi. J'ai conscience que le sperme de Bentley coule lentement entre mes cuisses, laissant une tache mouillée sur le sol. Je suis à la fois victime et complice. Je lance, haletante :

— À l'aide !

Après tout, il me reste encore un instinct de survie.

William attrape Bentley, qui vient de renfiler son pantalon, et le plaque brutalement contre un mur dans un bruit effroyable. Je me rends compte que je n'ai jamais assisté à un acte de violence véritable, hormis à la télévision.

— Je t'avais dit de ne pas t'approcher d'elle, gronde William.

Il décoche un coup de poing à son frère, acculé, qui a remonté sa braguette. Puis il recule afin de le frapper de nouveau. Bentley parvient à dégager ses bras et repousse William, qui trébuche en arrière. Pour l'instant, il est difficile de dire lequel des deux l'emportera. Bentley est plus grand que William, mais celui-ci est plus costaud en raison de son obsession pour la muscu. D'une certaine façon, selon les lois transférables de la force physique, c'est Jill qui assène chaque coup qu'il inflige à son frère.

Même si mes jambes ne sont plus entravées, j'ai du mal à me déplacer car j'ai encore les poignets liés et, à moitié nue, je me contorsionne par terre. Je suis dans une posture vraiment vulnérable, ridicule. Je réussis à me réfugier dans un coin de la pièce, à l'écart de leurs poings. Je demande à William :

— As-tu appelé la police ?

Il ne me répond pas, et je comprends que personne ne viendra à notre secours. Ma vie est à la merci du vainqueur. Leurs mouvements semblent presque chorégraphiés, et je vois bien que ce n'est pas leur premier combat. Ils saignent tous les deux, et l'œil de William commence à enfler. J'ai toujours voulu que deux hommes se battent pour moi, mais je n'avais pas envie que ça se déroule ainsi.

William finit par immobiliser Bentley. Il dégaine son arme et, agenouillé sur son frère, la braque sur sa tempe.

— Espèce de connard. Il y a longtemps que j'aurais dû faire ça.

Je prévois déjà ce qui va se produire. William va le tuer, nous mettrons son cadavre dans les sacs-poubelles que Bentley me destinait et nous irons jeter son corps dans le ravin. La police finira par comprendre que Bentley était le tueur en série depuis le début et que celui qui s'est débarrassé de lui a accompli une action d'intérêt public. Ensuite, nous nous marierons au cours d'une cérémonie qui coûtera plus cher que la maison de mes parents. Si tuer un frère et cacher son corps ne suffisent pas à unir un couple, alors je ne vois pas ce qui pourrait les rapprocher. William ne saura jamais que j'ai désiré Bentley de tout mon corps avant son arrivée, que j'ai passé des semaines à repenser à son baiser, que je mourais d'envie qu'il me fasse l'amour durant mes derniers instants. Ce sont des secrets que je ne dévoilerai jamais.

Pourtant, William ne tue pas son frère.

Il cesse de lui serrer le cou et le foudroie du regard.

— Je veux que tu t'en ailles. Quitte la Géorgie, les États-Unis. Va-t'en loin d'ici, dans un endroit où personne ne te retrouvera, et ne reviens pas.

Bentley est inhabituellement passif. Depuis que je le connais, c'est la première fois que je lis de la peur sur son visage.

— Il faut que tu me laisses tranquille. Que tu laisses Hannah tranquille. Si jamais je te revois, je ne montrerai aucune clémence. Je te tuerai sans sommation. Tu entends ? Sans sommation. Et après ta mort, je veillerai à ce que tout le monde sache ce que tu as fait. La police, Virginia, tes enfants. J'achèterai un panneau publicitaire qui dira : « Bentley Thompson est un meurtrier et un mari adultère. » Imagine ce que la police trouvera si je les informe de l'existence de cette pièce. On te détestera tellement qu'on enverra même ton cadavre en prison. Tes gosses devront changer de nom pour ne plus être associés à leur père. Tu comprends ? Dis-le-moi ou je te tue sur-le-champ. Ne crois pas que j'hésiterai parce que tu es mon frère. Cette excuse ne marche plus.

— Oui, j'ai compris, bredouille Bentley.

William saigne à la tête, et du sang coule sur le visage de Bentley.

— Tu me le promets, espèce d'enculé ?

— Je te le promets.

— Je vais te relâcher et tu vas t'en aller. Je veux que tu sois parti ce soir. Si j'entends parler de toi, même de très loin, j'appellerai aussitôt la police pour leur donner l'adresse de cet endroit. Il n'y a pas assez de Javel au monde pour laver tes péchés. Et ensuite, je partirai à ta recherche, OK ? Je te ferai regretter de ne pas être derrière les barreaux.

— OK, acquiesce Bentley d'une voix si terrifiée qu'on dirait quelqu'un d'autre.

Lentement, William se relève tout en gardant le revolver braqué sur son frère. Celui-ci se redresse avec raideur. L'espace d'un instant, j'ai l'impression qu'il va se jeter sur mon fiancé ; finalement, il se contente de nous regarder tour à tour, puis il tourne les talons et sort de la pièce.

Je suis en larmes. Je suis incapable d'expliquer précisément pourquoi je pleure.

— Tu m'as sauvée, dis-je entre deux sanglots.

William garde le silence. Il a du mal à défaire les cordes autour de mes poignets et finit par prendre un des couteaux dans la mallette de Bentley. Je frémis en pensant aux fragments d'Annaleigh, de Kimberly, de Jill, d'Emma et de Kelsey qui sont peut-être restés sur ces lames.

— Es-tu blessée ? me demande-t-il une fois que je suis enfin délivrée.

Je me jette à son cou et inspire. Il sent William, à la différence que l'odeur du sang s'ajoute maintenant à la sienne, réconfortante, familière.

— Non, tu es arrivé juste à temps, je réponds tandis qu'un sentiment de culpabilité m'enserre le cœur, de la même manière que les liens qui ligotaient mes poignets. Merci. Merci.

Une partie de moi a envie de rester là pour toujours. C'est comme quand un avion atterrit dans une ville inconnue et qu'on doit penser à l'avance à récupérer ses bagages, à louer une voiture, à prendre une chambre dans un hôtel – tous les petits tracas qui se présentent à soi lorsqu'on débarque dans un nouvel endroit. L'avion n'est pas très confortable mais, au moins, on y est habitué.

Quoi qu'il arrive, ce qu'il y a entre William et moi à cet instant précis ne peut pas durer, je le sais. Après tout, celui que j'ai toujours désiré, c'est le tueur, pas le sauveur.

William ramasse soigneusement mes vêtements, ôte sa chemise et m'enveloppe dedans. Je reste passive comme une enfant malade dont s'occupent les parents. *Je vous en prie, faites retomber ma fièvre.*

En sortant de la pièce, je m'aperçois que nous sommes dans l'immeuble qui abrite aussi le cabinet d'avocats des Thompson. C'est donc le second lieu auquel les procureurs ont fait allusion pendant le procès et que la police n'a jamais trouvé. Étant donné que le cabinet est situé dans une autre aile du bâtiment, personne ne m'a entendue hurler. L'ironie de la situation ne m'échappe pas : même si j'ai failli être assassinée dans un immeuble de bureaux, jamais je n'aurai droit à un salaire annuel à six chiffres.

*

Sur le trajet du retour, nous n'échangeons pas un mot. William a encore le visage rouge, la mâchoire crispée. Je regarde par la vitre d'un air absent. Le monde existe encore.

Une fois arrivée chez nous, sans rien dire, je vais prendre une douche. William me rejoint. Nous ne faisons pas l'amour, mais il m'embrasse sur tout le corps. Moi aussi, j'existe encore.

Il cherche à voir si je suis blessée sans rien trouver – du moins rien d'apparent.

Après la douche, je m'enveloppe dans notre couette et vais m'asseoir sur le canapé. Je ne sais plus quel rapport entretenir avec mon corps. Il est tard le soir ou tôt le matin, en fonction de l'idée qu'on se fait du temps. Je ne suis pas totalement convaincue que le soleil se lèvera à l'aube.

William s'installe près de moi.

— Il faut qu'on se sépare, m'annonce-t-il.

— Quoi ? Je croyais que tu m'aimais.

— Je t'aime, oui. Mais je ne peux plus te faire confiance.

J'apprends alors qu'il a passé la journée à préparer la conversation sérieuse qu'il comptait avoir avec moi à son retour du travail, à propos de ce qui était survenu entre Bentley et moi.

— J'ai deviné qu'il y avait un problème quand je suis allé te chercher devant le bar.

Mais quand il est rentré, je n'étais pas là. Il a compris qu'il s'était produit quelque chose de grave en s'apercevant que j'avais laissé mon téléphone et mon sac à main à la maison. Il a alors trouvé mon carnet et tous mes commentaires sur sa possible culpabilité.

— Je suis désolée, lui dis-je – un peu trop tard.

Que puis-je ajouter pour me racheter ? Il est impardonnable d'avoir enquêté en secret sur lui après qu'il m'a si gentiment invitée à vivre avec lui en subvenant à tous mes besoins – je le vois à son expression.

William ne relève pas mes excuses.

— Je savais que tu étais avec Bentley, continue-t-il. Et je savais aussi qu'il était au cabinet, parce que je l'ai vu.

— Comment ça, tu l'as vu ?

— Il n'allait pas sacrifier des heures facturables simplement parce qu'il avait enlevé ma *fiancée.*

La façon dont il prononce ce mot me fait l'effet d'un coup de couteau.

Puis il me raconte qu'il a pris son revolver et regagné son lieu de travail, où il a parcouru tout le dédale du bâtiment pour me retrouver.

— Je suis juste content d'être arrivé à temps.

— J'ai encore du mal à croire que Bentley soit coupable depuis le début. Je me sens tellement bête. Pourquoi gardais-tu tous ces trucs dans ton bureau ? C'est à cause d'eux que je t'ai soupçonné.

— Quels trucs ?

— Tu sais bien, la pochette d'allumettes, l'élastique à cheveux, la carte du club de sport. Des souvenirs des meurtres. Ils étaient rangés dans le même coffret que ton arme.

Les traits de William se contractent.

— Même enfant, Bentley a toujours caché des objets dans mes affaires pour m'attirer des ennuis. Un jour, il a laissé un lapin mort dans ma chambre. C'était répugnant.

— D'après lui, c'est toi qui lui as joué ce tour.

Il laisse échapper un rire peiné.

— Comment pouvais-tu rester avec moi, Hannah, si tu imaginais des choses pareilles sur mon compte ? C'est Bentley qui a commis tout ça. Le lapin, les meurtres.

— Et Gracie ?

William se raidit.

— De quoi veux-tu parler ?

— Bentley m'a tout raconté. Selon lui, tu l'as tuée.

Il garde le silence un long moment.

— J'aimais Gracie, finit-il par reprendre. Et puis elle a commencé à sortir avec mon frère. J'ai souffert, c'est le moins qu'on puisse dire. Un soir, pendant une fête, nous nous sommes complètement soûlés avant de nous éclipser dans les bois, où nous nous sommes embrassés. Je savais que j'agissais mal, mais c'était plus fort que moi. À l'époque, Bentley sniffait pas mal de coke, et il devait inciter Gracie à en prendre elle aussi, car elle m'en a proposé. Celle qu'elle avait apportée était probablement de mauvaise qualité, car elle a tout de suite fait un malaise. Je ne savais pas quoi faire. Je ne pouvais pas appeler une ambulance car je ne voulais pas lui attirer des ennuis parce qu'elle avait de la drogue sur elle. Je ne pouvais pas contacter Bentley, ne voulant pas qu'il sache ce qui s'était passé entre Gracie et moi. Alors je suis resté assis là et je l'ai regardée mourir. Le pire moment de ma vie. Ça m'a détruit. Ça continue de me détruire. C'est pour ça que j'étais presque content quand on m'a arrêté. C'était comme si j'allais enfin être puni pour ce que j'avais fait.

Les épaules de William se sont affaissées, il baisse les yeux vers le sol. Je le vois à présent sous un jour nouveau. William est un tueur, mais pas à la manière de Bentley. Il a commis un meurtre par passivité. Il a regardé Gracie se droguer, il l'a regardée mourir, et puis il a permis à son père d'étouffer l'affaire. Après tout, il a gardé des souvenirs de son meurtre ;

je me suis juste trompée sur l'identité de sa victime. C'est pour cette raison qu'il a conservé les messages de Gracie durant tant d'années. C'est pour cette raison qu'il vit comme un homme rongé par la culpabilité.

— Tu savais que c'était Bentley, le tueur ?

C'est une question pesante. Une bâche remplie d'eau, sur le point de craquer.

— Oui, finit-il par admettre. Mais il m'a fallu du temps pour le comprendre. Les femmes tombaient comme des mouches autour de moi. Tu n'imagines pas à quel point c'était terrifiant. Pendant quelques jours, j'ai même cru que je commettais peut-être ces meurtres dans mon sommeil ou que j'avais un alter ego qui prenait possession de mon corps. En réalité, ce n'était pas mon double, mais Bentley. Comme toujours.

— Pourquoi ne pas avoir averti la police ?

William secoue la tête.

— C'est plus compliqué que ça. Quand je l'ai appris, j'étais déjà un suspect. Je n'avais aucun moyen de prouver que c'était Bentley. De plus, c'est mon frère. Je ne pouvais pas leur infliger ça, à ma famille et à lui. Surtout après ce que j'avais déjà fait. J'avais commis un crime en toute impunité et, depuis, je vivais sans être inquiété. Il me semblait juste qu'il en ait lui aussi le droit.

— Tu n'as rien fait pour sauver ces femmes.

J'ai haussé le ton, et William, mal à l'aise, s'agite à côté de moi. J'ai l'impression de le voir pour la toute première fois. Un homme tellement englué dans le dégoût de soi qu'il est prêt à laisser d'autres personnes souffrir si, en retour, il peut souffrir lui aussi.

— Calme-toi, s'il te plaît, Hannah.

— Je n'ai pas envie de me calmer.

— Tu ne comprends pas ma famille.

— Je suis peut-être bien la seule à la comprendre, dis-je, cinglante. Et Virginia, et les enfants ?

— Bentley ne leur aurait jamais fait de mal.

— On peut faire du mal à une personne sans la tuer.

— Ça n'a plus d'importance, d'accord ? Il est parti. Il ne reviendra pas. J'y veillerai.

— Que vont-ils penser ?

Est-il pire d'avoir un père tueur en série que pas de père du tout ? Existe-t-il un gène du crime ? Je pense au bébé que Virginia porte. Chaque enfant est-il un meurtrier en puissance ? En définitive, il est impossible d'échapper aux blessures psychiques que votre famille vous inflige.

— Je prendrai soin d'eux, assure William.

Je sais qu'il dit vrai. Après tout, il a toujours aimé s'occuper de moi. C'est une forme de pénitence, j'en prends à présent conscience. En s'occupant de moi, il cherchait peut-être à réparer ce qui était arrivé à Gracie.

Je me sens soudain extrêmement fatiguée, et mes poignets et mes chevilles sont endoloris.

— Et si on allait se coucher ?

— Je comptais dormir dans la chambre d'amis, réplique William avec raideur.

— S'il te plaît. J'ai juste besoin que quelqu'un me prenne dans ses bras.

— OK.

Pour finir, nous baisons une dernière fois. Il ne m'attache pas ni n'essaie de me tuer, et je ne jouis pas. Tout compte fait, William n'a peut-être jamais été celui que je voulais.

46

La maison de mon enfance n'a pas changé, à l'exception de la machine à coudre qui a élu résidence dans ma chambre. Même si ma mère affirme que mon retour la rend heureuse et que je peux rester aussi longtemps qu'il le faut, je perçois un peu de ressentiment de sa part quand je l'aide à descendre toute sa réserve de tissus dans le sous-sol à moitié aménagé.

Elle a laissé les murs tels quels. Tous les posters de mon adolescence, les photos avec mes anciennes amies. Au début, c'est dur de les jeter, mais une fois que j'ai commencé, j'y prends du plaisir. Je suis réellement douée pour me débarrasser des choses qui ne servent plus à rien.

Je peins les murs lilas en gris, une couleur fonctionnelle. Ma mère a l'air triste quand je lui montre le résultat.

— Qu'est-ce qui ne va pas ? Je croyais que ça te plairait.

— J'aimais bien comme c'était avant, répond-elle sans s'expliquer davantage.

Nous ne parlons pas de ce qui s'est passé avec William. Lorsqu'elle m'a aidée à défaire mes bagages, elle a découvert ma bague de fiançailles au fond d'une boîte. Elle a observé le diamant étincelant, m'a regardée, puis a reposé le bijou sans un mot. Il y a des choses qu'un parent n'a pas besoin de savoir sur son enfant.

J'ai trouvé un emploi de barista dans un café du quartier où j'allais souvent pour faire mes devoirs quand j'étais au lycée. J'apprends à connaître les habitués, qui s'échangent les journaux du jour comme s'ils étaient assis à une immense table de cuisine. Je mémorise leurs boissons et leurs gâteaux préférés, et ces informations emplissent une partie de mon cerveau où, par le passé, je stockais d'autres données. Les plus sympas retiennent mon prénom et, tous les matins, me saluent comme si j'étais leur amie. Je sais pourtant que ce n'est pas vraiment le cas.

Certains jours, j'aimerais avoir une cicatrice. Une marque, symbole de violence, qui modifierait mon apparence. Ici, personne ne sait qui je suis, et c'est censé être une bonne chose. Quelques jours par semaine, quand je termine le boulot l'après-midi, je prends des cours de yoga ; j'installe toujours mon tapis au fond de la salle. J'ai pris un peu de poids, et la tenue hors de prix que William m'a offerte ne me va plus. Ça n'a pas d'importance puisque personne ne me regarde ni ne se demande quel effet ça fait d'être la petite amie d'un tueur en série acquitté. Ça ne me dérange pas d'être invisible. Je n'aimais pas William parce qu'il était célèbre. Je n'avais pas eu l'intention de l'aimer. C'est juste arrivé sans que je le veuille.

J'envisage d'écrire un récit autobiographique. Je ne sais pas par où commencer ni par où finir. Je ne sais pas comment raconter mon histoire sans devoir dévoiler l'identité de Bentley et, par extension, celle de William.

De temps en temps, je soumets ma candidature ailleurs. J'envoie mon CV un peu partout sans prêter attention aux compétences requises. C'est ce que ferait un homme dans ma position, il me semble. J'ai décidé de laisser ma carrière me choisir plutôt que l'inverse. J'ai décroché quelques entretiens, mais pas encore de proposition d'embauche. J'ai peur de dégager quelque chose, comme une odeur particulière, qui rebute les employeurs.

Je sors deux ou trois fois avec des copines avant de me rendre compte que ça me rend malheureuse et que je préfère rester chez moi à regarder la télévision en streaming sur mon ordinateur portable. Mes amies connaissent une certaine version de ce qui m'est arrivé, mais elles n'osent pas me demander de tout leur raconter. Vu les coups d'œil bizarres qu'elles me lancent, je suppose que Meghan leur a expliqué que je suis partie en Géorgie pour assister au procès et que j'étais amoureuse de William. Elles n'en parlent jamais ; nos conversations tournent seulement autour du temps qu'il fait et des plats qu'on a cuisinés récemment, mais il est clair qu'elles meurent d'envie de m'interroger à propos des femmes assassinées. Quand Meghan m'envoie un texto pour me dire qu'il vaudrait mieux que je n'assiste pas à son mariage, je réponds que je comprends, même si ça m'attriste profondément.

J'appelle Dotty au bout de quelques semaines. Son mari et elle reviennent d'un voyage aux îles Vierges, où ils ont renouvelé leurs vœux de mariage.

— La situation s'améliore depuis mon retour, m'explique-t-elle. Cette fois, c'est un homme changé, meilleur.

Dotty ne dit pas qu'elle est elle aussi changée et meilleure. On juge parfois les autres avec des critères différents de ceux dont on se sert pour se juger soi-même.

Elle a eu des nouvelles de Lauren, qui sort avec un garçon rencontré dans un de ses cours de droit pénal. Dotty pense que ça ne va pas durer.

— Quand on est jeune, on est comme ensorcelé, affirme-t-elle. On court après des choses dont on sait qu'elles nous sont nuisibles simplement pour pouvoir dire qu'on en a fait l'expérience. Personne ne veut d'une relation saine à dix-neuf ans. Ce qu'on veut, c'est de la passion.

Nous parlons brièvement de ce qui s'est produit entre William et moi.

— Nous nous sommes fiancés. Mais ça n'a pas marché.

Je continue d'écrire à William. Il ne répond jamais. Je ne suis même pas certaine qu'il reçoive mes lettres. Son absence a laissé le même vide que creusent inévitablement les ruptures. Toutes ces petites choses idiotes que j'ai désespérément envie de lui confier, sans le pouvoir.

Cher William,

Aujourd'hui, j'ai postulé à un emploi de réceptionniste dans un cabinet d'avocats. Ça m'a fait penser à toi.

Cher William,

Je continue à faire du yoga. Tu avais raison, ce legging tient le coup.

Cher William,

Aujourd'hui, mes parents me rendent folle. Il faut que je me trouve un appart.

Cher William,

Ce soir, j'ai essayé de me masturber, et je n'arrive pas à ressentir quoi que ce soit physiquement.

Cher William,

Depuis mon retour, je passe pas mal de temps à m'interroger sur ce que j'attendais de toi, et je ne le sais toujours pas. Je tiens à te rassurer : tout ce que je voulais, c'était de l'amour, mais je ne suis pas certaine que ce soit encore le cas.

Parfois, j'envisage d'écrire à Virginia pour tout lui raconter et être sûre que les enfants vont bien, mais je ne trouve pas les mots pour le lui dire.

Je n'arrête pas de manger. Le matin, au café, j'avale un bagel recouvert de fromage frais et, au déjeuner, un sandwich accompagné de chips. Je dîne avec mes parents, et je me laisse tenter par les ragoûts du Midwest dont raffole ma mère. Je demande du rab parce que ça nous fait du bien à toutes les deux. Quand j'enfile un vêtement et que je découvre qu'il ne me va plus, ça m'indiffère. Je me regarde dans le miroir et un seul mot me vient aux lèvres : « Oh. »

Je sors avec des hommes que je rencontre sur des applis. Comme je n'ai pas de portraits récents, je poste des photos sur lesquelles j'ai une vingtaine d'années, et tous ces types ont l'air déçus quand ils me voient. Je m'en fiche parce que je suis moi aussi déçue quand je les vois. Je suppose que ce qui pourrait m'arriver de pire, c'est que l'un d'eux essaie de me tuer ; ça s'est produit une fois et j'ai survécu.

Ils ne sont pas aussi beaux que William. Je ne tombe pas sous leur charme. Ce sont des hommes ordinaires, avec des boulots ordinaires et des frères qui le sont tout autant. Je couche avec l'un d'eux – c'est un rapport sexuel correct, moyen. Deux trentenaires enrobés qui s'envoient en l'air. Personne ne meurt.

Je lis beaucoup. Des romans policiers dans lesquels une femme est tuée, et c'est toujours le mari qui est soupçonné. Ces livres deviennent ennuyeux à mesure que je développe des aptitudes de détective littéraire, devinant toujours qui est le coupable avant le dénouement. Je continue de lire dans l'espoir de tomber sur un roman réellement palpitant.

En mon for intérieur, malgré mon quotidien banal, j'attends que Bentley me retrouve et me tue.

Je le vois partout. Du coin de l'œil quand je promène le chien de mes parents, dans le rayon d'à côté au supermarché, dans le visage de chaque homme blanc, de haute taille, qui entre dans le café où je travaille. Ce n'est pas vraiment lui, évidemment. Pas encore. Il suffit de chercher un tueur en série pour en voir partout. Bentley a déjà essayé de me tuer, et il recommencera. Il n'est pas du genre à renoncer à ses rêves.

Lorsque nous nous sommes dit adieu, William et moi, il m'a assuré que Bentley ne chercherait pas à me retrouver.

— Il a trop peur d'aller en prison. S'il s'avise même d'entrer dans l'État où tu vis, je n'hésiterai pas à appeler la police.

Je sais que William se trompe, que Bentley finira par me rejoindre, même si ce n'est pas pour la raison qu'il s'imagine.

J'ai envisagé de contacter les autorités pour leur dévoiler ce que je sais, mais je n'ai aucune preuve, sauf ma parole, et celle-ci ne vaut pas grand-chose. De plus, ça me fait légèrement frémir de savoir Bentley en liberté, attendant le bon moment pour nos retrouvailles. Ça me donne de l'entrain quand je marche de ma voiture au supermarché ; ou bien la nuit, quand je me rends à tâtons de ma chambre aux toilettes. Je sais qu'il n'est pas caché sous mon lit, mais il suffit que je me remémore son nom pour qu'un frisson me parcoure l'échine. Je pense plus que je le devrais au moment passé ensemble quand j'étais ligotée. Être assassinée n'a rien de sexy, mais ça ne m'empêche pas de transformer cet acte en fantasme.

Un jour de la fin du mois de mars, alors que je suis revenue depuis six mois, Max Yulipsky et Reese entrent dans le café. Au début, ils ne me voient pas, et je les observe tandis qu'ils examinent les pâtisseries dans la vitrine ; ils finissent par se décider pour un beignet aux pommes qu'ils partageront.

Chacun a toujours une main posée sur l'autre, et il est clair qu'ils s'aiment. Max et moi, nous ne nous comportions jamais comme ça quand nous couchions ensemble. Lorsqu'un de ses colocataires mettait la vieille cafetière en marche, c'était mon jour de chance.

— Hannah, fait Max, les yeux écarquillés, quand il me remarque.

J'ai appris sur Instagram qu'il a maintenant un vrai boulot où il porte des chemises à col boutonné et répond toute la journée à des e-mails. Son groupe de punk est en pause. Dans ses publications, il a l'air heureux de ces changements. Il ne dit jamais qu'il a capitulé, simplement que le moment était venu.

— Salut, Max.

Je lui décoche un grand sourire.

Ma teinture blonde s'est estompée depuis longtemps et je n'ai pas pris la peine de la refaire. Mes racines ne me mettent pas en valeur, mais se retrouver soi-même est toujours un processus désagréable après un bref périple ailleurs.

— Qu'est-ce qui vous ferait plaisir ?

Max commande un café noir et Reese une boisson froide. Autrefois, Max critiquait les filles comme ça, qui prenaient des boissons sucrées agrémentées d'un nappage au caramel. « J'aime les nanas qui supportent un peu d'amertume », disait-il. Ça m'avait poussée à essayer de devenir le genre de fille qui aimait le café noir. Je suppose qu'on est capable de passer outre à n'importe quoi pour la personne qu'on aime.

Je sers Max et prépare la boisson de Reese. Il traîne autour du comptoir pendant que sa copine va s'asseoir à une table près de la fenêtre.

— Comment ça va, Hannah ?

— Très bien. L'année dernière, j'ai passé quelques mois en Géorgie. C'était extra.

— Super, super. Et maintenant, qu'est-ce que tu fais ?

— Oh, tu sais, j'ai pris ce boulot provisoirement. En attendant que quelque chose de mieux se présente. Je postule dans des tas d'endroits différents.

— D'acc, répond Max.

Puis il me dévisage avant d'aller rejoindre Reese. Il regarde dans ma direction à plusieurs reprises, mais je l'ignore, ce qui me procure un sentiment de puissance.

Je sais ce qu'il observe. Pas moyen de le cacher, maintenant – même si je n'ai jamais essayé de le faire. Je l'arbore comme une médaille, un emblème en l'honneur du jour où j'ai failli mourir et du tueur qui me désirait.

Je pose la main sur mon ventre, sur mon utérus gonflé par la grossesse. À ce contact, le bébé lance un coup de pied. J'ignore qui est le père, mais ça n'a pas beaucoup d'importance, puisque l'un et l'autre ont le même patrimoine génétique. Ce sera à cet enfant de me dire qui il est quand il arrivera, et je saurai qui blâmer si les corps recommencent à s'amonceler.

Remerciements

Tant de personnes ont contribué à la création de ce roman.

Je remercie Katie Greenstreet, Leodora Darlington et Jen Monroe, qui ont vu tout le potentiel de ce livre et m'ont aidée à lui donner le jour.

Je remercie Brandi Wells, Natalie Lima, Lauren Bingham, Brooke Champagne, Daniel Bernal, Carolyn Browender, Tessa Carter, Darren Demaree, Michael Martone, Amber Buck, Cindy Tekobbe, Kristine Langley Mahler, Amanda Miska, Chad Simpson, Robin Metz, Kellie Wells, Aubrey Hirsch, Lyz Lenz, Jason McCall, Sara Pirkle, Maggie Nye, Megan Bowden, Julia Austin, Kim Caldwell, Theresa Pappas, Easty Lambert-Brown, Elizabeth Deanna Morris Lakes, Krista Ahlberg, Julie Pearson, Elizabeth Blyakher, Blair Jones, Jessica Johnson, Sarah Blake, Shaelyn Smith, Dean Bakopoulos, Patti White, Seth Stewart, Robert Weatherly, Kori Hensell, Julia Ricciardi, Siân Griffiths, Tabitha Blankenbiller, Vikki Grodner, Steven Trout, Natalie Loper, Zach et Susan Doss, Matt Bell, la famille Whitver, Marcia Coryell, Robyn et John Hammontree ainsi que James Eubanks, qui m'ont soutenue ou m'ont apporté de l'inspiration d'une manière ou d'une autre.

Je remercie Monica Berlin, qui m'a appris à écrire des lettres.

Je remercie Split/Lip Press d'avoir publié la nouvelle qui fut l'ébauche de ce roman.

Je remercie mes étudiants de l'université d'Alabama, mes compagnons d'écriture depuis de nombreuses années.

Je remercie mon père et mes beaux-parents pour leur soutien.

Je remercie Ronan, dont la naissance a permis à ce livre d'exister de bien des façons.

Je remercie Summer, le lévrier, qui m'oblige à sortir de chez moi.

Je remercie par-dessus tout mon mari, Brian Oliu, qui n'a assurément jamais tué personne.

PARUS DANS
LA BÊTE NOIRE

Noémie Adenis
Le Loup des ardents (Grand Prix des Enquêteurs 2021)
Le Jardin des anatomistes

Danielle ARCENEAUX
Glory B. enquête
Frayeur en Louisiane

Katerina Autet
La Chute de la maison Whyte (Grand Prix des Enquêteurs 2020. Prix littéraire de la Renaissance française 2020)
Les Deux Morts de Charity Quinn

Cédric Bannel
Baad (Prix du Meilleur Polar des lecteurs de *Points* 2017)
Kaboul Express
L'Espion français

Jacques-Olivier Bosco
Brutale
Coupable

Rhys Bowen
Son Espionne royale
Tome 1, *Son Espionne royale mène l'enquête*
Tome 2, *Son Espionne royale et le mystère bavarois*
Tome 3, *Son Espionne royale et la partie de chasse*
Tome 4, *Son Espionne royale et la fiancée de Transylvanie*
Tome 5, *Son Espionne royale et le collier de la reine*
Tome 6, *Son Espionne royale et les douze crimes de Noël*
Tome 7, *Son Espionne royale et l'héritier australien*
Tome 8, *Son Espionne royale et la reine des cœurs*
Tome 9, *Son Espionne royale et les conspirations du palais*
Tome 10, *Son Espionne royale et le baron irlandais*
Tome 11, *Son Espionne royale au service de Sa Majesté*
Tome 12, *Son Espionne royale, quatre enterrements et peut-être un mariage*

Tome 13, *Son Espionne royale, quatre enterrements : amour et morts parmi les léopards*

Franck Calderon, Hervé de Moras
Là où rien ne meurt

Julia Chapman
Les Détectives du Yorkshire
Tome 1, *Rendez-vous avec le crime*
Tome 2, *Rendez-vous avec le mal*
Tome 3, *Rendez-vous avec le mystère*
Tome 4, *Rendez-vous avec le poison*
Tome 5, *Rendez-vous avec le danger*
Tome 6, *Rendez-vous avec la ruse*
Tome 7, *Rendez-vous avec la menace*
Tome 8, *Rendez-vous avec le Diable*
Tome 9, *Rendez-vous avec la justice*

Karen Cleveland
Toute la vérité

Jean-Charles Chapuzet
Bandit

Daniel Cole
Ragdoll
Tome 1, *Ragdoll* (Prix Griffe noire du polar de l'année 2017)
Tome 2, *L'Appât* (Prix Bête noire des libraires 2018)
Tome 3, *Les Loups*
Pietà
Jackdaw

Collectif, sous la direction de Lisette Lombé, Elvira Masson, Fabrice Rose et Delphine de Vigan
Histoires de femmes – Les Ondes

Tasha Coryell
Lettres d'amour à un tueur en série

Sandrone Dazieri
Tu tueras le Père
Tu tueras l'Ange

Tu tueras le Roi
La Danse du gorille
Le Mal que font les hommes

LARA DEARMAN
La Griffe du diable
L'Île au ciel noir

ALAIN DECKER
Derrière le brouillard (Grand Prix des Enquêteurs 2023)

INGRID DESJOURS
Les Fauves
La Prunelle de ses yeux

CLAIRE FAVAN
Serre-moi fort (Prix Griffe noire du meilleur polar français 2016)
Dompteur d'anges
Inexorable

REBECCA FLEET
L'Échange
La Seconde Épouse

DOMINIQUE FORMA
Coups de vieux

OLIVIER GALLIEN
Dans la neige ardente (Prix Bête noire des libraires 2022)
Sève

AMY GENTRY
Les Filles des autres
De si bonnes amies

MARIA GRUND
La Fille-renard

LAURENT GUILLAUME
Les Dames de guerre : Saïgon, tome 1

Patrice Guirao
Le Bûcher de Moorea
Les Disparus de Pukatapu
Rivage obscur

L. S. Hilton
Maestra
Domina
Ultima

Ingar Johnsrud
Les Adeptes
Les Survivants

Elizabeth Key
Sept mensonges

Quntos KunQuest
Cette vie-là – Les Ondes

Mathieu Lecerf
La Trilogie du démon
La Part du démon (Prix Bête noire des libraires 2021 ; Prix Nouvelles Voix du polar 2022, roman français)
Au Royaume des cris
La Mort dans l'âme

Sara Lövestam
Chacun sa vérité (Grand Prix de littérature policière 2017, domaine étranger. Prix Nouvelles Voix du polar 2018, roman étranger)
Ça ne coûte rien de demander
Libre comme l'air
Là où se trouve le cœur

Fabio Mitchelli
Une forêt obscure
Le Tueur au miroir
Le Loup dans la bergerie (Prix Méditerranée Polar 2021)

Nadine Monfils
Les folles enquêtes de Magritte et Georgette
Nom d'une pipe !

À Knokke-le-Zoute !
Les Fantômes de Bruges
Liège en eaux troubles
Leffe-toi et marche
Charleroi du crime
À Montmartre

NICOLE NEUBAUER
Sous son toit

VINCENT ORTIS
Pour seul refuge (Grand Prix des Enquêteurs 2019)
Patiente

GIN PHILLIPS
Le Zoo (Prix Transfuge du meilleur polar étranger 2017)

ANTOINE RENAND
L'Empathie (Prix des lecteurs Gouttes de Sang d'Encre 2019. Prix Nouvelles Voix du polar 2020, roman français)
Fermer les yeux
S'adapter ou mourir
L'Empathie, t. 2

FABRICE ROSE
Tel père, telle fille (Prix Bête noire des libraires 2020)
Le Plan
Pourchassés

RYDAHL & KAZINSKI
La Mort d'une sirène

ROMAIN SLOCOMBE
La Trilogie des collabos
L'Affaire Léon Sadorski (Prix Libr'à Nous 2017, catégorie polar)
L'Étoile jaune de l'inspecteur Sadorski
Sadorski et l'Ange du péché
La Trilogie de la guerre civile
La Gestapo Sadorski
L'inspecteur Sadorski libère Paris
J'étais le collabo Sadorski

Thibaut Solano
Les Noyés du Clain
Les Dévorés

Dominique Sylvain
Panique en Armorique
Périlleuses Pyrénées

Clémentine Thiebault
En votre intime conviction – Les Ondes
Voyeur ! Enquête sur un phénomène de société – Les Ondes

Dato Tourachvili
Génération denim – Les Ondes

Danielle Trussoni
Le Maître des énigmes

Ilaria Tuti
Sur le toit de l'enfer (Prix Bête noire des libraires 2019. Prix Nouvelles Voix du polar 2020, roman étranger)
La Nymphe endormie
À la lumière de la nuit
Fille de cendre

Harriet Tyce
Blood Orange

Damien et Sibylle Véron
Tiphaine où es-tu ? – Les Ondes

Adrienne Weick
La Septième Diabolique (Grand Prix des Enquêteurs 2022)

Annette Wieners
Cœur de lapin